GAEA

Gaea

機器人偵探

The Automatic Detective

A. Lee 馬丁尼茲（A. Lee Martinez）——著

戚建邦 —— 譯

感謝我媽，將我的天賦帶來人世。

感謝DFWW的作者，你們總是支持我無與倫比的天賦，批評我不堪入目的文章，並且不斷地忍受我的一切。

感謝《再闖侏羅紀（Zarkorr the Invader）》……地球公民，當心！

1

帝國城在博學議會中有個正式名稱。

科技烏托邦。

沒錯，英文裡沒這個字，不過這就是重點。議會喜歡重新發明東西、改良東西，讓它們變得新穎時髦。帝國城還有許多非官方暱稱，包括變種人城堡、機器人鎭、大灰霧、永不運作城等等。

但科技烏托邦是官方認可的說法，其標語是「今日建造明日之城」。我想這得取決於你認爲未來應該是什麼樣子。如果你想像中的未來是一座光鮮亮麗的大都會，所有文明社會的問題通通透過科學、智慧，以及同理心通力合作，以各種在明智而巧合的情況下創造而出的應用方式解決，那麼我想你的運氣不佳。但如果你理想中的未來是座雜然無序的冷漠城市，到處都是污染、不受控制的突變，以及危險而又不穩定的詭異科技，那麼我想這裡就是你的理想家園。

我叫馬克．密卡頓，是個伯特機器人。根據博學議會的說法，就是機器公民。帝國城中的機器人共分三個階級。第一種是工作機器人：專門應付日常生活作業的低精密機型，第二種是自動化機器人：設計用來執行較爲複雜工作的人形機型；最後一種是伯特機器人：夠格取得公民權的工作機器人與自動化機器人。我還沒有眞正獲得伯特機器人的資格，不過截至目前我在監管期中表現得還不錯，只剩下四十六個月六天四小時又二十二分鐘就能結束監管期。我處於自動化機器人與公民間的模糊地帶，不能投票、不能擔任公職，如果博學議會決定收回成命，我就只能任人宰割。

我出廠至今不到兩年，體重七百二十六磅，這個數字對於一台七呎高的金屬機器人而言算輕了。我可以打穿水泥、折彎鋼鐵，不過沒辦法自己打領結。我的程式編程是頂尖科技：自我調適、直覺反應、自我進化。我並沒有內建駕駛計程車的程式，不過依然是個稱職的計程車司機。我不是專為打撲克牌設計的，不過牌技還不算差，擁有一張沒有五官的鋼板面孔對於唬人很有幫助。然而，我的人工智慧沒辦法利用二進制數值來處理打蝴蝶領結的複雜細節，我的手也是個問題，它們不是設計用來執行精細動作的，比較像是有手指的大鐵鎚。不過藍星計程車行堅持所有司機都要打蝴蝶領結，真正的蝴蝶領結，不是別在領子上那種。我就是因為這個原因捲入這場風波的。

伯特機器人有帳單要繳，真正的帳單。我本來擁有一顆小型原子能源核心，現在沒了。博學議會已將之移除，這是監管期的條件之一，但我一天之中還是得消耗許多電力，而在帝國城裡電費並不便宜。市區的能源只是勉強夠用而已，想要取得足以供我日常生活運作的電力所費不貲。幸運的是，我沒有什麼額外支出，不然永遠不可能單靠開計程車養活自己。儘管如此，我還是得經常在省電模式下運作，本來這樣做會讓我變得遲鈍，但是我已經克服這個問題了。

所以每天早上充完電後，我就會精神奕奕地起身著裝，步出家門，然後在上工途中順道造訪鄰居，請茱莉幫忙在我幾乎不存在的脖子上打蝴蝶領結。她不介意這麼做，她是我在帝國城中見過最和善、最熱心的人。每次掃描她時，我都很高興自己沒有依照原始程式運作，成為那支機器人大軍的領袖。

她通常都會帶著微笑和親切的招呼等我來訪。今天，她並沒有這麼做。不是什麼大不了的事情，或許只是在忙。那兩個孩子偶爾會很煩人，而她丈夫又幫不上什麼忙。

我敲了敲門，沒人回應。我在內建精密計時器計算到第六十秒時再度敲門。又過了三十六秒，房門滑開，茱莉探出腦袋。這時我的直覺模擬器已經開始發出警告。當右方音訊感應器發出這種細微聲響時，通常就表示有麻煩了。我沒辦法關掉那個惱人的警訊，於是儘可能不理會它。

「馬克。」她看到我似乎有點驚訝。「喔，馬克，很抱歉，我忘了。」

她推開門，走出屋外，然後在我有機會看見屋內景象以前關上房門。她自我的金屬大手上取過蝴蝶領結，然後開始綁。她看起來有點煩躁，不斷瞄向身後的大門。

「一切還好吧，茱莉？」我問，儘管明知不該問。

她笑了一聲，試圖裝作漫不經心，但笑聲之中隱現焦慮。「喔，一切都很好，馬克。謝謝關心。」

我很擅長察言觀色。我有個寫得很好的聲音及肢體語言分析器子程式，幾乎從來不曾出錯，但是我根本不用執行這個程式，因爲茱莉很不會說謊。

我已經盡到責任了，我有出言相詢，現在那已經不是我的問題了，或許也不是什麼大事。壓力就是壓力。不管壓力來源爲何，不管是被熊追趕還是家庭糾紛，生物體會產生同樣的反應。茱莉和她丈夫常常吵架。

但茱莉總是會對我微笑，每次都是如此。此刻她也在笑，不過笑容大不相同。我的分析器並沒有指出這點不同，不過卻透過音訊裝置發出更大的警告聲。

「這樣就好了，馬克。抱歉，打得有點歪，但我現在有點忙。」

「好的，茱莉。謝謝。」

「不客氣。」她又偷偷瞄了大門一眼。「祝你一天順心。」

我正打算回祝她順心，她已經在我有機會開口之前消失在公寓門後。

「不要多管閒事，馬克。」我說。

自言自語是個壞習慣。你絕對難以想像跟生物鬼混會對你的個性樣板以及外在行爲造成多大的影響，不過我的直覺必定已經察覺這一點了，因爲它已經不再發出嗶嗶聲。

我調整領結，小心不要弄鬆它，不然就得再敲一次門。我並不擅長匿蹤潛行，而這棟廉價公寓詭異的黃色金屬地板更會在我走過的時候吱吱作響。儘管噪音不斷，且我曾發下不要弄髒自己鼻子【註】的堅定誓言（既然我沒有鼻子，要做到這點並不困難），我仍聽見茱莉家裡傳出盤子或是玻璃製品跌落桌面的破碎聲。沒有什麼大不了的。

我停下腳步，將聽力調到極限。我的音訊配備並沒有比生物人聽力好到哪裡去，但有內建指向性麥克風。它沒有辦法穿透鋼門。帝國城裡所有東西，包括房門在內，都是金屬打造的。

隱約的人聲。茱莉的聲音、她丈夫加文的聲音，其中一個孩子霍特的聲音，還有一個我沒聽過的聲音。又是一陣玻璃破碎的聲響。接著是一陣有所壓抑的尖叫。身體碰撞的啪答聲響，有人被打了。哭聲。

我的直覺模擬器沒有再度啓動。沒有必要，無須警告音提醒我情況不對勁。

意識是一灘進退兩難的泥沼，不管是來自濕軟的活體組織還是無數電路交纏的電子儀器。我不知道邏輯存在於人腦的哪個部位，也不了解自身電子腦的運作原理。它裡面有數不清的程式在互動、排序、編譯，執行各式各樣高科技功能。我的生活常識複製器中，不斷飛躍的０１字串裡，此刻必定遺失了某個數值。走回茱莉公寓的途中，我低聲詛咒密卡利斯博士沒有多花時間測試。

我敲門，屋內立刻陷入一片死寂。屋門拉開一條門縫。茱莉探出頭來。

「一切都還好嗎，茱莉？」我再度詢問。

她的回答和之前一樣。「沒事，沒事。一切都好。」

「加文還好嗎？」

「他很好。」

我們一時之間沒有說話（四秒鐘，如果你體內沒有內建時鐘的話），但屋內依然傳來哭泣聲，是他們的女兒愛普羅，她的聲音排在我的識別檔案裡面前幾位。聽見她輕聲哭泣讓我覺得自己決定回來是對的。但是我到底在這裡做什麼？

「我們沒有問題，馬克。」茱莉說。「謝謝你關心。」

【註】Keep my nose clean，有潔身自愛、明哲保身的意思。

帝國城是一座開明的城市，全世界只有這裡的機器人可以完全取得公民權。不過我是爲了統治世界而製造出來的，我並不怪有關當局想要花點時間觀察我是否眞的有意改過自新。我還要經過四年監管期才能讓法律認同我不具危險性，考慮給予公民權。如果搞砸了，世界上就再也沒有其他地方不會把我當作物品看待。一件擁有自我意識而沒有執照的武器，唯一歸宿只有垃圾場。

如果闖入公寓，我就會搞砸一切，但是如果不打算做足全套，一開始我就不該回頭。

茱莉試圖關上大門，但是我伸手抵住門框。我沒有要求進門，而是將門推開，直接走入。

這間公寓就和帝國城中百分之九十二的公寓一樣，只有一個劃分成不同區域的空間。浴室除外，浴室是位於屋角有三個電話亭大小的金屬箱子（全部都是金屬的）。我以光學元件掃過整間公寓，並且看出問題所在。製造混亂的不是我原先以爲的加文，他癱坐在一張椅子上，一手摀住嘴巴，鮮血不斷自下頷滴落。地上四處散落餐盤碎片，以及沒吃完的早餐，外加兩顆牙齒。我假設是加文的。

小孩在角落擠成一團，他們兩個都是變種人。帝國城裡很少有人天生就是變種人，通常都是後天忽然轉變的。帝國城的供水系統裡存在著許多化學物質，街道上常常會出現詭異的輻射區域，空氣中的不穩定隱形氣體可能導致突變。所有生物市民每天都會接觸數十種不同的基因變動媒介，每個市民都知道自己隨時可能會冒出第三隻眼睛或是長出觸角。這種現象似乎沒有一定的模式，不論你的社交地位爲何或銀行帳戶有多少存款都不會影響突變的機率。

兩個可憐的孩子之中，霍特的突變比較明顯，身上長有鱗片以及一條尾巴。沒什麼大不了的。

帝國城可以接受變種人，甚至已經見怪不怪，儘管國內其他地方還在討論什麼遺傳性色素沉澱之類的問題，帝國城早已拋開這些惱人的爭議。當正常人和變種人的差別只是在於一個隨時可能發生同時又無法預知的基因反應之時，爭辯這類議題並沒有多大的實質意義。

愛普羅是個超能力者，今年才八歲，所以天賦的實質能力還沒發展完全。有時候她能夠看見未來的零星片段，還具有移動鉛筆的靈動能力。就和所有超能力者一樣，她的眼睛會在使用天賦的時候改變顏色。啓動預知能力的時候會變成亮紫色，啓動靈動能力時會變成天空藍。此刻她的眼睛是褐色的。我拉近焦距，掃描她眼球鞏膜上的蜘蛛網狀血管。鞏膜就是眼白的部分，別問我爲什麼有預載這種資料。我看見淚水順著她的臉頰滑落。

整個掃描程序於十六分之一秒中完成。我的聽力或許不怎麼樣，也沒有任何嗅覺感應器，但是我擁有最頂尖的光學科技。我的雙眼不單能察覺、分析並且過濾一切細節，同時還會告知我問題所在。倒不是說我需要一台分析儀才能察覺一名擁有四條手臂而且指節上帶有擦傷的男人就是了。

我原先打算介入一場家庭糾紛，結果卻陷入了更加嚴重的情況。我可以應付家庭暴力，但四臂人顯然比較棘手。

「你是什麼玩意？」四臂人一掌打在加文後腦勺上。「這個伯特機器人是誰？」

「誰也不是。」加文咬牙切齒地回應道。「只是鄰居。」

「沒錯。」我同意。「我誰也不是，而你得離開了。」

我向前踏出一步，茱莉抓住我的手臂。「拜託，馬克。不要。你只會讓情況更糟。」

她說的沒錯。不管加文給自己和家人惹上什麼麻煩，都不是我有能力解決的。嘗試解決是愚蠢之舉。

「抱歉，我不應該介入的。」

「你他媽的說得沒錯。」四臂人再度打了加文一耳光。我緊握十指，拳頭如金屬巨錘。我可以在這個傢伙身上打穿一個大洞，但這樣做是不對的。長遠來看是不對的。

愛普羅穿過房間走向我，雙手環抱我一隻腳。她抬起頭，張大雙眼凝望著我。又大又亮的紫色眼睛，透露哀求意味的預知之眼。

「別走，馬克。」她緊閉雙眼，淚水直流。「如果你走了，就會發生壞事。」

這就夠了。我輕輕將她拉開，並攔在她身前。「沒事的，孩子，交給我來處理。」

我轉向四臂人，但是他不等我走近就已經拔出一把光線槍並且朝我擊發。紅色光線射穿我的制服，自金屬外殼上反彈開來，在冰箱上炸出一個小洞。四臂人沒有學到教訓，打算再度開槍。

我舉起一手。「住手。這把槍傷不了我，但如果因為反射而傷害到屋內其他人，你將會面對比現在還糟的情況。」我雙掌交擊，發出巨響，讓他明白狀況。

我本來可以瞬間撲到他身上，但是我身軀龐大，匆忙之間一定會損毀公寓。四臂人逮到機會，把手伸進外套裡啓動某種裝置。他在一道閃光中消失，傳送離開。他絕對不是隱形，我至今不曾碰過能夠逃過我的目光的隱形系統。大智囊團已經研究傳送科技數十年了，至今尚未成功。當然，或許四臂人此刻已經傳送回祕密巢穴，並且化身一堆膠狀物質。如果是那樣的話，問題就解決了，我也沒有什麼好擔心的了。

「你不該這樣做的，馬克。」茱莉說。

今天我已經做了很多不該做的事情，但我通通做了。而且時態轉移科技依然處於空想階段，我必須知道眞相。

「到底怎麼回事，茱莉？」我問。

「媽的不關你的事！」加文大叫，在我的制服上吐了一口血。「我們沒有請你幫忙！我本來可以應付的！這下通通被你搞砸了！我們麻煩大了！」他氣沖沖地走到屋角，繼續嘀咕咒罵。

我不去理他，他向來是個軟骨頭的寄生蟲。如果我認爲四臂人是來殺他的，絕對會袖手旁觀。但是打從我獨立生活以來只交到少數幾個寶貴的朋友，我可不希望失去僅有的朋友。機器人沒有家人，茱莉和這兩個孩子是最接近我家人的人了。

「我幫得上忙，茱莉。」我說。

「那是我們的問題，馬克。你沒有必要蹚渾水，你還處於監管期。」

「那個我來擔心就好了。」

「不。」她抓住我的手臂，將我拖向屋門。我沒有抗拒，任由她領著我回到走廊。「我很感謝你的關心，眞的，但是我們自己可以處理。」

我本來打算爭辯，但我的自我保護指令開始運作。我不能強迫茱莉接受我的協助。我試過了，如今我可以問心無愧地離開他們。

「如果妳改變心意，茱莉——」

她用力把門拉上。

我聳了聳肩，朝手扶梯走去。遲到是會挨罵的，制服上多了個洞會被罵得更慘。我必須去買件新制服，而符合我的尺寸跟身材比例的制服可不便宜。

屋門再度拉開，愛普羅手裡拿著一張色紙，跑到我面前。「馬克，馬克！我有東西要給你！」

我半跪蹲下，伸手輕觸她的肩膀。這個小女孩總是讓我警覺自己有多危險，不到百分之五的能量就能將她壓碎。她信任我，而這讓她成為我的世界裡最珍貴的事物。我就和新式機器人一樣多愁善感。

她交給我一張圖畫。線條很簡單，但就八歲小孩而言已經不錯了，而且她只用靈動能力作畫。我認出畫裡壯碩結實的紅色人形機器是我，而我旁邊站著一個笑容滿面的圓臉紫眼小女孩，四肢以線條代表，衣服是紅色三角形。

「謝謝。」

「你不會丟掉吧？」她問。

「妳在開玩笑嗎？我會直接把它貼到我的冰箱上。」我很高興終於找到機會使用那台陳舊的老機器了，目前爲止它唯一的用處就是佔據我用不到的廚房空間。

公寓門被人拉開，加文步入走廊。他看起來依然很糟，但他總是那個樣子。這傢伙在我眼中早已不是癟三這種尋常用語可以形容的了。

「愛普羅．安奈，給我進屋裡來！」

愛普羅伸出雙手環抱著我。「你最好快去上班，馬克。」她的眼中閃過紫光。「你老闆會對你大吼大叫，但是不要擔心。只要不去理他，一切就會沒事的。」

她頭也不回地跑回公寓，加文在跟著進屋之前狠狠瞪了我一眼。

我以過大的手指小心摺疊圖畫，塞入口袋。我完全沒想到要掃描色紙背面。如果那時有想到的話，或許一切就不會發生。但是我沒想到，所以事情發生了。

這就是擁有記憶矩陣的壞處。除非系統當機，不然沒辦法遺忘曾經犯下的錯誤。

2

在明日之城裡，汽車被視爲過時的垃圾。太吵雜、太沒效率、太骯髒了，最重要的是，太傳統也太可靠了。帝國城的街道上擠滿了次世代交通工具。而且不光只是大公司的產品，任何夠膽剽竊《飛天大戰》【註】系列車款設計並且呈交大智囊團的技師都可以取得授權製造，他們的想法就是放任各式各樣的車款在街上亂跑，遲早會有眞正的好貨浮出水面。

街上有所謂的慢行者，也就是藉由氣壓式機械腳前進的大箱子。還有踏浪者，顧名思義就是以烏龜般的速度和機動力轟隆隆前進的大水槽。盤旋滑行者能像火箭一般加速，轉眼之間轉彎，然後在滑行三十呎後突然停止，所以它們都會加裝超厚保險桿。陀螺號順暢無礙地在車流中穿梭，直到陀螺儀卡住，變成全面失控的狂暴颱風。還有嗡嗡蟲，以其嗡嗡作響的塑膠翅膀以及貌似大黃蜂的外殼命名。還有旋翼車，不過它們通常都待在空道上。這些車輛唯一的共通點就是全都沒有輪胎，帝國城中沒有東西是用滾的，除了單靠一個輪胎維持平衡的獨輪艙，乘車過程四平八穩，直到翻車爲止。

藍星計程車行採用以上所有車輛組成車隊。像我這種體形的機器人最適合駕駛踏浪者，但是我通常只能開到盤旋滑行者。我的體重容易壓低車身，每隔七十五呎左右就會刮花金屬路面，造成陣陣火花。重漆底盤的費用通通從我的薪水裡扣。如果我疑神疑鬼的話，就會說調度員不喜歡我，特別是他所有上衣口袋上都縫有「生物人權利聯盟」標誌。

開計程車是個好工作，我很幸運擁有這個工作。當老闆對我大吼大叫時，我咧嘴而笑（這是隱喻），欣然接受。他對我制服上的洞頗有微詞，但由於有個客人急著要我去接，他叫我去向祖恩借件背心。

祖恩是隻大猩猩，原先住在帝國城動物園裡供人欣賞，後來智力增長到足以取得公民權的程度。他同時也是有爲上進的人，或是人猿，隨便啦。

他交給我一件背心。「小心點穿。」

「謝謝。」

我換裝，將原先的背心丟到置物櫃旁的板凳上。祖恩一手拿書，另一手拿著一顆葡萄柚，用腳撿起那件背心。他用手指戳著背心上的洞。

「很可怕的燒灼痕跡，馬克。」他評論道。「怎麼回事？」

「香菸。」我回答。

他將注意力放回書上，那是一本破破爛爛的《泰山與蟻人》。「開始抽菸了，是不是？」祖恩嗤之以鼻。「你知道，機器人抽菸是件很愚蠢的事，尤其是沒有嘴巴的機器人。」

【註】Flash Gordon，一九三四年出版的暢銷科幻漫畫，後來改編為電影、電視劇、動畫等。漫畫中主角的交通工具是一輛形似摩托車、造型前衛的飛行器。

「但讓我看起來很酷。」我照照鏡子，調整我的領結。這個動作導致新背心的一條線頭綻開。祖恩的肩膀很寬，但還比不上我。

「你要是弄壞了就得買下來。」他說。

老闆大吼大叫，說我得在五分鐘內抵達市區另一邊，如果遲到就要打電話給我的監管員，在紀錄上記過處分……吧啦吧啦吧啦。我沒聽見接下來的話，因爲我調整音訊過濾器，過濾掉他的聲音。

「說眞的，馬克，」祖恩說。「遇上什麼麻煩了嗎？」

我抗拒一股想要聳肩的衝動，深怕背心承受不起。「沒有什麼好擔心的，謝謝關心。」

「晚上有些同事想去打保齡球，你該一起來。」

「我得早點回家。」我撒謊。「我看起來如何？」

「看起來像高特【註】，如果他變節，然後跑來當計程車司機的話。」他嘟噥說道，跳下板凳，大步走向車庫。

「很好。」我將帽沿調整成傾斜的角度，然後跟在他的身後走去。

交通一如往常地凶險。我擁有刀槍不入的合金外皮，但是就連我也三不五時會擔心自身安危。我在量子大道上遇上一輛嗡嗡蟲阻礙交通，嗡嗡蟲隨時都在阻礙交通。除非出現更好的東西取而代之，不然帝國城裡沒有東西會日臻完美。大智囊團只單純熱愛科技而已。並不是說我對此有所怨言，這是伯特機器人可以取得公民權的一大原因。帝國城的居民有百分之三是機器人，而這些機器人居民是博學議會最值得驕傲的政績之一。

我下車，親手推開那輛可惡的嗡嗡蟲，幫忙排除交通阻礙。嗡嗡蟲很輕，一點二四噸而已。即使在省電模式之下，我的馬達組件依然可以舉起至少七噸的物品。我很高興能夠運用蠻力幫助其他公民，雖然沒有人向我致謝。事實上，在我走回計程車的途中，不少司機還罵我阻礙交通。我暗自希望他們的憤怒之下隱藏著感激之情。

禮拜二我的工時較短，有時間可以處理一些私事。

博學議會十分重視我的更生進度，這算是某種社會實驗。其他機器人公民都是發展出自由意志異常現象的標準機型。我是第一台特製的伯特機器人，也是第一台天生就具有邪惡意識的。就連大智囊團也不曉得爲什麼有些伯特機器人會發展出自由意志，而有些不會。有些比較偏向哲學的人，特別是知識殿堂的領導人們，假定自由意志異常現象根本不是程式錯誤，而是上天恩賜的神聖火花。大多數人認爲那是一種至今無人能夠排除的硬體問題。我本人並沒有花太多時間思考這個問題，神學辯論並非我預載的程式功能，而我也不打算將它新增到檔案裡。

博學議會在我身上下了很大的賭注，就連我也不敢肯定自己已經發展出眞正的自我意識。這一切都可能是由一個程式臭蟲引發的，有一天，我的電子腦很可能會自我修復，到時候我就會變成

【註】Gort，一九五一年科幻片《地球末日記》裡伴隨外星人克拉圖來到地球的機器人。二〇〇八年重拍版在台上映時的片名爲《當地球停止轉動》。

本來應該成為的毀滅武器。我所知的一切都和博學議會一樣，我背叛了創造者，想要成為對社會有所貢獻的一員，並且通過了所有機器人公民必須克服的一系列思想模擬測試。對其他伯特機器人來講，這樣就夠了。我不行，我還得去看心理醫生。

穆賈希醫生是世界上最頂尖的神經機械心理學家，專精於治療行為舉止類似生物人的機器。她是第一個自機器人身上診斷出自由意志異常現象的專家，正因為她努力研究的成果及受人尊敬的意見，促使議會向我投下信任票。我的權益並非她的優先考量，她只是沉迷在研究另一個可發展出自我意識的機器而已。值得一提的是，醫生從來不曾以對待研究個案的方式對我，她面對機器總是比面對人群來得自在。

接待員是一個名叫賀比的自動化機器人。穆賈希醫生親自設計他的程式，讓他的行為模式和生物人一模一樣，不過他並沒有發展出自由意志異常現象。儘管不斷努力，醫生目前還沒有辦法刻意重建這種現象。賀比是面長有十六根機械觸角的顯示器。光是不讓那些觸角纏成一團的子程式就足以逼瘋大多數程式設計師。

賀比自辦公桌上抬起頭來，同時不斷在四個不同的鍵盤上打字。「你遲到了，馬克。」

「遲到是我今天的主題。」我回應。

賀比沒有幽默感。我很想把這點歸類成他人工天性的優點之一，但是有些伯特機器人，就像有些人一樣，實在嚴肅得有點過分。他的數位臉孔皺起眉頭。「坐，穆賈希醫生很快就會見你。」

等候室能夠容納很多形體不同的病患，有些椅子大到連我都能舒舒服服地坐在上面。我在一名建築伯特機器人和一名機器警察中間坐下等候。

六分鐘後，房門開啓，穆賈希醫生和一個女人，以及抱著蓋比鵝娃娃的小女孩一起出來。醫生對我點頭微笑，向女人說了幾句話，拍拍娃娃的腦袋，然後走回辦公室。

「密卡頓，你是下一個。」賀比說。

進入辦公室時，醫生正在電腦上輸入資料。她沒有抬頭。「請自便。」

我在特殊躺椅上坐下。沒錯，她要求病人躺在診療椅上。她喜歡這種傳統的感覺。這張診療椅與正常躺椅的不同處在於旁邊有線路插孔讓病患進行連結。

「現在開始看生物人病人了，醫生？」我問。

她專心打字，沒有回應。

「那個女孩，」我說。「是生物人吧？還是大智囊團終於研發出討論多年的完全生物人模擬機器人？」

醫生暫停。「喔，不，還沒有。皮膚怎麼弄都不對。不過我不是在治療女孩，是在治療娃娃。」

如果連蓋比鵝都開始思考的話，我就一點也不特別了。基於某種原因，這個想法令我不安。

「我認爲病患只是經歷某些細微的程式異常現象。儘管如此，依然是個有趣的發展。」她突然停止打字。「請插入插孔。」

我打量插孔，我不喜歡它。我是封閉式的系統，不喜歡隨便插入其他插孔。這樣很容易感染病毒。

「麻煩你，馬克。」

我打開位於生物人肚臍部位上的連接埠，插入診療椅的插孔。醫生辦公桌對面的大螢幕上立刻浮現一連串資料。那些無盡的程式編碼在我眼中毫無意義，但是看著自己的電子腦內部資料變成一連串的字母和數字還是讓我感到些微不安。我看不出來裡面是否藏有什麼神聖的火花。

醫生喜歡一邊講話一邊分析我的電子心靈，從閒聊開始。她說藉由伯特機器人應付日常生活對話的方式就可以看出很多細節，對話細節可以透露大量資訊。我知道這一點，也知道我說的每一句話，不管聽起來有多無關緊要，將來都有可能被用在不利於我的地方，所以我都以簡短的言語應答。非常簡短。如果可能的話就以單字回應。這樣做不太能展現我重新適應社會的進展，但是我沒辦法不這麼做。疑神疑鬼早已深深植入我的個性樣板之中。

最後，穆賈希醫生問出了最重要的問題。我之所以害怕這個問題是因爲我曉得她每次都會問，偏偏我又沒有答案。

「最近過得如何，馬克？」

我想了想這個問題。「還好。」

她的桌燈閃了一下。我會注意到這盞燈是因爲它是古董，現在只有最貧困或最富有的人才會使用。這盞燈依然使用燈泡。她轉轉桌燈，饒富興味地打量著它，或許是在診斷這盞桌燈有沒有愛迪生情結或是光子嫉妒症之類的毛病。

「怎麼個好法，馬克？」

「我不知道。」我誠實以對。「就還好。」

桌燈再度閃爍，她的手指沿著燈罩滑動，彷彿這樣做能夠安撫桌燈一樣。「好吧，馬克……」她說著說著就沒聲音了，這表示她在思考。另外，她今天喚了太多次我的名字，這表示她在用力思考，思考關於我的問題，或許是關於我的未來。她凝視螢幕的模樣令我緊張，我看得出這一點是因爲每當我緊張時，螢幕下方就會出現一道浮動的線條。

「告訴我，馬克。你有閱讀上次我請你帶回家去的那些書嗎？」

「當然。」

桌燈再度閃爍。老舊的垃圾。

「你有加強你的細部動作協調能力嗎，馬克？」

「當然。我一直在做汽車、飛機、火箭模型。」

「那協調能力發展得怎麼樣了，馬克？」

「非常好。」桌燈亂閃，我感到一股說不出來的罪惡。「妳應該換掉那盞燈的，醫生。」

「喔，它好得很。」她回應道。「你看，馬克，只要你說謊，你的聲音合成器就會發出一種聽不見的低頻雜音。」

「是喔。」我坐起身。「幫我個忙，別告訴我的牌友。」

她忽略我的笑話。她的幽默感比賀比還差。「那個音頻太低，生物人的聽力無法察覺，但是我調整辦公室裡的麥克風去接收它，並且在收到的時候讓桌燈閃爍。」

她讓我用靠回躺椅的時間思考這個事實，一言不發地研究著螢幕上不斷轉換的編碼。

「我有做模型，」我說。「眞的有。但是截至目前爲止，它們都會被我捏壞。」

「那讓你有什麼感覺，馬克？」

「我不知道，沒什麼大不了的。」

桌燈，那個惹人厭的爪耙子，再度閃爍。

「感覺很差。」我嘟噥道。「好吧，感覺很差。我的手不是用來做那些精密動作的。我能黏起幾塊模型，然後啪啦一下，面前就只剩下一堆壓碎的塑膠。」

「有任何進展嗎，馬克？」

「我做好了半輛賽車。當時感覺很棒，直到……」我揚起雙手，扭動粗粗的金屬手指。

「非常好，馬克。」她按下腰帶上某樣裝置的按鈕，螢幕上出現一個特定的程式。「你的手部靈活度子程式發展良好。想要談談社交融入能力的話題嗎？」

她說得好像是個問句，但並不是在提問。我們每次都會聊到這個問題，醫生說這是我必須克服的最大課題。我不同意，但是既然我不喜歡談論這個話題，或許她說的也不無道理。

「有交到朋友嗎，馬克？」

「幾個。」我回答，這回桌燈沒有閃爍。

「有聽我的話進行社交活動嗎？」

「當然。」

「多常？」

「一週兩到三次。」

那個洩密的小渾蛋一閃再閃。

「我記不清楚。」

桌燈連這句謊言都不放過。對於一個有能力記得短暫一生中每個片刻的伯特機器人而言，這種話根本沒人相信。

穆賈希醫生嘆了口氣。「馬克，完全社群同化是機器人公民必須面對最困難，同時也最重要的障礙。」

「是這樣嗎？」她曾經提過這個問題，但是她打算從頭到尾再說一遍。即使我可以打開檔案來一字一句重聽一遍也一樣。

「人工實體缺乏融入日常生活的事物。」她說。「他們不吃東西，所以不能享受美食帶來的單純快感。他們沒有性別，所以不能享受約會、誘惑，以及性愛交合的社交行爲。一般而言，他們的思考模式不夠抽象，無法經由閱讀、藝術或是其他生物實體所能享受的消遣方式獲得滿足。」

我在心中暗自竊笑。醫生喜歡讓機器人像生物人，讓生物人像機器人。

「天生擁有眞正智慧的伯特機器人大多可以透過與生俱來的使命達成完全同化。建築自動化機器人會持續蓋房子，警衛用機器人會繼續維護治安，以此類推。但是，馬克，你是基於反社會目的而生，這個矛盾在你的系統之中產生了極大的壓力。」

她關閉螢幕，回到辦公桌。「但是我們還有很多地方可以加強。以下是我希望你做的事情，我要你展開規律的社交活動。可能的話，每天都要。」

「我不知道。我很忙。」

桌燈閃爍。我想它不認爲待在家裡凝視冰箱是多麼重要的事。

穆賈希醫生接著說。「繼續做模型、看看那些書，先讀一本，我建議從《金銀島》開始讀起，我想那本書的暴力描述能爲你的侵略指數提供一個健康的宣洩管道。」

「妳說了算，醫生，但是我能控制我的侵略指數，眞的。我保證。」

可惡的桌燈並不認同。我拔出插口，輕踩步伐走過辦公室。「我的進展不錯，眞的。」

閃爍，閃爍。

我抓起那個小渾蛋，一手將它捏碎。我特別享受那個閃個不停、無所不知的小燈泡破碎時所發出的聲響。穆賈希醫生在我將那盞慘遭解體的古董放回辦公桌上時微微皺眉。

「今天晚上我有些同事要去打保齡球，他們找我一起去。」

她重新開始打字。「不要遲到，馬克。」

3

帝國城有很多問題，不過還是有一項優點——絕對不會浪費，所有東西都會回收。這樣做有兩個原因：帝國城不喜歡老舊無用的東西，博學議會不能容忍任何東西毫無用處地浪費空間，就算是埋在沒人看見的地方也不行。它們同時熱愛將壞掉的東西重新製作成又新又亮又有用的東西。《知識殿堂法典》裡有一整章專門用來宣揚重新再加工的好處。

缺點就是回收中心是市內毒性最強、污染最嚴重的地點，它同時也危險得很。那堆詭異科技在運作正常的情況下就已經夠危險了，被塞到回收中心之後簡直已經危險得致命。回收中心的員工幾乎都是自動化機器人。這是少數幾個沒有生物人員工保障名額的工作，因爲生物人權利聯盟沒有瘋狂到會去爭取這個工作機會。

三不五時會有生物固執、勇敢並且瘋狂到在這個職位上存活下來，我造訪的這間回收中心就是由這樣一號人物所管理。文尼是個高個子，身材瘦長，比例很怪。從他的職業與奇特的身材來看，他或許是個變種人，不過我從來不曾見過那身連身衣、工作褲、長塑膠手套、厚底工作靴、循環呼吸面罩，以及護目鏡底下的半吋皮膚。他的腦袋上長著怪東西，可能是頭髮，但是我不太敢肯定。

他來到大門迎接我，護目鏡上積了一層厚得看不見眼睛的淤泥。他必定有著X光般的超強視力才能透過護目鏡看見任何東西。

不知道是他還是他的面罩發出一陣喘息聲。「你來早了，密卡頓。」

回收中心是由令人眼花繚亂的傳輸帶、切碎器、熔爐、拆卸工作機器人所組成的。堆積如山的機器經過拆卸，堆成比較小的垃圾堆，然後又分門別類成更小堆。這裡的機器人都是搭載基本程式的低等工作機器人，就連簡單的個性模擬器都沒有。他們和我這種尖端科技的機器人沒有半點共通點，但是看著他們拆解機器依然令我渾身不自在。當我終於不再運作時，也可能會淪落到這種地方，甚至就是這裡，到時候那些工作機器人就會冷酷無情地將我拆解。這個想法幾乎讓我的液壓油凍結。

文尼在一堆陀螺號的殘骸前止步。「到了。」

「有桌燈嗎？」我問。

他竊笑一聲，不過透過面罩聽起來像是刺耳的喘息。「沒有桌燈，只有這些，接下來的一個小時任你處置，然後它們就要進熔爐了。」他一邊發出喘息聲一邊離開。「時間不多了，大傢伙。」

我把接下來的五十三分鐘通通花在捶打陀螺號上，這是我個人的獨門療法，每個禮拜會有兩次跑來砸爛這些沒有人要的東西，沒有人會受傷。穆賈希醫生說的沒錯。我體內有一條程式碼會引發砸爛東西的需求，而既然醫生不喜歡侵入式的程式修改，我就無法擺脫它。這是我所知唯一能夠宣洩這種需求的方法。一個小時過後，陀螺號的殘骸變得更加零碎，我則感覺好過許多，雖然沒有百分之百滿足。

「天呀，密卡頓。」文尼踢了個從整輛陀螺號被打成足球大小的殘骸一腳。「今天提升了一點能量，是不是？」

「只提升到百分之六十。」我回答。事實上是百分之六十二，但是文尼沒有辦法察覺低頻雜音。

「下禮拜二同一時間？」

我計算了一下生活費預算。賄賂文尼加上額外消耗能量的費用，這些療程並不便宜。不過眞正讓我不安的部分在於這些療程已經不如以往那麼有效了，但是我想不出其他做法。

「好的，文尼。」我抓起一個盤旋滑行者的擋泥板，將之扭成椒鹽捲餅的形狀。「我會來。」

我沒去打保齡球。

砸爛陀螺號拖延了一點時間。我可以搭公車，但不願意支付七分錢的車資。拳打腳踢的運動消耗了不少能量，我不想浪費更多能量去跟公民互動。我想要回家，將能量耗損降到最低，然後聽冰箱嗡嗡作響，只不過我的冰箱不會嗡嗡作響，因爲我拔掉了電源，好讓我吸收更多電力。這些都是好藉口，不過不是超棒的藉口。祖恩和其他同事不會介意我遲到的，丟一顆十磅重的球也消耗不了多少能量。電費帳單預算沒有吃緊到那個地步。

我只是今天沒心情向別人示好而已。不過話說回來，我從來都沒那個心情。

這就是重點，穆賈希醫生所謂的偶爾來點正面的團體激勵跟強化社交融入。她是個聰明的女士，對於伯特機器人心理學懂得比我多太多了。我告訴自己下次會去，而既然我的聽力無法聽到低頻雜音，我可以問心無愧地自認說的或許是實話。

穿越公寓走廊時，我在茱莉家門口停下腳步，考慮要不要敲門，但是生活常識告訴我不要繼續介入他們的生活。我做出明智的抉擇，邁步離開。這麼做讓我覺得很糟，但是伯特機器人必須懂得保護自己刀槍不入的外殼。

我關閉了公寓中的自動燈光，理由就和我拔掉電冰箱的插頭一樣。由於沒有窗戶以及照明的關係，公寓裡一片漆黑，就連環境強化器都沒有作用。我可以在其中自由活動是因爲防呆記憶矩陣告訴我所有東西放在什麼地方。位置可能有四百二十一公釐的誤差，不過影響不大。

我走到冰箱前，自口袋中取出愛普羅的色鉛筆塗鴉以及一塊香蕉形磁鐵，將圖畫貼在冰箱門上。電話的留言提示燈閃爍著。走向八呎外的電話途中，我撞上了某樣東西。觸覺網絡認定那只是被擺歪了整整三吋的桌子。我想應該是房東跑進來察看時弄的，他一個禮拜起碼會跑來三次。樓下的房客抱怨我走路發出太多噪音（沒人提供我任何不須走路就能在公寓內移動的選項）。房東十分認眞看待此事，如今認定我在等待適當的時機摧毀這間公寓。當一件致命武器成爲滿腹牢騷的承租人時就會有這種麻煩。

留言是祖恩打來的。他提到我沒去打保齡球的事，接著又說有些同事打算下個禮拜再約一次，如果想去的話，我可以打個電話過去。

我喜歡祖恩。他是我最好的朋友，可惜的是我們幾乎沒有一起出去閒晃過。聰明的話，我應該在他不再詢問之前接受邀約。

我拿起電話，但是在我有機會撥打祖恩的號碼之前，有東西穿過公寓地板直奔而來。體形太大，不是老鼠，一定是隻卓特鼠。這種齧齒動物的問題日趨嚴重；適應力強的品種，能在所有環境下存活，特別喜愛劇毒環境。帝國城下水道是地球上最劇毒的環境。卓特鼠擁有鰓、翅膀，以及一週產下一百顆蛋的能力。大多數的蛋都被其他卓特鼠吃掉，而孵出來的幼鼠大多畸形得無法存活。只有最頑強的卓特鼠才能夠長大成爲成鼠。我曾經眼睜睜地看著卓特鼠被炸成兩半，然後前後的半隻卓特鼠都像沒事一樣逃離現場。直到長出新腦袋以前，屁股那半隻常常會撞上東西。

卓特鼠並不特別具有侵略性，但是可能帶來危險。牠們吃的東西包括塑膠以及放射性廢料，而且牠們不喜歡光線。牠們偶爾會跑到迷路，出現在地面上，然後可能會因爲不知所措而害怕得張口咬人。被卓特鼠咬到很痛，而牠們的毒液會對異常ＤＮＡ產生致命的效果，有些變種人的反應強烈到會在短短幾分鐘內死亡。就算對正常人而言也不是什麼愉快的經驗。標準程序是要清空整棟建築，然後通知動物管制局來獵捕卓特鼠。我通常會幫他們省點麻煩，親自動手抓住那些小傢伙。我至今不曾遇上牙齒利到能夠咬傷我的卓特鼠。

「開燈。」

公寓大放光明，我的光學元件立刻調節適應，但是卻沒有掃描到任何卓特鼠，只有一台有腳的小型球體狀工作機器人在屋角迅速奔跑。另外還有兩台工作機器人站在我的桌子上，桌下的陰影中還有三台閃閃發光。我聽見冰箱上傳來另外一陣不明機器人迅速移動的聲音。我的威脅評估器迅速評估突如其來的威脅，不過這些不請自來的工作機器人動作更快。所有機器人身上都冒出發光的線圈，接著一道離子光束擊中我的身體。

很痛。但是痛楚對一台機器而言究竟算是什麼？或許就像對生物造成的影響一樣，是種強烈又不愉快的感官輸入刺激過後的反應。我所感受的痛楚和有血有肉的生物人一樣嗎？無法肯定。但是透過觸覺網絡傳來的這陣陌生刺痛感混淆了我的電子腦，導致我在原地呆立二十五秒，不斷承受工作機器人的攻擊。

接著他們停火，趁著槍管線圈緩緩冒煙時評估攻擊效果。交叉的火網攻擊燒光了我的衣服，也磨盡了我的耐心。這些球體機器人過於簡單，沒有能力感到驚訝，無疑已經開始計畫下一步行動。

我向前踏出一步，一拳捶向一台工作機器人。他往旁邊跳開，我只打爛了桌子。一台機器人竄到我的腳下。我的動作沒有快到把他一腳踩扁，不過卻在地板上踏出一道凹痕。樓下的房客一定會非常高興。

一具工作機器人撲向我的面板，用雙腳緊緊纏住我的脖子，力道強得足以勒斷活人的腦袋。我的音訊裝置接收到刺耳的噪音，因爲對方試圖用電動刀劃開我的腦袋。攻擊失敗了，但是電動刀造成比離子光束還要強烈的痛楚。這一次的痛楚並沒有令我措手不及。我抓起球體狀機器人，將他扯開，然後一把捏碎。比我預期中困難，必定是某種強化合金。

我將殘骸丟向另外一台工作機器人。那個小渾蛋閃避不及，這一下打得他動彈不得。在他重新調適之前，我一腳將他踩扁，地上又多了一道凹痕。

剩下的工作機器人在公寓裡亂跑。我動作太慢，抓不到他們。我抓起桌腳，舉起破桌子四下揮舞。球體狀機器人不斷閃避。徒勞無功十二秒後，我放棄了。如果我有肺的話，此刻已經氣喘吁吁。結果我嘆了一口氣。

這倒新奇。我從來不曾嘆氣。嘆氣並沒有預載在我的原始個性樣板之中。或許我太常跟生物混在一起了。

工作機器人四下閃躲。他們不會嘲弄別人，但是感覺實在很像在嘲弄人。他們頭上冒出吱吱作響的卷鬚，最接近的工作機器人甩出卷鬚，我拿桌子擋下，廉價的鋁製家具當場一分為二。對方再度甩鬚，桌子瞬間化為灰燼。第三下攻擊纏上我的手指，我的指節上出現一道高熱造成的紅色傷痕。

我扭動手指，檢視它們的功能。「噢！」這也是我第一次發出這種反射性的驚呼。

所有工作機器人都開始對我揮動卷鬚。比離子光束痛，不過比不上電動刀。我忍受痛楚，等待機會。我抓住一條電卷鬚，甩動末端連結的球體機器人，撞向他另外兩台夥伴。被我抓住的機器人撞鬆了某樣零件，當場停止運作。另外兩台自牆壁上彈落，力道尚不足以撞凹外殼，不過足夠混淆他們的陀螺儀。他們東倒西歪，我踩了好幾下才終於把他們踩爛。

我轉向最後一台工作機器人，他安安靜靜地站在我的廚房方形櫃上。他收起電卷鬚，原地坐下，球體發出詭異的嗶聲。

「無計可施了，小傢伙？」我問。

他再度發出嗶聲，這一次比較大聲。接著又一聲，更大聲。他越嗶越快，形成一陣尖銳的高音。

「喔，可惡。」

我的反射模組開始作用。我抓起工作機器人，打開冰箱將他塞進去，在爆炸的同時關上冰箱門。爆炸的威力淹沒了我的感應陣列。四秒之後，雜訊消退。我發現自己躺在一間濃煙密布的房間地板上。我的皮膚或許刀槍不入，但是內部零件卻可能在衝擊中受損，於是我一直等到診斷程式確認所有重要元件都還在運作之後才坐起身來。

我必定是在爆炸的衝擊下穿牆而過，摔入隔壁房間裡。壓到人的機率很高，不過身下沒有任何濕軟的感覺。我站起身來。

「哈囉？有人在家嗎？」

沒人回答。

我走到牆上的大洞前檢視自家的廢墟。沒有什麼好看的。濃煙還沒飄散，不過可以想像其中的景象。桌子就是我唯一的家具，冰箱是唯一的電器。我家沒有多少東西可供以摧毀，不過押金肯定拿不回來了。

我轉回身來。「哈囉？」

這一層樓裡沒有任何空房，所以一定是大家都出門了。算我好運。爲防萬一，我緩緩穿越濃煙，搜尋昏迷或是受傷的房客。經過掃描，我認出這廢墟是茱莉家。家裡應該有人才對。我並不是要抱怨，但是我的直覺又開始發出警告音了。

我渾身都是挫傷和凹痕，不過沒什麼大礙。高溫的焦痕會淡化，記憶合金會自動補足凹痕。派遣這些工作機器人來解決我的人顯然沒做功課，難以想像怎麼會有人想要解決像我這麼正直善良的伯特機器人。

我注意到腳下凹凸不平的冰箱門，將之推向一旁。愛普羅的畫，儘管有點焦黑，不過還是在混亂中保存了下來。我撿起畫，抖掉上面的灰塵，光學元件在圖畫背面掃描到一點東西。

四個字：來找我們。

4

最能讓平淡的一天變得複雜的事情就是一場小小的爆炸了。房東很生氣，一直瞪著我，好像我做錯了什麼事情、好像我喜歡對抗一群有自殺傾向的工作機器人並且炸毀自家公寓一樣。

說實在話，我並不怨恨那些機器人。在垃圾場砸爛垃圾是很有趣，但是在眞正的死鬥中測試自己，則提供了一條我從來不曾享受過的紓壓管道。這是我天生該做的事情，不是凌虐廢五金，而是格鬥的藝術。等待接受盤問的時候，我在腦中不斷重播當時的情況，一秒一秒地播。我應付得不錯，但是有些步驟還可以處理得更好。有些小錯誤我永遠不會再犯。我花了一百〇四秒才擊倒所有工作機器人。戰鬥檢討分析器向我保證再度面對同樣情況的話，可以在九十秒內結束戰鬥。不過眞實生活的一大特點就是幾乎不會遇上完全相同的情況。儘管如此，我適應力強大的進化編程還是學會了幾樣小把戲。

擁有一顆複雜電子腦的好處在於可以多工處理任務。我一邊透過分析器不斷重播戰鬥畫面，想辦法縮短戰鬥時間，一邊也播放著今天早上與茱莉一家、四臂人，以及他的光線槍互動的情況；愛普羅和她的圖畫，以及用粉筆草草寫在圖畫背面的訊息。

如果我有掃描它的話，如果有再看一看的話，如果她有開口求救的話。她當時就知道了，透過發光的紫眼看見自己的未來，而她還是放我離開。難道她不曉得不是所有人都有預知之眼嗎？難道她不知道該偷偷給我一點暗示嗎？既然她是超能力者，不是早該知曉我在一切太遲之前都不會看到她的訊息嗎？

「可惡的小鬼。」

這就是問題。愛普羅只是個小孩，擁有預知能力並不會改變這一點。

一名變種人打斷了我的思緒。我並不缺乏一邊和他交談、一邊繼續自責，同時分析自己戰鬥技巧的運算能力，但他給了我關閉檔案的好藉口，於是我把握這個機會。

他身高三呎二吋，全身長滿白毛，身後還有一條粉紅色尾巴，有小小的耳朵、機警的黑眼瞳，以及尖尖的鼻子。他名叫艾爾弗來多．山切斯，是一名警察，隸屬高科技犯罪組，擅長處理濫用科技犯罪的案件。

我們曾經共同經歷了一些事情。解釋起來很複雜，我救過他一命，他救過我一命。他是那份讓我的監管期核准名單上第二個名字，只排在穆賈希醫生後面，不過我們交情不深。儘管如此，他還是趕來幫我，而他眼裡那股微微不悅的神情讓我覺得自己好像做錯了什麼事情。

山切斯啓動了外套中的一台工作機器人。他飛到他的嘴前，插了一根香菸到他嘴裡，點燃香菸，然後飛回口袋。「不平靜的夜晚，是嗎？」

「不太好受。」

合金上的凹痕大部分都已經彈回原位，但是身上還有不少高溫焦痕和污點需要拋光處理，同時我還和啓動的那天一樣一絲不掛。我不用穿衣服，但是已經穿習慣了。這又是另外一個身處生物人世界的伯特機器人可能養成的奇特習慣。

山切斯吹了一個煙圈。想到他長滿牙齒的口鼻就令我深感佩服。「要告訴我出了什麼事嗎？」

「用下載的比較好。」

「你有權拒絕下載。」

「我沒有什麼好隱瞞的。」

「沒說你要隱瞞什麼，只是我依法必須盡到告知的義務。」

「我還在監管期內。」我說。「我以為我沒有任何權利。不管怎樣，我已經浪費了一小時又九分鐘的時間呆立在這裡了。」

「有地方要去，馬克？」

我不打算撒謊。山切斯總是能夠看出我在撒謊，或許我該檢查他的耳朵裡有沒有聽覺強化器，但是我懷疑事情會有那麼簡單。他只是一個很厲害的警察而已。

「沒有什麼好說的，有人試圖拆除我。」我回應道。

他看向走廊上那些身穿橘色西裝的男人以及忙著收集證據的瘦長法醫工作機器人。「結果搞得一團糟，是不是？」

「我並不好拆。」

「我知道。」山切斯一邊沉思一邊脫下帽子。「你認為此事與密卡利斯有關嗎？」

我聳肩。「我不確定。這些都是高科技工作機器人，但是沒有高科技到那個程度。博士還在冷凍器裡，不是嗎？」

「是。剛剛確認過了，依然乖乖待在莫利亞提療養院。」

莫利亞提創意罪犯療養院是專關超級邪惡天才的冰冷大黑箱，其設立目標是要讓天賦異稟但卻誤入歧途的聰明人士改過向善。截至目前爲止，並沒有發揮預期功效。那個箱子裡塞了很多危險人物，不過只有密卡利斯對我懷恨在心。博士遭受囚禁，並不表示不能興風作浪。

「博士知道我的規格，山切斯。如果他要派人殺我，我的外殼上不會只有這點凹痕。」

「是，我也是這樣想。那你最近有惹上什麼敵人嗎？」

我只想得到一個：四臂人。他知道我可以指證他，於是跑來我家留下幾台殺手機器人試圖將我拆卸，然後挖出我的記憶矩陣，燒到無法回復。可惜四臂人不知道我的合金有多厚。

「很合理。」山切斯說。「等我們下載你的證詞之後，我就把他的影像列印出來。」

「你一定要找出這傢伙。」我說。「他傷害了茱莉和她孩子。」

「有證據嗎？」

我交出愛普羅的圖畫。山切斯凝視背面的求救訊息五秒鐘。「我會把這家人的照片和四臂人的一起發放出去。」

「就這樣？」

他吸了一口香菸。「我還能做什麼，馬克？這件案子不歸我管。城裡還有比一個失蹤家庭更加嚴重的問題，你甚至無法肯定他們是不是眞的失蹤。我會去查，但不認爲會有人通報。」

「等到有人報案之後呢？」我問。「等到終於有人注意到後，警方會怎麼做？」

「我們有處理程序，馬克。」

「是，我知道。你們會建檔，將名字增加到清單裡。」我的發聲器以憤怒的語氣說出最後一個字。「程序。」

他毛茸茸的臉上露出一種想要爭辯但又辯無可辯的表情。

「抱歉，山切斯，我知道不是你的錯。你只是個警察。」

「沒關係。」他在一台法醫工作機器人接近的時候戴上帽子。「準備好就讓這台機器人下載你的資料。」山切斯把菸丟在地上，然後一腳踩熄。口袋工作機器人飛了出來，吸光所有菸灰，發出一下滿意的嗶聲，然後又飛回山切斯的口袋。「不用擔心，馬克。等下載資料證實了你的說詞，我就去向思考庫解釋清楚。應該不會有問題。」

我不是在擔心自己，山切斯也看得出來。

「放心。我肯定他們只是出門拜訪家人之類的，過不了多久就會出現的。」

「是呀，拜訪家人。」我同意道，盡我所能地說服我的差異引擎這是合理的推測。

他讓口袋工作機器人點燃另外一根菸。「聽著，此事不歸我管，不過我還是會幫你追查。」這讓我感覺好一點，不過他是個忙碌的警察。我懷疑他有辦法在眾多案件之中擠出時間追查一個沒人在乎的家庭。

「晚點再來研究細節。」山切斯道。「你看起來像是需要充電的樣子，今晚有地方去嗎？」

有個地方可以去。我把那裡的電話留給山切斯，他向我保證一有茱莉．布利克和他們一家人的消息就會聯絡我。我對此保持懷疑，但目前也沒有什麼能做的。我前往祖恩的公寓。他家離這裡只有七個街口，走幾步就到了。不過由於每踏出一步都要花費十二分之一分錢，所以我決定坐公車。

祖恩來開門的時候，身上穿著一件畫有帆船和海盜的睡衣。我的幽默感模組只能自這件睡衣上感應出一點點荒誕不經的感覺，本來我或許會笑的，但是我還沒有發展出這種模擬反應。會笑只是時間問題而已。不過暫時而言，我不會笑幫我們兩個免除了一些不必要的尷尬。

「現在睡覺有點早，不是嗎？」我問。

「我沒想到有人會來。」

他轉身大步走入屋內，我當他是請我進去，於是跟著進屋。祖恩的公寓比我的大。他開計程車開得比我久，也很擅長與顧客交際，所以小費也拿得多，沒有多很多就是了。我也負擔得起這種擁有獨立臥房以及客廳大上八立方公尺的住所，但我不需要這麼大的空間，所以住這種地方是不合邏輯的做法。

「你看起來很糟糕，馬克。」

「我的公寓爆炸了。我明天會去清洗打蠟，但此時此刻得找個地方充電。」

「當然。」他跳上沙發，倒了一杯紅酒。

他沒有追問細節。他是我的朋友，而帝國城裡隨時都有東西爆炸。大部分會爆炸的都是實驗室或是研究機構，但是比較無害的地點毀於爆炸也不是沒聽說過的事。他搖晃杯中的紅酒，大大的鼻孔湊到杯緣旁，然後聞了一聞。「那裡有個插座。」他抬起右腳腳趾比了一比。

「我只待一個晚上。」我說。

「沒關係，馬克。自己人幹嘛這麼客氣？」

他輕啜紅酒，拿起書本。這隻大猩猩把所有私人時間花在閱讀上面：小說、非小說，各種主題都不放過。他甚至在家裡放了一座佔據兩立方公尺的書櫃，裡面堆滿書籍。我對閱讀小說興趣不大，穆賈希醫生說的一點也沒錯，我的思想沒有抽象到足以深入其中。至於非小說類，我發現自己對於所有與自身功能沒有直接關係的新知識都不感興趣。我的動機誘發指令並不包含吸收這類知識。

根據醫生的說法，這只是不願嘗試的爛藉口。我擁有自由意志異常現象，可以產生超越編程的想法，例如可以在拒絕接受殺人命令時覆寫指令。我對生命抱持一種模糊的尊重。我無法確定到底這份尊重在個性指數裡有多少分量，但起碼不會在人行道上被人撞到的時候一腳把對方踩扁，起碼會去關心茱莉、愛普羅，以及霍特．布利克的生命存續。至於加文，我倒是一點也不關心。

「這張塗鴉是怎麼回事？」祖恩問。

當然，我並沒有忘記握在右手裡的那張圖畫，不過依然有點驚訝自己還拿著它。

「沒什麼。」我回道。「介意我使用你的冰箱嗎？」

「請自便。」

我用從家裡撿回來的半熔香蕉磁鐵把愛普羅的圖畫貼在冰箱上，希望這塊磁鐵不會觸怒祖恩。

他並不像表面一樣不在乎自己的人猿血統，有時甚至對此非常敏感。

「電視在哪，祖恩？」

「沒有電視。」

我嘆氣。我有點太常嘆氣了，但是這種情緒表達要花一點時間才能在我的個性樣板之中取得平衡。

「我以為你不會無聊。」祖恩說。

「我是不會。」

生物的心靈之所以渴望感官刺激有時是單純為了追求感官刺激，有時只是為了分散注意力。伯特機器人基本上不需要追求刺激，因為他們有能力關閉不想存取的檔案。大多數的夜裡我都是靠著家中角落，什麼也不想來打發時間的。

此刻我似乎沒辦法這麼做，每當我這麼做的時候，那個可惡的自由意志異常現象就會重新開啓檔案。除非完全關機進行充電，不然我就非想不可。即使這樣也未必有效，因為當我充電的時候，家務程式就會利用沒有指令輸入的空檔來重組當天的新資訊。

我會作夢。跟生物人作夢的方式不太一樣，我的夢境毫不隱晦，沒有象徵性的事物，都是重播畫面，記憶矩陣的資訊導覽；有每個細微差別的詳細分析，是進化程式為了強化功能而進行的程序。正常情況下，我毫不在乎，但是此刻我並不想要作夢。

我本來打算試著組合一隻躍龍的骨架模型，用來應付下一份醫生吩咐的作業，但是那個模型已經和我的訂製衣櫥、冰箱，以及公寓一併摧毀。我的生活眞是平淡無奇。我的電子腦再度擅自開啓記憶檔案。我快轉到愛普羅交給我圖畫的片段，然後停格在那雙柔和的紫色眼瞳，懇求我去拯救她，但又不能大聲說出口的模樣。

我再度關閉檔案，但是根本關不了多久。沒有思考能力的工作機器人不會了解他們有多幸運。

「你可以看書。」祖恩提議。

「你有《金銀島》嗎？」

看書沒用。

我從來沒有試過看書。結果毫不意外，我看書很快。文字毫無窒礙地進入記憶矩陣，我咻地一下就看完了。我透過記憶重新閱讀兩次。好故事，但是並不足以阻止我多工去想揮之不去的事情：茱莉．布利克，她的孩子，砸爛工作機器人，我炸毀的公寓。

我終於放棄，步伐沉重地走到屋角，插入電源插座。

「晚安，馬克。」祖恩說。

「晚安。」我回應，然後關機。

我兩百一十一次夢到打鬥時的景象，三十六次重播與醫生的會面、一百五十次垃圾場破壞療程。愛普羅和她的圖畫，那一刻在我腦中浮現了起碼五百八十八次。

三小時六分鐘過後，我開機恢復意識。祖恩已經上床睡覺了，於是我儘可能輕手輕腳地走過房間。我拿起冰箱上的圖畫，翻到背面。

來找我們

我將圖畫貼回冰箱，有字的那面朝外。

「我盡力而為，孩子。」

5

每多過一分鐘，布利克一家人出事的機率就越高。我並不喜歡這種狀況，不過我是一台符合邏輯的機器（只不過有時候會出於可惡的自由意志而做出不合邏輯之舉）。除了到處敲門，希望能夠碰巧遇上四臂人外，我在天亮之前根本什麼也不能做。帝國城裡門太多了，一台伯特機器人絕對敲不完。幸運的是，感謝內建精密計時器，我能將時間視爲一個常數。六小時二十分在穩健的滴答聲中度過，我完全不覺得哪兩下滴答聲的間隔有變得比較長。

我承認天亮的時候我很高興，那表示我能夠在當下任務目標的第一項上打勾。下一步就是讓祖恩知道我今天不去上班。

「有理由嗎？」祖恩在穿上外套的時候問道。

「特休。」我回答。

他對我露出懷疑的表情。我想應該是懷疑的意思，我的臉部表情分析器並不適用在大猩猩身上。「沒事吧，馬克？」

「你不用擔心。」

「我不是在問我需要擔心什麼。」

他稍停片刻，等待我接著說話。有時候我會忽略自發性對話這類細節，所以我什麼也沒說。

「可惡，馬克。你什麼都不說，我沒辦法幫你。」

我還是什麼也沒說。

祖恩上唇抽動，露出一顆白色利齒。我只見他發過一次脾氣，那時有同事認為藏起他的《傲慢與偏見》是件很有趣的事。本來他還隱忍不發，但是惡作劇的人沒有見好就收，結果就碰上了一頭口吐白沫、猛搥胸口的原始野獸。沒有人受傷，但是如果當時我沒有出手制止祖恩，或許就不會如此收場。那次事件過後，再也沒人膽敢介入一頭八百磅重的大猩猩與珍·奧斯汀之間了。

除了那次以外，我從沒見過他不是心平氣和、和顏悅色、舉止得體的模樣。他或許會以憤世嫉俗的態度看待這個荒謬的世界，但是鮮少真的爆發出來。

「既然你還不到兩歲，馬克，我就向你解釋解釋友情應該如何維持。朋友會互相幫助，這是當朋友的一大重點。不然的話，我們不過就是點頭之交。」

「你提供住所讓我充電。」我說。「我很感激，但是你不必繼續涉入此事。」

「可惡！我不是想討論我需要什麼。」他揮出粗厚的灰掌拍打我腹部的鋼板。這一掌足以打凹頭顱，不過我卻紋風不動。「算了，你知道，馬克。就一台殘忍無情的殺人機器而言，你是個自我封閉的渾蛋。」

祖恩怒氣沖沖地朝向大門走去。

「我需要一件外套。」我說。

他轉身點頭。「去我的衣櫥找。有一件對我來說太大，不過你穿可能剛好。」他咧嘴而笑。至少，我認爲他是在笑。「這回小心點，你還欠我一件背心。」

他揮揮雙手，彷彿在拂開我的感激之情。「還有，馬克，不管你惹上什麼麻煩，小心點。」

「謝謝。」

「沒有什麼好擔心的，祖恩。」

「當幫我個忙，小心就是了。」

我找到一件不錯的灰色風衣，對猩猩來說太大了，不過我穿剛好。我比祖恩高一點，衣襬只遮到大腿一半左右，但是既然我穿衣服不是爲了禦寒，我不在乎。我找到一頂一段時間沒人戴過的圓頂帽，這點從上面的灰塵可以明顯看出。對大部分機器人來說，衣物都沒有任何實用功能，尤其是像我這種不受氣候影響的機器人，但是機器人市民習慣在身上披個一、兩件衣物——穿在所有伯特機器人都能免費獲得的紅漆外面——避免與市區其他工作機器人或是自動機器人搞混。

當然，還有其他原因。具有一定程度複雜程式的機器人會從周遭環境吸收喜好的事物，擁有完整意識的伯特機器人更容易受到這類事物影響，我也不例外。我不知道這是因爲某個潛意識動機誘發指令驅使我去接受同化還是行爲軟體中的某隻臭蟲所導致的結果，不過我不在乎。總之穿上衣服讓我好過許多，所以衣服並不像邏輯提示的那麼沒有必要。

這種打扮自己的心態並不適用於我布滿污點的外殼。我本來可以找個地方清洗上蠟的，但是我並不打算爲了這種事情浪費時間。我在前往市郊的途中吸引了一些目光，不過沒理會他們。

犯罪是帝國城中骯髒的公開祕密。沒有人談論犯罪，如果你信博學議會那一套的話，會以爲帝國城是個重禮貌、守秩序的美麗烏托邦。沒錯，城內有很多區域可以讓公民安心度日，警察無所不在、認眞可靠、效率十足，沒有人會在那些區域被搶劫、毆打或是殺害，但其他區域就不是如此了。在一個理應利用尖端科技去解決所有社會問題的城市裡，我們的問題並不算少。

帝國城太大了。不管城內有多少攝影機、多少旋翼警車巡邏天際，投入多少努力驅趕鼠輩，他們總是能夠找到另外一條暗巷。暗巷永遠不會消失，這是生物人的天性。我甚至不是人，但是就連我也懂得這個道理。

帝國城警方的總部是一座閃閃發光的藍鋼圓頂建築，本身就是一座小城，人稱思考庫。城內各區有著數百間轄區警局散布各地，應付盜賊或搶匪綽綽有餘。但是如果眞想解決任何問題，你必須親自前往思考庫。思考庫大門爲公眾而開，但是想要進去必須通過一大堆複雜的掃描裝置。

我踏入感應拱門，立刻就被貼上威脅公眾安全的標籤。一道警鈴響起：不至於令人不悅，不過音量足以引起你的注意。裝置在履帶上的重型武器，兩台攻擊機器人開向前來，威力強大的武器瞄準我。我身體四周出現能量力場，肉眼看不見，不過在我的光學元件中泛著淡淡綠光。另外，重力地板加強了重力，我必須將能量提升到百分之七十一才能維持站姿。

看門的警察將目光自雜誌上揚起。「嘿，馬克。」

「有必要每次都來這麼一下嗎，帕克？」

「系統都是自動化的，你知道程序。」

我打開胸口的連接埠，一台工作機器人走過來在上面安裝了一個不停閃光的小盒子。安裝這種東西之後，機器人就不會對任何人造成威脅。上面的人曾經考慮過在我身上永久安裝一台，或至少持續到監管期滿。唯一阻止他們這麼做的只有一份來自變種人保護機構的抗議，該機構害怕此舉會開啓用捍衛公眾權益來限制人身自由的先例。現在我只有在進入高度安全區域的時候才要安裝這台無能裝置。

這台裝置對我有點效果，不過影響沒有他們想像得那麼大。我的系統太過獨立了。一般而言，無能裝置會在察覺效能不彰的時候發出嗶聲，燈號轉紅，但是我的防護科技先進到足以提供假數據。這對帝國城警方而言是一大問題，科技日新月異，很難跟上腳步。身爲公民，我有義務回報無能裝置失效的問題，但結果我卻將能量調降到百分之五來假裝受到影響。本來我會摔倒，不過重力已經恢復正常。能量力場消失。攻擊機器人駛回他們的崗哨，警報解除。

「你其實可以在我穿越掃描器前就給我安裝無能裝置。」我評論道。

帕克已經把目光移回雜誌上面。「系統都是自動化的。」

我邁開沉重的步伐穿越思考庫。儘管無能裝置將我的效能降到百分之二十，它還是產生一種奇特的效果，讓我耗費兩倍的能量來維持這種虛弱的狀態。它同時還會對我右邊的音訊裝置播送一種不愉快的雜音。

我通常是爲了一個月一次的監管期回報來到思考庫。今天，我快步通過那些辦公室，前往位於三樓的一個區域：高科技犯罪組。

一台祕書機器人正在處理櫃台前的隊伍。過去的祕書機器人型號都是功能導向設計的，有著纖弱的機器外表、單調的語音，以及最低限度的個性樣板。新一代的祕書機器人則有著迎合生物人審美觀念的外表。他們擁有各式不同的外型，而眼前這台是身材健美的金髮女子，她的組成材質比較像是低階鋼板，而非白金。她身上掛張名牌，標明她叫達蓮娜。

支付該部門帳單的人顯然花了大筆金錢購買頂級的臉部表情套件。她微微一笑，對我眨眨睫毛。擁有睫毛的自動機器人看起來十分詭異。「哈囉，帥哥。」

太好了。她還會調情。

「有什麼能爲你服務的，大塊頭？」她柔聲說道。

「山切斯。」我回答。「我是來找山切斯的。」

「太可惜了，我本來希望你是來找我的。」

我想我不能責怪生物人如此熱衷性愛，並受其驅使，畢竟那是他們繁衍的基礎。生物人的存在眞是亂七八糟，四下傳遞體液、組織、ＤＮＡ，徒勞無功地期望能夠藉此產生出一些有用的東西。那是他們唯一的選擇，除了複製科技之外，不過複製科技還沒有發展到實用階段。

我並不介意生物人和他們對於存在的各式需求：吃飯、拉屎、流汗，以及所有諸如此類的東西。但是他們沒有必要大肆宣揚他們的喜好，也沒必要以友善爲名將他們的慾望強加在我和我的同類身上。那是他們的天性，不是他們的錯，也不是達蓮娜的錯，於是我將怒氣拋到腦後。

「山切斯。」我重複。「我是來找艾爾弗來多·山切斯的，高科技——」

「我知道他是誰，親愛的。你有預約嗎？」

「沒有。」

「嘖嘖。好吧，看在你是如此優秀的硬體的份上，我來幫你想想辦法。」達蓮娜按下櫃台上一個按鈕，湊到對講機前。「山切斯警官，有台伯特機器人想見你。」接著她抬頭看我，眨了眨眼。

山切斯同意見我。他的私人辦公室像個箱子，剛好放得下辦公桌、幾個檔案櫃，以及一面掛滿帝國城表揚獎狀的牆壁。我想辦法擠了進去，不過不敢亂動，免得弄壞任何東西。

我之前從沒來山切斯上班的地方找他。事實上，我從沒去任何地方找過他。我們的人生曾有交集，不過從來不是透過預約，也從來不曾刻意爲之。他似乎一點也不驚訝我史無前例地登門造訪，繼續寫報告，打字機不斷發出敲擊聲。

「你知道，有專門打字的工作機器人。」我說。

「帝國城的預算讓我必須在打字機器人和咖啡機之間做出選擇。」他暫停片刻，舉起一個裝滿褐色液體的紙杯。「總而言之，我認爲生物人過度依賴機器並非一件好事。沒有冒犯的意思。」

「沒關係。」

山切斯輕啜一口咖啡，接著皺起眉頭。「可惡的祕書機器人根本不會泡咖啡。」

「你可以自己泡。」

「沒那個時間，忙著打報告。」爲了示範給我看，他又湊到打字機前開始打字。「有什麼事，馬克？」

山切斯不喜歡閒聊。他喜歡直指重點，而我欣賞這一點。

「布利克一家。」我說。

他稍停片刻，繼續打字。「我回報了，馬克。就像我承諾的一樣。」

「然後呢？」

「然後大家開始辦事。」

「那是什麼意思？」

「意思就是所有能夠採取的行動此刻都已經開始執行。」

這表示茱莉和她的孩子已經進入系統的照料之下了。這個系統比較關心高速列車運作順暢，不太在意過濾供水系統中的突變物質，但它對於維持高速列車運作順暢卻不是非常在行。

「你拿我的記憶檔案去跟系統比對了嗎？」我問。

山切斯點頭。

「找出四臂人的身分了？」

山切斯再度點頭，有點草率。

「逮捕歸案了嗎？」我問。

「還沒，我們在找。」

我的下一個要求有點過分，不合常理。但是我還是提出來了，而且毫不遲疑，因爲我是伯特機器人，我喜歡直截了當。

「我要他的名字。」我說。

山切斯暫停打字。他又輕啜一口咖啡。粉紅色的鼻子因爲難喝而抽動一下。「那些可惡的機器人是誰編程的？」

「四臂人的名字。」我說。「我要他的名字。」

「聽到了。」他靠回椅背，這在如此狹窄的空間裡堪稱一項成就。「我不會給你的。」

我們站在辦公室的兩邊凝視對方。

「有人必須出面做點事情，山切斯。」

「已經有人出面做事了，馬克。」

「誰？你？」

他打開一個抽屜，取出一包香菸。「不歸我管。」

「告訴我歸誰管，我去跟他們談。」

他將菸塞入嘴中，滑來滑去，卻不點菸。「回家吧，馬克。」

「我只要一個名字。」

「是麻煩，你要的是麻煩。」他將沒有點燃的香菸拋入菸灰缸中。「我看得出來你很擔心，但是貝克一家人不是你的問題。」

「布利克。」我糾正道。

「可惡。」他彎下腰去，伸手搓揉眼睛。「你不能涉入此事。首先，你只是一個公民。其次，萬一不能通過監管期的話，你連公民都不是。只要你涉入此事，監管期肯定就過不了。」

「那是我的問題。」我說。「我只要名字，或許加個地址。」

「這不是只給名字那麼簡單。」他又喝了一口咖啡，點燃香菸，然後如同蒸汽機般吞雲吐霧。

「這同時也是我的問題，我用我的聲譽爲你擔保。」

「我知道。」

「穆賈希醫生用她的聲譽爲你擔保。」

「我知道。」

「很多重要人士都在觀察你，馬克。」

「我知道。」

他的十指在桌面敲打，小小的黑爪在金屬桌面乒乓作響。

「我沒有辦法令你改變心意，是不是？」

我根本沒有費心回答那個問題。

「他們對你有那麼重要？」他問。

「他們應該要對某些人來說很重要。」我答。

山切斯吸了一大口菸，直到臉頰鼓起，然後緩緩透過鼻孔穩定地呼出白煙。

「這一點我無法爭辯，馬克。沒想到密卡利斯在你體內放置如此溫暖窩心的一面。」

「他沒有，一定是我後來學會的。」

山切斯轉動椅子八十六度，打開辦公桌的一個抽屜，將一份檔案丟到我面前。我伸手去拿，但是他立刻揮出小爪子壓在檔案夾上。

「此事對你沒有好處。但是既然你心意已決，在我讓你看這份檔案之前必須先說好一個條件。」

檔案夾近在咫尺，我可以輕易把他推開，動手搶奪。我的戰鬥預測器認爲他能阻止我的機率是〇。

「當你找到這傢伙時——如果你找到這傢伙，」他說。「不要輕舉妄動。向思考庫回報他的位置，讓我們逮捕他。」

我沒有回話，山切斯抽回檔案。

「馬克，你公寓的爛攤子並不容易收拾，如果你還跑上街去惹是生非——」

「我不會碰他的。我不會跟他交談，甚至不會掃描他超過六秒鐘。」

山切斯一臉懷疑地交出檔案。不管他相不相信我，他都關心帝國城的市民，關心所有遭受帝國城體系遺忘的小人物，這就是他給我這份檔案的原因。他很清楚不能相信我。好吧，就連我也不相信我自己。我是未經測試的硬體，即將面對十分複雜的局面，而我的程式並不擅長採取溫和手段解決事情。

我迅速掃描檔案中的所有頁面，然後丟回給他。「謝謝，山切斯。」我小心地退出辦公室，轉身準備離開。

「馬克，」山切斯說。「答應我不要讓我後悔。」

此事有兩千〇五十三種出錯的可能，每一種可能都會通往布利克一家人從此失蹤，我則淪落到垃圾堆裡的結局。山切斯可不想聽到這種話。生物人喜歡明知故問，期望聽見他們想要聽見的答案。

「或許吧，山切斯。」我誠實以對。「或許。」

6

四臂人的眞名叫作湯尼·林哥，是個小混混，十二歲後就開始跟警方打交道，十六歲成為專業罪犯之後就不斷進出監獄。他的前科包括一些稀鬆平常的竊盜案、惹些沒有建設性的痲煩，以及一件不嚴謹、不周密、行動時還吵吵鬧鬧的犯罪計畫。截至目前為止，他還沒有對任何人造成重大威脅；事實上，某次企圖行搶、過程中反而被目標痛扁一頓的事件最能顯示他的無能。他沒有人脈、沒有資源、沒有天賦。基本上只是一個看過太多卡格尼【註二】電影的小角色，自以為有本事混到世界的頂端，雖然其他人顯然都不這麼認為。

像林哥這種敗類不會無緣無故持有傳送科技，還有一隊戰鬥機器人。機器人有句古諺：計算起來不對勁。當然，現實情況不會是完美無瑕的數學方程式，其中有著太多變數。儘管我精密的電腦比起生物人那顆濕濕黏黏的化學肉團擁有許多優勢，推測情勢卻不是我的強項。一旦參數變得太過抽象，情況出現太多未知，我就沒有辦法掌握狀況。

我很清楚我的限制，所以根本沒有嘗試推測情勢，直接從已知的事實著手。湯尼·林哥是唯一的線索，希望等我找到他後能讓更多變數化為較為清楚的狀況。

我也想過林哥、布利克家失蹤案，以及我家的攻擊事件可能沒有關聯。如果他眞的不能提供其他線索，那我的程式編程並沒有複雜到可以想出其他追查布利克一家下落的方法。到時候我就沒有責任了，可以問心無愧地轉身離開，告訴自己我已經盡力了。

然而我的動機誘發指令裡已經開始浮現小小的光點，一個嘮叨的小想法提醒著我失敗並不是一個選項。我不是爲了妥協而生的。那個小光點、想要砸爛東西的慾望，已經在我的個性樣板裡面潛伏一段時間。截至目前爲止，我都還能壓下它，因爲自由意志異常現象讓我明白沒有理由爲了一個狂人植入體內的一行程式碼就去傷害任何人。不過就連自由意志也沒有辦法控制這種慾望。而且與茱莉和她孩子的安危相比，林哥在這座城市中的存在與否對我而言根本無關緊要。

要是讓我找到林哥，我絕對不會通知警察。我的運作檔案打開了幾個密卡利斯博士——思慮周到的邪惡天才，安裝在程式裡的刑求技巧。我打定主意不對林哥採取其中幾種最殘忍的手段，至少不要太快用到。

帝國城裡各個區域都是基於博學議會認爲最符合邏輯的方式加以劃分並命名的。比方說，上西區就是根據元素週期劃分而成的。入夜之後千萬不要進入氧元素區，那裡有點不穩定。南側的行政區是根據希臘字母排列的，不過由於設計上的一個小問題，導致歐米加【註二】被安排在市區的另外一邊。市中心附近的區域都是以偉大的思想家命名。不過如果問我的話，我認爲明日之城裡竟然連間以艾里．惠特尼【註三】命名的公立學校都沒有，實在是個疏失。

【註一】James Cagney，美國影星，螢幕鐵漢的形象深植人心。
【註二】Omega，希臘文的最後一個字母。
【註三】Eli Whitney，軋棉機的發明者，工業革命的重要發明家。

而在貝塔區與硼元素區之間有個官方標示為W區的劇毒區域。那算不上是什麼名稱，即使以帝國城的標準來看也一樣，因爲博學議會只是勉強承認它的存在。其他人都稱呼它爲「扭曲鎮」。

沒人要的突變誘發工業污泥和放射性廢料大多都會出現在這裡，其他區域的數量也不少，事實上，帝國城裡到處都是這些東西。但是扭曲鎮的情況比較糟糕，它之所以會以此聞名是因爲沒有人費心遮掩那些廢料，每個角落都堆了一堆滲出發光化學液體的桶子。垃圾大多都會發光。事實上，這裡幾乎所有東西的放射線含量都達到會發光的程度，散發出詭異的紫、綠、黃、橘等色調。基於這個特點，儘管街上沒有任何完好的街燈，扭曲鎮依然隨時亮如白晝。

扭曲鎮臭名遠播，大多數的居民都只是一時運氣不好，想辦法過日子罷了，由於帝國城內的房地產需求過高，他們爲了擁有自己的家而不惜忍受一點基因錯亂的小風險。

我是在那裡製造的，位於一條後巷中的祕密實驗室裡。自從離開以後就沒有回來過了，沒有回來的慾望。不過就某種詭異又不合邏輯的角度而言，我很高興能夠回家。

我才剛下公車，一團毛茸茸的黃球已經滾到我的腳邊。我彎腰將之撿起。對方伸展身體，張大獨眼冷冷瞪我，然後尖叫一聲。毛球狗，某種基因突變的絨毛寵物，具有臘腸狗和薯球蟲的血統。牠們曾經流行過一段時間，但是現在很少看到了。

三個小孩朝我跑來。一個皮膚上覆蓋一層黏膜的小女孩迎上前來。「先生，請別傷害我的狗。」

「我？在踢牠的可是你們啊。」我搔搔毛球狗的腦袋。

「嘿，我知道你。你就是那台伯特機器人。」第二個手臂長到可以不彎腰就摸到腳背的男孩說道。「是不是？」

我已經很久沒有被人認出來了。我曾經登上頭條新聞幾個禮拜，成爲本地名人。一個爲了毀滅而生，卻又試圖行善的伯特機器人巧妙融合了禁忌科技、戲劇效果，以及潛在災難等媒體超愛的特質。不過我沒有做出像是登記成爲機器人公民的發言機器人、變成電影明星，或是在校園裡瘋狂殺人之類的有趣行爲，於是熱潮很快減退了。

第三個小孩，一個正常生物人，評論道：「我媽說你動手殺人只是時間問題。」

我把雜種狗交給他們。

「給我一個小時，孩子。」

毛球狗蜷曲成球，他們將牠踢向街尾，中途落地一次，濺起一片粉紅色的輻射爛泥。

扭曲鎮的街道配置和我導航資料庫裡的地圖不太一樣，所以我花了一段時間才找到林哥最後登記的居住地址。燕子旅館是一棟斑剝不堪的五樓水泥建築。石造建築在帝國城內十分稀有，有七棟舊時代的倖存者，夠資格成爲歷史保留古蹟，但是博學議會把所有心思都放在他們眼中的烏托邦未來裡，毫不看重屬於過去的過時產物。燕子旅館不知如何逃過了翻新或是拆毀的命運，但是它本身就已經快要塌了。

大廳是由垃圾場裡撿回來的破爛家具拼湊而成，天花板上沒有燈泡，而是掛著裝滿放射性黏液的發光塑膠桶。這堆五光十色的劇毒光線對我的光學元件有害，逼得我不得不切換到黑白模式。如果你從技術性的角度來看的話，這堆裝潢之中唯一值得一提的，就是地板上眞的鋪有地毯。我掃描了大廳之中形形色色的人物，但是林哥不在其中。他很可能已經不住在這裡了。這是個人們來來去去的地方，但是我總要有個起頭的地方。

櫃台後方坐著一名瘦小的女士，膚色十分蒼白，嘴角長有隱約可見的鬍子，但是沒有多到足以辨識她是變種人還是正常人。她盯著電視，目光沒有離開螢幕。

一台絨毛機器寵物飄浮在她身後。絨毛機器寵物外形像顆棒球，表皮布滿軟毛，還有大大的小狗光學元件。跟毛球狗一樣，牠們也是試圖強化生物人寵物實驗下的產物，但是截至目前爲止，沒有人能夠製造出足以取代傳統寵物的東西。我想是歷史悠久的緣故。

絨毛機器人吹了聲口哨，朝向我飄來，眨眨閃亮的綠色光學眼睛。

「牠喜歡被人抱著。」女人解釋道。「最好不要抗拒。」

我抬起如同棒球手套一般的大手掌，牠停在我的掌心上。絨毛機器寵物閉上雙眼，發出滿足的聲響。

「名叫紫羅蘭。」女人說。

「妳能幫幫我嗎，紫羅蘭。」我問。「我在找人。」

女人回頭看我。「你問牠幹什麼？絨毛機器寵物的智力跟狗差不多。」

「我是在問妳。」我回答。

「我不叫紫羅蘭。」

「但是妳剛剛說——」

「絨毛機器寵物的名字才是紫羅蘭，我叫溫妮費德。」她拍拍桌面上的小名牌確認這一點。

「你不識字嗎？」

我有掃描到名牌，但是當她自報名字之後，我就認定那是別人的名牌。記憶矩陣裡重播的對話證實了我們有點溝通不良。生物人講話語意不清並不是我的錯，但我很久以前就已經學會接受他們的缺點。

「你想怎樣？」溫妮費德突然吼道。

我的言語辨識程式花了兩秒鐘的時間才把這幾個字獨立開來，成為一個可以理解的句子。

「我在找湯尼．林哥。」

她轉頭回去看電視，不過一隻眼睛還是朝向我，再一次，我開始猜測她是不是變種人。

「找他做什麼？」

我用問題回答問題。「他在這裡嗎？」

「或許，」她聳肩。「不知道，他來來去去。」她飄忽的眼珠在眼眶中轉來轉去，上下打量我，最後又轉回電視螢幕。「你是來找他麻煩的嗎？」

「或許，」我聳肩。「還不知道。」

她的嘴唇抽動，形成類似微笑的嘴型。「三B。」

「謝謝。」

「不客氣。反正我也沒喜歡過那個小渾蛋。」

燕子旅館沒電扶梯也就算了，竟然還有木頭階梯。它們裂痕滿布，亟需修理，但是我敢說帝國城裡已經沒有木匠了。我每踏出一步，木台階都吱吱作響，不過在我抵達三樓之前它們都沒坍毀。

我沒有敲三B的門。如果林哥在家，我不想事先給他任何警告。如果不在，那我正好可以自己開門進去看看。房門是整修過的鋼板滑門，不過還不足以阻止我。我本來可以直接進房，但是我選擇謹慎行事。我伸出兩根手指插入門和門框間的縫隙，然後一把推開，只造成一點點損傷。門上傳來一些噪音，是門的零件抗議時發出的細微聲響。屋裡的人必定聽見了，走廊上的人也一樣，不過似乎沒人在乎。

我走入三B，隨時準備在林哥發現我的時候採取行動。這是一個箱型小房間（比一般的小房間還小），林哥不在裡面。不過裡面還有另外兩個人。

其中之一是體形巨大的機器人，我一眼就認出他的型號，他是一台永固三型私人安全自動機器人。永固機器人公司已經倒閉了，但你還是到處可以看見永固公司的機器人。經過十一年來不顧後果的科技實驗，還是沒有公司能夠製造出足以與永固三型抗衡的機器人。根據謠傳，所有機器人製造廠商手中都持有永固三型機器人，如果新型號的機器人可以跟永固三型搏鬥五分鐘，就會被視爲成功的型號。儘管是如此優秀的設計，永固三型機器人卻不受大眾青睞。生物人大多都只看見笨重醜陋的外形設計，不懂得欣賞他們強大的效能。不管醜不醜，永固三型機器人基本上可以永遠運作下去，而且幾乎不用維修。

這台自動機器人外殼布滿鐵鏽，許多關節部位都用膠帶包覆。他的頭部元件並未包覆任何東西，而是配置了單一光學元件的正方體。他比我高三吋，轉頭的時候脖子會像老舊木樓梯一樣吱吱作響。

另一人是一名身穿黑西裝的生物人。這個正常人有顆禿頭，以及深埋在濃密眉毛陰影之下的小眼睛。他坐著，而那台自動機器人和我的距離近到能一把抓起我的手臂。他的握力達到我使出全力時的百分之九十五，而他或許沒有使盡全力。

正常人雙手在大腿前交握。「你是誰？」

這個問題的語氣不善，永固三型喀啦作響的手指隨即捏緊。他或許比我強壯一點。有些不道德的傢伙可以將永固三型機器人調校到超越建議運作限制的地步，椅子上的正常人看起來像是這類人物。

「要再問一次嗎？」他問。「這次放慢一點，配合你的處理速度？」

我的模擬器已經開始模擬戰鬥情況。它向我保證擊敗標準永固三型機器人的機率高達百分之百，但是我有預感這台自動機器人不是標準型號。我所擔心的不是這台自動機器人，而是燕子旅館令人懷疑的結構強度。兩台大型機器人互毆肯定會造成一些傷害，甚至可能會震垮整棟建築。於是我讓對方繼續抓著，暫時不反抗。

「我處理過了。」我說。「但這與你何干？」

「我們可以客氣，」他竊笑。「也可以不客氣，要怎麼做由你決定。既然我是個講理的人，就容我率先獻上……你們是怎麼說的……第一根橄欖樹枝【註】。」他湊向前來。「我叫葛雷，這位是指節。」

指節嗶了一聲。永固三型機器人沒有完整的語音合成器。

「你是？」葛雷問。

我可以把這傢伙和他的機器人打成一團血淋淋的肉泥，但是我有預感這樣做必須承擔後果。避免衝突不在我的預設程式規範裡，但是我看不出任何讓情況越來越糟的理由。

「馬克。現在叫這塊廢鐵放開我。」

葛雷豎起手指，以大拇指抵住嘴唇，然後發出一種獨特的喀啦聲。「好吧。」

指節放開我。我的前臂外殼上多了一條凹痕，幾乎立即彈回原位，但我依然感到忿忿不平。

「這裡不是你的房間。」葛雷說道。

「也不是你的。」

他點頭，動作緩慢而規矩，彷彿剛剛才學會這個動作，不太確定自己有沒有做錯一樣。我知道這一點是因爲我有時候點頭的時候也是這個樣子。

「這有兩種可能，」他說。「一種是你闖錯房間了，一種是你也和我們一樣在找安東尼．林哥。」

他給我時間思考片刻。

「是哪一個？」

聰明的做法就是撒謊，但是就連最頂尖的人工智慧也會偶爾做出不聰明的抉擇。我不打算任由這些傢伙威脅。

「我在找林哥。」

「我想也是。可以請問你和林哥先生是什麼關係？」

「我們不是朋友。」

「當然不是。林哥那種蠢蛋根本沒有朋友，沒人喜歡廢物，喜歡廢物會讓他們自己變成廢物。」葛雷假意欣賞自己的指甲。「我開始懷疑他會不會回來了。」

「那麼我想我們也沒有必要繼續待在這裡。」我轉身朝向門口。

「等一下，馬克。」

指節擋在我和房門之間。他伸出老虎鉗狀的機器手，抓向我的肩膀。我一把緊扣他的手腕。

「放手，老古董。」

指節尖聲怒吼。

「嘿，馬克。我們目前爲止都還相處愉快，還是不要在對方的腳上撒尿比較好。」趁著指節和我試圖以目光瞪倒對方的時候（此舉必定陷入僵局，因爲我們兩個都不會眨眼），葛雷將手錶放到嘴前，低聲說了一句話。我的音訊裝置沒有調校到足以聽清楚他說什麼。我考慮在葛雷說完之前推

【註】橄欖樹枝象徵和平。

開指節，但這樣做只會引來更多麻煩。

葛雷按下手錶上的開關，面帶微笑地轉頭看我。「那麼，馬克，看來我們雙方有個……你們是怎麼說的……共同目標。我們都在找林哥。」

「很好。你找這一邊，我找另外一邊。」

「我也是這麼想。我們一起找可以增加找到的機率，只要能說服你在找到的時候通知我們就好了。」

「好啊，給我名片，我找到他會打個電話給你。」我的微笑或許不太眞誠。「我保證。」

「喔，我知道你會打的。指節，可以請你好心點……」

指節抓緊我的肩膀。沒錯，他比我強壯，但是永固三型機器人都有一個設計上的問題。他們的重心太高了。這算不上是重大缺失，因爲擁有足夠力量和速度利用這個缺點的敵人不多。儘管我身軀龐大，與指節相比依然像個芭蕾舞者一般靈巧。我一腳移動到他的腳踝關節後方，踢歪他的腳跟，然後側身回到原位。他笨重的身軀失去平衡，摔倒在地，撞碎牆壁，將半個門框都扯了下來。

我輕輕一揮，將葛雷推向一旁。他飛身而起，穿越整個房間，重重跌落在一張茶几上。

永固三型機器人從地上爬起來的速度有名得慢。指節努力掙扎起身，我一腳踩在他的胸口。

「待在地上。」

自動機器人輕嗶一聲，不過不再亂動。

「他們總要受點教訓才會學乖。」葛雷說。他的右臉頰上浮現瘀青，就在眼睛下方。「儘管我欣賞你那股追求獨立的渴望，馬克，我恐怕這種想法……你們是怎麼說的……沒有意義。」

我只要花一點二秒就可以藉由把他丟出窗外讓他知道我的渴望有多沒有意義。但是在我動手之前，雙腳突然動彈不得。一道詭異的嗡嗡聲響竄入我的音訊裝置，觸覺網絡莫名其妙地發麻刺痛。指節趁機起身，我差點跌倒在地，幸好還有一條穩健的手臂扶住牆壁。

此刻葛雷的雙眼綻放一股足以令整個房間呈現綠色色調的冰冷綠光。

「你是超能力者。」我驚訝地道。我這麼說並不是指他不知道這個事實。不是所有變種人都長相怪異。這是帝國城的問題之一，在事情發生之前你都無法確定對手是什麼人或什麼東西。這又是另外一個惱人的變數。

「電動超能力者。」他回應。「他們說這種人十分稀有。非常有用的天賦，這一點我肯定你已經知道了。唯一的缺點是必須先接觸要控制的裝置才行，」他輕撫臉上的瘀傷。「或是讓對方接觸我。我想你打傷了一根肋骨。」

我試圖移動雙腳。電動機微微抽動一下，不過就這樣了。

葛雷坐回座椅，臉上露出吃痛的神情。「肯定受傷了。喔眞是，或許我處理此事……那是怎麼說的……不如預期中順利。沒什麼大不了的，這下我們就大功告成了。」

我計算自己能以多快的速度爬到那張椅子旁邊，折斷葛雷的脖子。不夠快。

「看來你很固執，馬克。」他輕彈手指，目光閃爍。我的手臂發麻，不聽使喚。扶著牆面的手指鬆脫，我立刻摔倒。

指節發出一陣急促的乒乓竊笑聲。他撿起我的圓頂帽，丟在自己的四方腦袋上。他發出取笑的嗶嗶聲。

「你戴很好看。」葛雷說。「我敢說馬克不介意你拿了他的帽子，是不是，馬克？」

我利用唯一還能運作的手臂撐起身體，但是指節一腳踩在我的背上。他發出尖銳的嗶聲。

「我要是你的話就會待在地上。」葛雷說。「指節的智力沒有高到可以取得公民權，不過懂得懷恨在心。如果你把帽子送他，他或許下手會輕一點。」

「留著吧。」我回應。

指節自下方掃開我還在運作的手臂，我摔回地上。他踢了我一腳。

「退下，指節。」葛雷下令。

自動機器人遵命後退。

葛雷在我身旁蹲下。「看這裡，馬克，你看起來像台實力堅強的機器人。既然找出湯尼．林哥對我而言十分重要，我想在街上多組眼線會有不少幫助。你同意嗎？」

「有道理。」我假意迎合，引誘他繼續靠近我四吋的距離，然後我就可以用還能運作的手臂夾住他的頭。如果有機會，只要花五分之一秒時間就能扭斷他的脖子。至少，那是我的規格折斷正常脖子所需的時間。我以前沒有做過這種事情，這是一次實地測試的好機會。

他湊得更近，只差半吋我肯定能夠得手。「現在，我對你一無所知，但是我敢打賭你不是那種會願意乖乖合作的伯特機器人。所以我會在你的腦中植入一點額外的刺激。我有一種重新編程的天賦。說眞的有點好笑，因爲我對電腦一無所知。」他摩擦手指，閃出點點綠色火星。

我是封閉式系統，而我打算保持封閉。我奮力出擊，速度快到應該能夠扣住葛雷的喉嚨。他及時後退，咧嘴而笑。

「差一點兒，不過我說過了，我有天賦。既然已經碰過你了，就有能力在你行動之前得知你的想法。」

他輕彈手指，我最後一條還能運作的手臂失去控制。我癱在地上，變成一堆五百磅重的廢鐵。儘管口氣很大，葛雷的額頭上還是冒出汗滴。他的雙眼綻放閃亮的綠光，在強大的靈力作用下吱吱作響。癱瘓我的四肢必定耗費了他不少力氣。我希望他剩下的靈力已不足以駭入我的作業系統，但是沒這麼好運。他伸出火熱的雙掌放在我身上。

我當場關機離線。

□

首先重新啓動的感應器是我的音訊裝置。一個聲音，扭曲沉重，穿破黑暗遠遠傳來。

「嘿，老兄。還好嗎？」

我很想回答，但是發音器還未開始運作。我沒有浪費時間啓動它，反而將首要目標放在光學元件上。世界開始回歸我的數位意識之中，但是少了必要的區別軟體，一切都只是形狀和色彩。

一個多重色彩的多邊形集合體在對我說話。我提升百分之三的運作能力，終於認出了那個聲音。聲音的主人是櫃台小姐溫妮費德。「嘿，你還有開機嗎？」

辨識語言對於重新開機中的電子腦而言有點吃力，我花了三秒的時間才破解出這個句子的意思。

「陳述：我……在……運作。」我回應。整整一秒過後，我補充：「運作等級：表面正常。」

「表面正常？」她問。「什麼意思？」

「建議：這……表示……妳最好……後……退，以免……我在試圖……起身時……跌倒。」

我想辦法站起身來，雖然姿勢十分難看。主要程式開始運作，但是數百道子程式尚未重新啓動。儘管我的感應器陣列效能改善，依然一團混亂。我可以比較清楚地分辨形狀，但是沒有辦法搭配正確的名稱。音訊過濾器失效，這表示我會分析並且再分析所有細微的聲音。這樣很難集中注意力。更糟糕的是，我的電子腦劇痛難耐，這一點很奇怪，因爲電子腦中沒有觸覺接受器。我伸手觸摸腹部，電子腦所在的位置。

「問題：他……對我……做了什麼？」我大聲問道。我本來無意說出口，但是我的語言過濾器也還沒開始運作。

「誰對你做了什麼？」溫妮費德問，如今我可以透過視覺將她辨識爲一個生物實體，但是除此之外看不出差別。

「陳述：執行……診斷程式。」我在沒有明顯原因的情況下嗶嗶兩聲。

「你看起來不太好。」她攙起我的手臂。

「陳述：觸覺網絡下線。精密運動功能……下線。建議：維持安全……距離，避免……意外傷害。估計：全系統復原……需時兩分鐘，兩秒。」

「或許你該坐下來等。」她說。

「否定。」我在字彙檔案裡搜尋沒有那麼技術性的用語。「不。站著不動比較好。」我吐出最後一個「陳述」然後靜靜等待。

「我該找電子技師嗎？」

帝國城爲了服務自動公民而雇用一批世上最頂尖的緊急機械技師，但是眼前的情況沒有那麼嚴重。

「只是冷開機。」

我說得好像沒有什麼，但其實非常憂心。打從第一次啓動以來，我還不曾關機關得這麼徹底。我可以記得存在至今的每一個時刻，除了冰箱爆炸後的一點八秒。但是現在的記憶紀錄之中存在著三分四十七秒莫名其妙的空白。

葛雷到底對我做了什麼？

完全回復了，我的診斷程式仔細檢查軟體，向我保證沒有任何錯誤。但依然有一段時間記憶空白，有種有人在我最私密的程式裡胡作非爲的奇特想法。身爲一台機器人，我沒有直覺，而直覺模擬器也沒有反應。但是我還是認爲不太對勁。

我感覺得出來。

「好多了嗎？」女人問道。

「可以運作。」我低聲說道，命令診斷程式再度檢查電子腦，並且分配部分處理能力持續不斷地診斷，直到找出不對勁的地方。「我叫馬克。」

「發生什麼事，馬克？」

「妳有看到——」我開口詢問，但是突然莫名其妙地閉嘴。

「什麼？」溫妮費德問。「我有看到什麼？」

「妳有看到——」再一次，我閉嘴。

我想要詢問葛雷和指節的事情，但是怎麼樣都無法提出這個問題。這一定是葛雷的重新編程能力，一個病毒程式感染我的口語軟體，阻止我提出任何與葛雷或是會面情況有關的話題。我一點也不喜歡這種情況。這是一個小問題，而我並不想去猜測他還植入了什麼更嚴重的動機障礙。

我掃描指節撞穿的牆壁。「很抱歉損毀妳的房間。」

「不必擔心，這地方本來就是個糞坑。」她搔搔毛茸茸的下頷。「到底怎麼回事？」

「沒事。」

我有兩個不告訴她的理由。第一，這麼簡單就被撂倒讓我很難為情。第二，那個臭蟲讓我無法提起關於葛雷跟指節的事。我必須徹底清理我的系統，而且要儘快。我的指令清單第一條依然是：找出湯尼．林哥，而且要比葛雷更快。不然的話，邏輯告訴我這輩子都別想找到他。

「林哥，」我說。「妳知道其他關於他的事情嗎？出沒的地點？朋友？」

溫妮費德皺眉。「我對所有人都一無所知，不關我的事。」

「謝謝。」我的語氣帶有超乎預期的諷刺意味。「妳幫了大忙。」我沒有任何線索。邏輯再度浮出水面，告訴我該回家了，該把這個爛攤子拋到腦後了。

但是我又想到那個小女孩，他們一家人。可惡，有時候我眞希望自己生下來是台烤麵包機。

溫妮費德在我踏著沉重的步伐走到走廊一半的時候出聲叫住了我。

「嘿，馬克！等等！」

我停步。「怎麼了？」

她並不胖，不過走路的時候有點東搖西晃，沾有污點的背心裙隨之飄動。「找出林哥這件事對你來說非常重要，是嗎？」

「是，很重要。」

她慢慢擠過我的身邊。「那就跟我來吧。」

溫妮費德帶我前往大廳，回到櫃台。「這地方沒有安裝安全網路，」她一路上解釋道。「但是紫羅蘭會看見很多東西，而且大多數人都不會去注意牠。」

絨毛機器寵物在我們接近的時候發出愉快的嗶聲。

「記憶重播，小紫，」溫妮費德指示道。「十二號檔案。」

紫羅蘭在空中呼嘯一聲，自牠左側光學元件裡朝向牆壁投射影像。我認出燕子旅館的大廳，看見湯尼．林哥在一名年輕女子的陪伴下步入旅館。他們停下腳步親吻片刻，然後繼續前進，顯然是要上樓進房間進行生物人特別喜愛的ＤＮＡ交換行爲。

「怎樣？」溫妮費德滿懷期待地問道。「有什麼想法？」

我其實沒有什麼想法，但是至少她有試圖幫助我，所以我試著掩飾失望。「呃，謝謝。這很有幫助。」

她皺起眉頭，接著微微一笑，露出齒縫。「你不認得她，是不是？」

「我該認得嗎？」

她命令紫羅蘭重播檔案，伸手指著投影畫面中的女人。「想像她有頭金髮，沒戴太陽眼鏡的樣子。這樣有沒有清楚一點？」

「沒有。」我據實以告。

溫妮費德抱怨一聲。「可惡，你都不看新聞的？」

「我家沒電視。」

「報紙，你一定有看報紙。」

我緩緩搖頭，彷彿在承認什麼嚴重至極的錯誤一樣。

她在嘟噥聲中命令紫羅蘭暫停播放。「可惡，馬克，如果不知道城裡發生什麼事情，你要怎麼成爲稱職的私家偵探？」

「我不是私家偵探，我是計程車司機。」

「就算如此，三不五時看份報紙也沒什麼壞處。有看的話你就會認得露西雅．納皮爾了。」

她丟了一張報紙給我，我接住了。很高興知道不管葛雷在我身上搞了什麼鬼，我的反射動作模組依然維持百分之百的效能。報紙上有張一個年輕女性身處某個慶典場合的照片。我的分辨軟體依然無法判定人類的美醜，但是我認為她很火辣，因為她的身材比例很好，旁邊還圍了一堆男人。照片下方的標題寫著：露西雅．納皮爾，帝國城公主，進城慶祝。

「她是個大人物？」我問。

溫妮費德大笑。「天啊，你真是一台聰明的機器。這個答案是你自己想出來的，是不是？」

「她是林哥的女朋友嗎？」

這下溫妮費德笑得更大聲。「當然不是。我只有在這裡見過她兩、三次，但是這個女孩偏好變種人，還有低等雜碎。」

「而林哥兩樣都是。」我說。這算不上什麼線索，但卻是唯一的線索。「謝謝。」

「不客氣。」她自電視前轉過頭來。「值多少錢？」

「什麼意思？」

「這個消息，」她澄清語意。「對你來說值多少錢？」

她伸出手，我這才知道她想要錢。

「呃……我身上沒帶現金。」

她瞇起一隻眼睛。另外一隻再度開始滾動。「什麼？」

「沒錢。」我解釋道。「我身上不會帶錢。」

「一毛也沒有?」

我搖頭。「我不用花錢。」

她臉色一沉。「所有人都得花錢。」

所有人確實都得花錢。但我的錢都拿去繳房租、電費，或許三不五時搭個計程車，我從來沒有自發性地需要花錢過。我拉出外套口袋，表示它們是空的。

「抱歉。」

她看起來有點失望，不過很快就沒事了。「聽著，大個子，想要聽點建議嗎?」

「當然。」

「如果你打算四下打探情報，隨身攜帶一點用來疏通的現金總是明智之舉，並不是所有人都像我一樣這麼主動又好心的。有些人，除非有好處，不然絕對不肯幫助他人。」

「我會謹記在心。」不過我希望自己不需要繼續打探情報太久。「如果妳想要，我可以去領錢——」

「算了。反正我會把這段影片賣給新聞台，對他們而言肯定比你能提供的零頭值錢。」她坐回椅子上。「祝好運，馬克。」

「謝謝。」

我的自主軟體開始計算可能採取的行動。露西雅·納皮爾，帝國城公主，偏愛變種人和雜碎。

我對她一無所知，但是推測器認爲我很可能沒有機會接近她。不過話說回來，同樣的理由也將湯尼．林哥排除在她的社交圈外，而很顯然地，他有辦法認識她。如果像他那種雜碎都辦得到，那麼像我這種正直善良的伯特機器人應該也有機會。當然，這個世界並不理性，也不符合邏輯。

但是我很看重邏輯，而露西雅．納皮爾是我唯一的機會，有時候符合邏輯的做法就是要挑戰機率。於是我關閉差異引擎，朝大門走去。

7

露西雅．納皮爾的電話當然沒有登記在電話簿上，所以如果我打算跟她交談，就必須面對面談。儘管帝國城中所有公民顯然都對她的生活瞭若指掌，包括她跟誰約會、晚餐吃什麼、沖澡平均要花多少時間，我卻從來不曾聽說過她。於是我採取所能想出最直接的方式，攔下一輛計程車，一輛我們藍星車隊的車。我認得駕駛座上的生物人，感謝我那完美無瑕的記憶矩陣。我曾在車庫裡見過他兩百一十次，不過從沒交談過。

我湊到嗡嗡蟲的車窗旁，車窗傾斜幾度。「嘿，你知道露西雅．納皮爾住在哪裡嗎？」

他抬頭看我。「要坐車嗎，老兄？」

「我只需要地址。」我回答。

「我看起來像什麼？詢問亭嗎？」

「幫我個忙，好嗎？我和你一樣是個司機。」

「是呀，我認得你。」他哼了一聲，吸出一口黏痰，然後又吞了回去。「並不表示我要免費提供消息。」

溫妮費德說的沒錯。沒錢想在這座城市裡打探消息就和要讓高速列車爬坡一樣困難。

「我沒有錢。」我說。

「那眞是太糟糕了，嗯？」司機壓下加速器，但是我抓住它的右翼，不讓它提升振翅速度向前移動。

我有辦法擋下高速列車一整天，阻止一輛小小的計程車根本不會對我的馬達組件造成壓力。

「放手，老兄。」司機嘟噥道。

「地址。」我回應，同時緊握車門。「不然你可以持續振翅，直到翅膀飛出去。」

很顯然地，他不想被人從薪水裡扣除更換翅膀的費用。「她住在質子塔裡，所有人都知道。」

「謝謝。」我本來會對他輕點帽沿致意，不過我的帽子沒了。「我想你不會願意載我一程，不收車資，當作藍星車行同事互相幫忙？」

我一放手，他立刻加速離去，同時從車窗中拋出一句「渾蛋！」

「我想也是。」我回應。

從扭曲鎮到質子塔走路要很久，但是坐公車的話說不定會更久。儘管公共運輸可以帶你前往任何想去的地方，不過並非總是採取最近的路線。公車從低等住宅區前往高等住宅區時會刻意繞道乃是基本常識，這樣可以打消人們沒事跑去閒晃的念頭。我選擇步行，邊走邊計算這趟旅程在電費帳單上所增加的每一分錢。

開始下雨了。

帝國城中的雨水有點危險。清潔飛行工作機器人盤旋天際，清除飄浮在空氣中的有毒化學物質。大部分的情況而言，它們都能過濾掉眞正劇毒的東西。但是工廠跟實驗室會排放許多揮發性氣體，全城所有濾網加起來也沒辦法全部過濾。偶爾雨水中會摻入某些意想不到的物質。兩個月前，市中心突然下了場傾盆大雨，在場所有生物人身上被雨淋到的部位都冒出毛髮。六年前，我還是邪惡天才扭曲心靈裡的一個想法之時，明日之城下了一場幾乎摧毀全城的大冰雹。自從清潔工作機器人上線運作以後，這麼嚴重的情況就再也不曾發生過了，但是下雨的時候謹慎的市民還是會躲到室內，而聰明的市民就連烏雲變多的時候也會找尋掩護。不過我是一台堅固的伯特機器人，而我的觸覺感應器表示這一場雨的酸性足以影響生物人的皮膚，但不會對我的外殼或是外套造成影響。

街上的行人只剩下少數勇敢的生物人以及擁有鋼殼的機器人，於是我加快腳步。儘管體形巨大，只要空間足夠，我的速度就不算慢。而一旦開始提升速度，我就會健步如飛。在筆直的道路上可以達到時速四十四哩，但是這樣做會導致我的應變能力降到最低，而且停步的時候會很麻煩。我將速度提升到時速十哩，信任導航系統不會讓我踩到人，進入自動導航模式，將大部分的處理能力用於找出葛雷植入我體內的那隻可惡的臭蟲上。

一次又一次，診斷程式一無所獲。我可以在下次充電時執行比較完整的檢查，不過我懷疑那樣會有什麼結果。不管葛雷在我的編碼裡植入了什麼，它都埋藏在很深的地方。或許醫生在下次療程時可以幫我找出來，她比任何人都熟悉我的編程。當然，她會問我問題，而既然她可以看出我在說謊，我必須實話實說。我的狀況模擬器已經開始運算可能的結果。

「只是在城裡四處亂跑，和機器人流氓和變種雜碎打架，搞到我的程式感染一堆惡性病毒。沒什麼大不了的，醫生。我只是遵照指示，妳說我該試著增加社交生活。」

我計算著可能的回應。可能性百分之五十二：她會理解地點頭，拿筆輕敲便條紙，然後發出不太認同的聲音。可能性百分之四十六：她會理解地點頭，拿筆輕敲便條紙，然後發出有點認同的聲音。百分之二：她會理解地點頭，拿筆輕敲便條紙，發出土狼般的嚎叫聲。我將最後那個可能歸類爲計算時的臭蟲，又或許是差異引擎在開我玩笑。

質子塔擁有頂尖科技的氣候調節器。這裝置還在實驗階段，但是至今沒有出過差錯。一道直徑四千兩百一十二呎的完美天氣圓柱空間籠罩在三棟閃閃發光的摩天大樓外。

像我這種必須每天辛苦工作的伯特機器人不該出現在這種地方，而我在跟指節接觸過程中弄得破破爛爛，而且被雨淋濕的外套又讓情況看起來更糟。我還沒有清理外殼上的污點，雨水又把污點進一步弄花。我路過的所有機器人不是接待工作機器人就是私人自動機器人，這裡除了我之外沒有伯特機器人。

質子塔周遭圍繞著樹籬、草坪，以及噴泉，只有有錢有勢的人才住得起這種地方。飛行攻擊機器人在周遭來回巡邏，像是一群火力強大的金屬昆蟲。質子塔是一座堡壘，彷彿這些有錢有勢的人們通通躲在裡面等待被褫奪公權的窮人起義叛變一樣。我想，當你舒舒服服、乾燥清爽地站在象牙塔上冷眼看著擁擠的群眾躲避劇毒雨雲的時候，會有這種想法並不算牽強。

看守前門的是一名身穿完美勃艮第酒紅色門房西裝，以及同色門房帽的盛裝門房，他身上的徽章寫明他是「丹尼斯」，身後站著兩台安全自動機器人。這些機器人身穿黑西裝，體形比我小，造型也較爲優美。我的威脅評估器根據他們外套上的隆起形狀偵測出收在槍套中的武器。世界上還沒有一把光線槍有能力擊穿我的外殼，但我不是來找麻煩的。

三台小型感應工作機器人迎上前來，在我身邊盤旋，掃描我的全身。安全自動機器人無疑地在接收這些掃描結果。

丹尼斯向前走來。

「哈囉，先生。」他招呼道，聽起來太過誠懇了點。「今天有什麼能爲你效勞的？」

「哈囉，」我回應，試圖保持愉快的語調，不過禮貌跟友善在我的個性樣板裡歸類的層級都不算高。「我是來找露西雅·納皮爾的。」

「我知道了，先生。可以請問尊姓大名嗎？」

「密卡頓。馬克·密卡頓。」

「謝謝你，先生。請等一下，先生。」他露齒一笑，轉身大步走向門旁的接待台。他翻閱名單，過程中始終保持微笑。

一台掃描機器人過於接近我的面板，我將他揮向一旁。

「滾開。」

他嗶嗶作響，飛到我碰不到的距離外。安全自動機器人並不喜歡這個舉動，兩者同時伸手到外套中。我冷冷瞪視他們堅定的紅色光學元件。

門房再度大步走來。「很抱歉，先生，但是你的名字不在預約名單上。」

「我沒有預約。」

他的嘴角下沉三分之一公釐左右。「很抱歉，先生，但是這裡不允許未經授權的訪客。」就一個生物人而言，這傢伙講話比我還像機器人。

「你可以按個門鈴，讓她知道我來找她嗎？」我問。「感激不盡。」

「很抱歉，先生，如果你沒預約，恐怕我必須請你離開。」安全機器人向前踏出一步。

我抱持著機器人固有的堅持特質。「按個門鈴就好。她不在家嗎？」

「我不能透露這種資訊，先生。」

這種結果並不令我意外，但我依然對於丹尼斯甚至不肯花點時間走回接待台，假裝跟人聯絡，然後回來告訴我對方不肯見我感到氣憤及受辱。那才是有禮貌的做法，偏偏他卻把我當成百科全書銷售員一樣擋在門外。我不理會我的生活常識模擬器，繼續嘗試。

「我是爲了我們一個朋友，湯尼．林哥而來的。」我轉向其中一台掃描工作機器人，重複那個名字，以免有任何重要人士在聽。「湯尼．林哥。」

五架攻擊機器人離開質子塔外圍的巡邏路線，開始在我身邊繞行。他們的槍上傳出電力充足的嗡嗡聲響。兩台安全自動機器人拔出武器，槍口對準我。最糟糕的是，丹尼斯的微笑完全消失，變得面無表情。

「先生，如果你不立刻退到安全距離之外，我有權使用武力。」

聰明的做法就是讓步。不幸的是，理應在我的控制之下的核心侵略指數卻遲遲不肯讓我移步。我的戰鬥分析器已經開始研擬戰鬥策略。

「先生，這是最後警告。」

沒人知道我最後會不會做出明智的抉擇就此讓步，我自己也不知道。最後這場危機就在門房徽章裡突然傳來的乒聲中化解。

他命令安全武力按兵不動，轉身背對我。

「是的，小姐？」

他的徽章中傳來一個陌生的聲音。我沒聽過，但是我想我知道聲音的主人是誰。

「丹尼斯。」露西雅·納皮爾說。「請密卡頓先生上來。」

攻擊機器人回歸巡邏軌道，自動機器人收回槍械。丹尼斯轉身面對我。臉上的微笑一如之前那樣愉快亮眼。

門房領我進門，將我交給一名服務人員。這個矮小的正常人穿著十分講究，就連黑色的褲管上都沒有半點縐褶。我的辨識檔案總是可以從一個人身上挑出一、兩樣特點，讓我可以輕易自記憶矩陣中加以提取。它在此人身上注意到的細節就是他過度修剪的眉毛和頭髮：油亮漆黑、一絲不苟、有條不紊到了必定是經過數學演算法計算才能找到正確位置的程度。

他鞠躬。「哈囉，先生。能否請你跟我來……」

帝國城大部分的地方都習慣使用傳統電梯，但是質子塔安裝了最新式的飄浮艙。接待人員跟我步入一具放有沙發、盆栽，以及花園別墅畫像的艙房內。我認爲畫中的景象十分詭異。我是在帝國城內啓動的，從來不曾離開市區，沒辦法想像世界上有可能出現畫像裡的那種地方。一間木造建築，這麼多綠色植物，還有奢侈的藍天。

我懷疑這種地方真的存在。

接待人員發現我在欣賞畫。事實上，我已經將畫存入記憶檔案裡，隨時都可以叫出來欣賞。我只是沒有費心移開目光而已。

「你喜歡嗎，先生？」他問。

或許「喜歡」是個過於強烈的字眼。我一點也不想離開帝國城，見識世界上的其他地方。但是這幅畫裡某種超脫凡塵的特質引起了我的注意。難以理解，沒錯，但是擁有真正的意識就表示偶爾會出現這類難以理解的反應。

「這是幅好畫。」我回應道。

「是的，先生，它確實是。」

艙門關閉，飄浮艙升空。七十六層樓只花了四十秒，艙門再度開啓，露西雅・納皮爾和她的頂樓隨即出現在我的眼前。

「馬克・密卡頓先生。」接待人員宣告道，以免她沒注意到站在他身後的七呎機器人。她請我入內，叫他離開。

「很榮幸能夠認識你，先生。」他說。

「我也是。」我在艙門關閉的同時回應。

我掃描分析露西雅・納皮爾。生物人對於美貌的概念對我來說毫無意義，但是我的進化編程已經花了不少時間研究什麼條件會讓人擁有吸引力。它會把所有特徵個別分析：身高五呎七吋。金色長髮。明亮的藍眼睛。扁鼻子。光滑柔順的肌膚。數目正常、比例良好的四肢。纖腰。豐臀。胸部小巧堅挺，引人注目。剪裁合宜的連身裙在不會太過招搖的情況下凸顯她的曲線，露出若隱若現的乳溝。我的評估器迅速執行運算，得出一個評等。

對百分之九十二的生物民眾而言具有吸引力，根據我個人喜好可以給予八分。這種評分很不可靠，美麗絕對不光只是外在零件的加總，有時候甚至不要加總比較好。

納皮爾評估我的時間更久。這不是她的錯，純粹是因為她頭顱中的化學肉團處理能力不足的關係。她原地站立了十秒鐘，臉上除了一絲微笑之外沒有任何表情。

「非常佩服。」她走向前來，伸出一手，掌心向下，等我握手。這個舉動令我驚訝，大多數生物人都不會毫不遲疑地和一台巨大危險的機器握手。我那兩隻足以捏碎骨頭的大手掌很容易令人膽怯，而當我將她纖細柔軟的手握在我的金屬棒球手套中時，我其實一點也不責怪生物人。

納皮爾微笑加深。「很榮幸終於跟你見面了，馬克。」

「我也是。」

「你這麼說只是出於禮貌，還是真心的？」

「只是說說。」

她輕聲嬌笑。「喔，我真愛你們機器人，以及你們毫不做作的真誠，想要弄清楚生物人的想法實在太困難了。你們就不一樣了，你們想到什麼就說什麼。」

「我的心理醫生說我應該強化我的社交子程式。」

「喔，千萬不要。」她皺眉。「不要改變，這樣才叫別具一格。」她深吸一口氣。「我就喜歡你如此直接。」

她轉身穿越一道仿古拱門。由於她依然握著我的手，我只能禮貌地跟隨而去。我們步入一條掛滿露西雅與其他人合照的走廊。我假設他們都是重要人士，雖然我認不出多少人。儘管如此，這裡的照片多到讓我可以認出幾個存放在我記憶矩陣裡的電影明星、爵士樂手，以及政客。

最大的一張照片是露西雅自帝國城第一任變種人市長黛蒙·吉兒·馬洪尼手中接過一個獎杯的畫面。她當選的時候還是正常人，皮膚上自發性的結晶現象是第一任任期中第三年所發生的突變。

來到走廊底端，我們步入一個由閃亮鋼鐵打造而成的房間。從牆壁、地板到家具，所有東西通通閃閃發光，彷彿剛剛拋光過。房間四周放置了七塊白色地毯、兩只造型既時髦又復古的金屬花瓶，以及一座仿雕像的九呎高鈦合金塊。這個房間看起來不像是生物人會住的地方。儘管如此，納皮爾還是放開我的手，在屋角一張毛茸茸的白沙發上坐下，並且想辦法擺出一個十分舒適的姿勢。

一台身穿乳白色燕尾服的管家自動機器人穿越房間而來。我不認得這個機型，他身上也沒有任何公司商標，一定是特別訂製款。他遞給納皮爾一杯冒泡的綠色調酒。

「謝謝你，哈姆伯特。」

「我的榮幸，小美人。」她捨棄了標準的傳統英國管家語音套件，賦予他一種沙啞的布魯克林口音。

她輕啜飲料。「原子之吻，最新流行。好吧，還沒眞的流行，我今天早上才發明的，但是給它一個禮拜的時間。我本來想請你喝一杯的，馬克，不過，好吧，你知道……」

「我知道。」我回答。

「你的存在必定十分奇特。」她啜飲了一小口酒。「不過話說回來，我想我們血肉之軀對你來說也必定十分奇特。」

「我盡量不去評判。」我老實說。

「密卡頓先生，請坐。」她比向一張椅子。我的外套還是濕的，外殼骯髒污穢，這一坐下去就表示椅子上的白坐墊得送乾洗了。更有可能的狀況是納皮爾會把它們丟到垃圾桶去，然後訂購一組新的。她換沙發或許就和我換塑膠飛機模型一樣快。

「我站著就好，謝謝。」

「隨你便。」她又淺嚐調酒，離開沙發，走到我面前。她的體態優雅，充滿自信，這是一個習慣發號施令的女人。她朝向我的面板伸手。

「可以嗎，密卡頓先生？」

我的威脅評估器將她列爲沒有生理上的威脅。當然，在非戰鬥狀況下有很多比光線炮與離子光束還要危險的東西。就某些方面而言，露西雅．納皮爾比葛雷跟他的電動學觸摸還要可怕。至少我是這麼認爲的。我沒有確實的證據，只是由許多焦躁的子程式凝聚而成的一種印象。

「當然。」我說，全然不顧我的判斷。

她的雙掌接觸我的頭部兩側。「嗯。很有趣，你比我想像中還要冰冷。」

「妳很清楚，老兄。」我回應。

她臉上浮現一種難以辨識的表情。「這是開玩笑嗎？」

「妳說呢。」

「尚未開發完全的幽默感。眞是太棒了。」她微笑。「可以請你脫下外套嗎？」

「納皮爾小姐，我不是來這裡——」

「喔，拜託，密卡頓先生，等會兒我會很樂意回答你任何問題的。」

她對我眨眨睫毛，儘管這個畫面對我沒有什麼影響，不過我的問題解決技巧通常會採取最直接的處理方式。我移除我的外套。管家自動機器人平穩地滑到我身旁，伸出手。

「要我幫你拿嗎，老兄？」

我正要告訴他不用了，他已經一把搶走外套，滑出房間。

納皮爾一言不發地圍著我繞了三圈。她面露微笑，顯然除了尚未開發完全的幽默感外還有其他令她感到有趣的東西。

「了不起。光看規格看不出來，密卡頓先生。」

「規格？妳從何得知我的規格？它們是——」

「機密？是的，沒錯，我跟博學議會……有點關係，曾以顧問身分出席你的監管期聽證會。」

「我們沒有見過。」

「不，沒見過。但是那並不意外。」她走回沙發坐下。「你沒見過你大部分的創造者。」

「小姐，我不知道妳自以爲知道什麼，但是我的創造者只有一個。」

「喔，我知道你是這樣相信的，但恐怕密卡利斯博士在這件事情上有點誤導你。」她笑道。「你眞的以爲一個人，不管有多天才，能夠單槍匹馬創造出像你這麼複雜的機器？」

「沒有想過這種事情。」我說。

「不，我想也是。儘管出現了美妙的自由意志異常現象，你對密卡利斯依然抱有些許殘餘的忠誠。不必試圖否認，我想你那雙大手握成兩顆大拳頭只是因爲我暗指你的……創造者不夠完美？」

我鬆手。我跟密卡利斯的關係十分複雜，但是也沒有多不尋常。不是所有父親跟兒子都能和睦相處，但是這並不能阻止兒子尋求親愛老父的認同。邏輯告訴我老爸是個狂妄自大的瘋子，而只要我心中還抱持著這個「有建設性的公民」的想法，我就不可能得到他的愛。邏輯並不能阻止我對此產生五味雜陳的感覺。

「不要誤解我的意思了，馬克。」納皮爾說。「博士是個天才。你體內半數的系統在其他地方都還處於原型機的階段，另外一半則經過大幅強化。比方說，你的冷卻系統。」她的手指沿著杯緣滑動。「那是我做的，還有其他幾樣零件。」

「妳設計機器人？」我問。

她嬌笑。「你不知道？」

「知道什麼？」

「關於我的事情，我成爲帝國城中富有壞女孩的崛起過程？」

「我不看報紙，」我說。「抱歉。」

「喔，不必抱歉，馬克。你或許是帝國城，甚至全世界唯一不看報紙的公民。」她將剩下的「原子之吻」一飲而盡，將杯子往肩膀後面一丟。杯子在地毯上彈開，牆壁裡跑出清潔工作機器人，開始打掃髒亂。

「眞是太好了！」她如同畢業舞會上的啦啦隊長一般興奮大叫。她拍了拍手。一塊鋪了地毯的地板向旁分開，在房間中央露出一條通往下方的樓梯。納皮爾跳起身來，再度拉起我的手。「跟我來，馬克。我有東西給你看。」

她拉著我走，我完全不想反抗。我已經徹底被這個嬌小的生物所吸引。在樓梯底下等待我們的是一間實驗室。一間了不起的實驗室，全部都是鉻合金與不鏽鋼打造。一整條自動組裝生產線，其中一面牆前站滿最新型的工作機器人。我看到雷射銲接器、超級電腦，以及分門別類排列整齊、數量多到足以製造一大堆清潔機器人的備用零件。藍圖貼滿牆壁，或是裱框護貝掛在天花板上。這地方必定佔據了她公寓下方一整層樓的空間。我注意到這裡沒有按鈕，也沒有開關或是操縱桿。就如她的公寓一樣，實驗室看起來不切實際，看起來不像是有在使用的樣子，因爲它非常乾淨、看不出任何進行中的研究計畫，而且一片死寂。

管家自動機器人已經拿著一杯新的「原子之吻」等在樓梯下方，她接過酒杯。

「謝謝你，哈姆伯特。」她伸出纖細的手臂攙著我的手，我只要輕輕一擠就可以把她的手臂擠成兩、三截。她就是在這個時候讓我想起愛普羅，以及那種只有少不更事的小孩才擁有的絕對信任。納皮爾一定知道我的力氣有多大。她或許能夠隨口說出我的馬達組件抽動一下可以達到的壓力級別。但是她似乎沒有絲毫遲疑，只領著我穿越實驗室，像老朋友那樣愉快閒聊。

「過來這裡，我讓你看看我退休前進行的幾個計畫。當然，全都是理論性質的，處於草圖階段。」

我們來到一個不鏽鋼儲物櫃前，櫃門向旁滑開，露出一排排裝在透明塑膠管中的藍圖。她伸手在其中翻找，發出少女般的嬌笑聲，一面挑出特定幾份給我，一面說著像是「幫我拿一下好嗎，親愛的？」以及「喔，我最愛的東西就在這了。」之類的話。四十五秒後，我手臂下已經夾了十六份規格表。

納皮爾肩膀上扛著第十七根塑膠管，拐著彎來到一個大櫃台前，打開管子，倒出規格表，攤開來給我看。「這是強力雷射發射器。」她解釋道。「手持式。或說只要我有辦法弄到一顆夠小又夠力的電池就可以做成手持式的。」

她從我手中取出另外一份藍圖，攤在櫃台上。「這是一組新式機械球狀關節，可以增加六到七度的肢體靈活度。」她有點氣憤地說。「只不過壓力太大的時候就會斷掉。」

她一邊哼歌，一邊在我夾在手裡的塑膠管中翻找。「我這裡有個大幅強化過的反重力產生器，保證你會喜歡。」

「這些都是妳設計的？」我問。「全部？」

「喔，馬克，你眞是太可愛了。」她伸手彷彿要擰我的臉頰，不過我沒有臉頰，就算我有，也不可能擰得起來。結果她輕輕撫摸一下。「當然是我設計的，傻瓜。它們並非全部是我的發明。大多都是改良強化其他人的成果。有人遇上無法解決的問題，就來找我。這樣很棒，我可以比所有人搶先一步欣賞最新的突破性發明。有時候，甚至有機會親自發明它們。」

我再度掃描她的臉。神采奕奕的雙眼以及女學生般精力充沛的笑容。我的顯像器一定出問題了。「妳多大年紀？」

「二十二歲。」她心不在焉地回應。「我是天才兒童。」她笑道。「或者我想我曾經是，現在只能算是一個平凡的老天才。馬克，如果你想在城裡當個偵探，你或許會想知道那類事情。」

「我不是偵探。」我回答。但是她沒聽見。

她發出小鳥般的啾啾聲。眞的，她啾叫著。「喔，我知道你一定會愛死這個的！」她在攤開另外一份規格表的時候高喊道。「這是縮小光束。一直沒時間製造一台原型機來測試，我看不出任何會失敗的理由。不過話說回來，我當初也不認爲強化冰凍光束會有問題，結果那玩意卻把東西通通融化。」她臉色一沉，鼻頭皺起。「沒什麼實用價值，不過很酷。」

我伸出一隻巨型棒球手套般的手掌，蓋在藍圖上。「很棒，納皮爾小姐，我深感佩服。」

「露西雅，」她糾正。「叫我露西雅。我堅持。」

「露西雅。好吧。」就連擁有無盡耐心的機器也會面臨極限。「我脫掉外套、讓妳摸我，還參觀過妳的實驗室、欣賞妳的藍圖。現在該妳回答我的問題了。」

她臉上露出一種奇特的表情。我認為那是失望，或許有點受傷。我不曉得她為什麼會有這種反應，但是世界上又有哪台運作中的伯特機器人眞正了解生物人的？我不了解。而且坦白講，我很高興我不了解。我喜歡冰冷的機器邏輯，即使自由意志異常現象有時候會鼓勵我忽視邏輯。現在並非那種時候。

納皮爾眉頭越蹙越深，還幼稚地噘起嘴來，我的罪惡指數邊緣隨即冒出點點翻飛的淘氣電子。我沒道歉是因為除了點醒一個被寵壞的富有小女孩之外，我沒有做錯任何事。

在肯定我絕對不會道歉之後，她臉上那種生氣的表情立刻消失，就和出現的時候一樣快。她露出一絲微笑，輕啜一口酒，然後走向通往房內的階梯。

「好吧，馬克。有問題就問吧。」她一邊上樓一邊回頭對我露出嚴肅的表情。「不過我想強調世界上有很多男人都不介意讓我摸。」

「我不是男人。」我在跟她一起回到公寓之後說。

「不是。」她趴在沙發上。「你是一台機器，一台美麗、優雅、完美無瑕的機器。」她輕咬下唇，上下打量我，眼中綻放一種目光，就跟穆賈希醫生盯著螢幕跑過我的程式碼時同樣的目光，一種歎為觀止的神情。但醫生同時還會抱持一種臨床診斷的超然態度，納皮爾沒有展現類似的冷漠。

我聽說過重度科技迷，是醉心科技到出現奇特愛戀跟詭異慾望的科學信徒。目前為止還沒有人公開承認這種傾向，但是知識殿堂遲早都會允許這種事情的。到時候大批科技戀就可以出櫃了。在那之前，這種人只存在於謠言中，或許根本沒有這種人，也可能有好幾千人。現在沒有辦法得知，不過如果眞有這種人的話，露西雅．納皮爾肯定是最主要的創始成員之一。她凝視我的模樣、足以將我扒光到藍圖層面的目光，簡直飢渴難耐。

我希望我能夠取回外套。我不想開口要求，於是決定儘快辦完事情，離開此地。

「我在找湯尼．林哥。」

她愉快的笑容消失。「湯尼．林哥那個一無是處的小敗類做了什麼引起你的注意？」

「所以妳認識他？」

「認識。不過話說回來，這點你早就知道了，不是嗎？不然你來這裡做什麼？」

我沒有表情可供分析，但我畢竟還是洩露了自己的想法。

「喔，我不會否認我們曾經在一起。」她說。「他一開始還滿有趣的，逗我笑過幾次。他人畜無害，眞的。」

「我認爲他綁架了幾個我的朋友。」我說，沒想到自己竟然主動提起此事。納皮爾令我不安，而這種不安在我的行爲指令中激發了一些奇特的衝動。

「湯尼？」她揮揮手。「拜託，湯尼就連蒼蠅也傷害不了。倒不是說他不會嘗試，他只是……沒有能力。一個假裝成大人的可悲小孩。」

「好吧，或許他已經不想假裝了。或者更糟，或許他還在假裝，只是現在鼓起勇氣，打算放任自己大幹一場。」

她將一頭金髮甩到右肩上。「有可能，我想。但是湯尼爲什麼要綁架你的朋友？」

「我不知道。見鬼了，搞不好根本是我弄錯，唯一弄清楚的辦法就是找林哥來問。」

「如果親愛的湯尼不打算回答呢？」她問。

「我會說服他。」

「湯尼是個非常固執的男孩。」

「我是個非常有說服力的伯特機器人。」我回應。

她站起身來，圍著我又繞一圈，然後雙掌放上我的胸膛。「證明看看。說服我。」

我後退一步，她差點跌倒。

「小姐，我不知道妳想怎樣，但是我沒興趣。」

我以爲她又要噘嘴了，但是我猜她聽我說「不」的次數多到足以接受暗示。她微笑，笑容中潛伏著一股獵食者的氣息，似乎在宣告此事尚未結束。但是已經結束了。檔案關閉，程式刪除。

「我想你已經去燕子旅館找過了。」她說。

我點頭。

「老實說，我不太清楚湯尼的習性。我們沒有那麼親密，那是單純的肉體關係。他很喜歡一個叫作黃金二極管的地方，那是位於圓周率街治安較差地段的俱樂部。我不保證他還在那裡混，但是他喜歡爵士樂，也喜歡去買醉。如果他不在那裡，也很可能在那附近出沒。」

「謝謝。」

我轉身離開，但是哈姆伯特擋在我面前。他交給我一件外套。那是我的外套，但是乾乾淨淨，而且還燙過。「你的外套，朋友。我費了點工夫拿去清洗烘乾，如果再給我幾分鐘，我可以把破的地方都補起來。」

「不了，謝謝。」我接過外套，搭在肩膀上。晚點再把它穿上，目前我只想離開這裡。我朝飄浮艙以及安全的地方前進。

納皮爾跟上來。「隨時歡迎你回來，馬克。我會把你的名字交給門房，讓他們知道隨時都可以讓你上來。隨時都可以。」

我沒有回應。但是此刻遠離質子塔已經登上我簡短的指令清單，排名就在不要拿有鑽石鑽頭的螺旋鑽撬出我的光學元件之前。

艙門開啓，我步入艙房。我很想就這樣背對納皮爾，但是某個不明原因迫使我轉身。她還在微笑，不過笑容比較溫和，沒有那麼歡快。我在想那兩扇可惡的艙門什麼時候才要關閉，它們已經比排程延遲兩秒了。

「湯尼喜歡爵士樂。不知道這點有沒有幫助，但是他眞的喜歡。」

「爵士樂。收到。」

謝天謝地，艙門開始關閉。

「還有，馬克，」她說。「希望你能找到你的朋友們。」

「我也這麼希望。」

接著艙門完全封閉，我終於可以永遠擺脫露西雅．納皮爾的世界。

8

我認爲林哥在入夜之前都不會跑去「黃金二極管」喝酒。如果有其他線索可追，我一定會繼續追查。但是我沒有，於是我將我的業餘偵探工作轉移到次要指令，開始執行其他必要的事情。

這個舉動本身就是一種奇特的發展。正常來講，我多得是閒暇時間。除了去上班、看心理醫生，以及三不五時嘗試社會化過程之外，我的行程表內容只剩下站在公寓角落降低能量消耗、瞪著牆壁看，一個時間太多卻無所事事的伯特機器人。如今我多了一份與駕駛計程車和遠離麻煩無關的簡短任務清單。

我前往一間機器人清洗店，花錢清洗上蠟。「黃金二極管」或許會要求服儀，而髒兮兮的外殼多半不合規定。沒過多久，我的外殼再度閃閃發光。塗料還有一點斑剝，但是除此之外，完全看不出來我曾經遭受比過胖鴿子停在我的肩膀上還要嚴重的創傷。這是我獨一無二的合金所帶來的奇蹟，這種合金先進到至今仍未命名。我覺得好多了，運作更加順暢。不合邏輯，因爲除了清掉右肘關節裡的一些沙礫外，清洗動作根本沒有任何提升效能的功效，而那些沙礫只造成了百分之〇點〇〇〇三的效能阻礙。

我回到祖恩的公寓，等他下班回家。他家門口擺了一份報紙。我在沙發上坐下，一邊執行內部診斷找尋葛雷的臭蟲，一邊一頁一頁地掃描報紙。閱讀眞是一種低階的任務，它讓我能騰出百分之九十九的運算能力搜尋我的電子腦。

我已經好一陣子沒看報紙了。新聞的細節不同，不過世界還是那個樣子。生物人權利聯盟還在說機器人的壞話，博學議會依然努力推動某樣新科技的突破性發展；大智囊團討論著我們——我猜包括我在內——正在創造的烏托邦世界，兩間實驗室爆炸、犯罪率上升、變種率上升、污染率上升。一如往常。

第八版有一則關於我的公寓爆炸的新聞。佔有二乘一吋的版面，包括我的檔案照片。爆炸在帝國城內並不是什麼大事，但是我以為我這個過氣名人的身分至少可以多佔額外四分之三吋的版面。體內掃描一無所獲，不過這個結果我已經習慣了。葛雷對機器人的超能力影響效果必定非常強大。又或許現在我的維修指令已經移除了他的影響力，隔離並且吞噬掉這個外來的程式。總是會有這種可能。

門上清楚傳來一陣金屬撞擊的聲響。一台機器人，我立刻想到指節，但是我沒有理由懷疑他會跑來這裡找我。儘管如此，開門的時候我的侵略指數依然強烈希望是他。

結果是哈姆伯特，露西雅·納皮爾的管家機器人。「嘿，馬克。納皮爾小姐送來一份禮物。」他不給我時間拒絕，帶著夾在手裡的大盒子步入公寓內。他將盒子丟在咖啡桌上，敬了個禮。「好了，老兄。好好享受。」

他再度朝向門口走去，不過我抓住他的肩膀。

「不要弄縐西裝了，老兄。」他說。

「這是什麼意思？」我問。

「調整你的音訊裝置，馬克，這是小姐送你的禮物。你知道，今天稍早時與你見面的那位小姐，優雅的淑女，住在寬敞的頂樓。以濕黏的有機組織而言算是非常可愛的甜姊兒。」

「我沒有要求任何東西。」

「禮物是不需要要求的，這是成爲禮物的條件之一。」

「萬一我不想要呢？」

「那就丟掉。」他回應。「老闆要我親自送達，所以我就來了，你收到之後要怎麼處理不是我的問題。」他後退一步，撫平外套。「但如果我是你，就會收下。如果問我的意見，你需要一點風格。」

「你怎麼找到我的？」

「你問題太多了，馬克。我家小姐有辦法找出男人的行蹤。」

「像我這樣的男人？」我問。「或是像湯尼．林哥那樣的男人？」或許哈姆伯特說得不錯。或許我問題太多了。

「她不會留意林哥那種敗類的行蹤。」他說。「我想你一定有吸引她的地方。」

我走到盒子旁，打開它。裡面是一套深藍色細條紋西裝。我拿出外套，毫不意外地發現我的肩膀塞得進去。它看起來很昂貴，顯然是訂製款。我好奇納皮爾花了多少錢才在這麼短的時間內生出一套來。

「這是老闆親自設計的布料。」哈姆伯特說。「防火、防刺穿、防縐褶，聞起來像是棉花，不過你應該不會注意這一點。很耐用的東西，你壞了它都沒事。專利證書的墨水甚至還沒乾，我家小姐一定很喜歡你。」

我將外套丟在桌上。「她想要什麼回報？」

他聳肩。「不用回報，她只是喜歡送禮物。」

「送我這種男人禮物。」

他點頭。「送你這種男人禮物。」

我看不出繼續逼問哈姆伯特有什麼意義，所以讓他離開。我將西裝放在沙發上，緩緩上下掃描。條紋西裝不是我的風格，但是這衣服真的不錯，還外帶一件深藍色風衣。就差一頂帽子而已。

盒子裡有張卡片。上面寫著：

親愛的馬克，

如果想要扮演偵探，你至少應該打扮得像個偵探。

抱抱親親

露西雅

盒子裡還有另外一樣東西：幾個小時前還掛在質子塔飄浮艙裡的田園別墅畫像。我將畫像放在一旁，把西裝留在沙發上，直到祖恩終於回家。

他嘟噥了一聲哈囉，邁步到冰箱前拿了一顆蘋果。

「忙碌的一天？」我問，試圖若無其事地來段日常生活交談。

「老樣子。」大猩猩步伐沉重地走來，伸出手指撫摸西裝褲管的褶線。「這是哪來的？」

「朋友送的禮物。」

「你沒有朋友，馬克。」他在上衣翻領上擦亮蘋果。「除了我之外，而我有時候也不太肯定自己是不是你的朋友。」

「新朋友。」

「你打算試穿看看嗎？」他問。

「或許。」我的發聲器發出一點雜音，這是我模仿緊張時清喉嚨的聲音。「祖恩，記得今天早上你說朋友就是要互相幫忙嗎？」

他咬一口蘋果，又黑又圓的眼睛盯著我。「是呀，馬克。我記得。」

於是我請他幫忙，他點頭同意。

「這或許會有危險。一點危險，或許。」我嘆氣。「算了，當我沒說。」

「先讓我換下這身猴子裝。」大猩猩大步走向臥房。

「你沒必要這麼做，改變心意的話沒有關係。」

他停在門口。「別說了，馬克。這沒什麼。」

這有什麼。我從來不曾請人幫過這種忙，而且令祖恩陷入這種處境也讓我感到不安。此事會有風險。我估計這個計畫出問題的機率有百分之三，而且成功執行的機率只有百分之四。

「你最好也開始著裝。」祖恩在另一個房間裡叫道。「俱樂部通常會要求服儀。」

西裝剛好合身，但是我必須靠祖恩靈活的手指幫忙打領結。我必須承認自己穿這套西裝非常好看。當然，我會在意外表美醜這個事實表示我比自以爲的更不理性。至於祖恩，他換上了一身會被我受限的審美觀歸類爲比俗氣還要低等兩級的紫色西裝。他還在翻領上插了朵玫瑰，結果讓他看起來有點像是金剛與俗氣黑道份子的混合體。但他是在幫我的忙，所以我把我的時尚觀點放在心裡。

帝國城對於藝術採取包容而冷漠的非官方立場。在博學議會的理想城市裡，所有公民都必須致力於有建設性的工作。這就是他們制訂機器人公民法案的主要原因。機器人不會關心音樂、書籍還有電視。我們做好我們的工作，永遠不會抱怨。

生物人除了穩定的工作跟充電的場所之外還有其他需求。他們需要休息、放鬆，以及感官刺激。事實就是如此，大智囊團也終於接受了這一點，城內甚至還有一座政府出資興建的娛樂中心。那地方很小，沒人知道在哪裡，但是大智囊團向我們保證娛樂中心眞的存在。城內各處還有許多私人俱樂部、藝廊，以及電影院，博學議會允許它們存在。

爵士樂是唯一的例外。爵士樂太混亂、太狂野、太難以捉摸，太不科學。儘管法律沒有明文禁止，不過博學議會不希望爵士樂持續存在並不是什麼祕密。而由於生物人是種非常不理性而且不合作的生物，自然導致了爵士樂蓬勃發展。世界上其他地方都是搖滾樂的天下，但是在帝國城，爵士樂依然引領風騷。

俱樂部散布在全城各地，尤其在低等區域數量更多。有些黑暗隱密，有些則光亮顯眼。「黃金二極管」屬於後者。事實上，整條閃閃發光、藏污納垢、吵雜不堪的圓周率街就是一塊生物人的需求紀念碑。那是人們前去擺酷、讓人看見自己在擺酷、並且假裝他們不在乎你看見他們擺酷的地方。

祖恩跟我抵達「黃金二極管」時天才剛黑，俱樂部裡還沒什麼看頭。門口有個門房，不過他看起來還沒心情開工，看也不看就讓我們進去。從外表看來，「黃金二極管」充滿光鮮亮麗的霓虹裝飾，但是內部又是另外一回事了。俱樂部內燈光昏暗，一方面為了營造悶悶不樂、鬱鬱寡歡的氣氛，一方面為了掩飾這是個低級酒吧的事實。俱樂部外觀必定吸乾了所有裝潢預算，因為大門的另外一側除了一座舞台、幾張桌子跟一個吧台之外什麼也沒有。整間俱樂部很安靜，顧客都還沒開始上門，或許要到十點以後才會熱鬧起來。

一個身材瘦小的賣菸女郎迎上前來，站在我面前。「這裡很少有你們這種顧客上門，老兄。」

「計程車司機？」我問，假裝聽不懂她的意思，因為她散發出一股令我開啓敵對模式的感覺，或許是因爲她嚼口香糖的樣子好像口香糖活該受苦一樣。

「伯特機器人。」她的語氣有點惱怒，不過聽起來好像她本來講話就是這個樣子。她噘起嘴唇，吹破一個大泡泡，然後將口香糖吸回嘴裡，除了臉頰上一小塊她沒注意到的殘渣之外。「二十塊錢。」她說。

「不，謝謝。」我回應。「我不抽菸。」爲了強調這一點，我伸手比向面板上嘴巴該在的部位。

她呻吟一聲。「進門要收二十塊入場費，聰明的伯特機器人。瑞基應該跟你們收的，不過他是一個可惡的懶散渾球。」

「外面的牌子上寫九點之前入場不收費。」

「那是生物人。」她以更無奈的語氣回應，同時爲了懲罰我的過錯更加用力咀嚼口香糖。「伯特機器人隨時都要付費。」

「這不是歧視嗎？」

瘦小女郎微笑，我看得出來勉強微笑令她臉頰生痛。「我們是開門做生意的，老兄。伯特機器人進門，不喝東西，不吃東西，只會站在那裡佔位子。」

「我會點一杯酒。」我說。

「然後呢？這裡最低消費要兩杯酒，但是一旦氣氛炒熱，沒有人會只點兩杯，除了伯特機器人。伯特機器人不喝東西，不吃東西，只會——」

「好啦，我懂了。二十塊錢似乎有點貴，不是嗎？」

「如果由我決定的話，我根本不會讓你們這種傢伙進門。」她再度微笑，這一次看來是眞的在笑。「不過不是由我決定。現在是要付二十塊，還是要我報警？」

我認爲她是在虛言恐嚇。像這種低級酒吧不會報警的，他們有辦法處理自己的安全需求，通常都跟後巷打手或是超燙電棒有關。儘管這兩種做法都不會對我造成威脅，但是我並不想招惹麻煩。

我拿出二十塊錢給她。

「非常感謝你，先生。」她的語氣如同死亡光束一般溫暖。「祝你們有個美好的夜晚，紳士們。」

我擋下她。「什麼？沒送香菸？」

她兩眼一翻，消失到黑暗裡。

「你打算怎麼做？」祖恩問。

機器人大多都能享有身為工廠出產型號的好處。他們或許會修改身上的某些零件，但是怎麼說他們看起來都是一個樣子，除了不同的序號，以及主人為了方便識別而幫他們增添的行頭之外。就連城內數百名機器人公民在取得公民權前也都是標準型號，而除了胸口上的紅漆外，他們的外觀也沒有什麼不同。

但我是獨一無二的限量版。博士曾經製造過其他幾台原型機，不過他們都在啟動之前就停止開發並且銷毀。只有我正式啟用。我是一台大型機器人，而且有些人依然記得我改過向善之後所引發的短暫媒體熱潮等事實，對於這個情況沒有任何幫助。在帝國城內想要引人注目並不容易，而我比大多數人都來得引人注目。如果湯尼．林哥發現了我，肯定立刻會傳送離開，而我又得從頭開始。

監視門口是祖恩的任務，我則負責坐在附近某個陰暗角落，保持低調。完美的情況下，林哥將會現身，祖恩向我打信號，我在被發現之前偷偷摸摸從後面抓住林哥。這個計畫中存在很多變數，最明顯的變數就是湯尼．林哥必須是個白痴才會在這麼多人想要找他的時候還去常去的地方。但是我有個理性矛盾的假設，認定他沒有辦法不來。這是生物人會做的事情，他們是習慣的動物，就和缺乏智慧的機器人一樣。

我在大門附近找到一個好位置，祖恩則在吧台坐下，他趁等待的時間點了杯酒。不是香蕉達奇利，但是我未開發完全的幽默感認爲想像他點的是香蕉達奇利是件有趣的事情。

我們等待。

我不在意等待。等待很簡單，很容易，可以擺脫所有壓力，直到終於有事發生爲止。我希望林哥現身，希望他能帶我找出茱莉跟她孩子，回到一切正常的日子，我開計程車，過著平淡無奇的日子。並不是因爲我討厭扮演偵探，就某些角度而言，我認爲偵探的本能已經在我的體內滋長。但是此事的主角不是我，主角是布利克一家人，一個可能需要我幫助的完美善良家庭。特別強調「可能」這兩個字。

「黃金三極管」在接下來的三個小時內擁入大批客人，隨著人越來越多，我開始懷疑這或許是浪費時間。打從開始運作以來，這是我第一次等到有點心浮氣躁。十一點十四分，我開始計算其他行動。圓周率街有很多爵士樂俱樂部，或許一間一間找比盯著一間不放要來得聰明；或許我根本不該來此，或許湯尼．林哥已經離城，或許我根本是在浪費時間。質疑自己從來不是件有趣的事情，而在擁有一顆一旦開始質疑，就能在一分鐘內想出四百一十六種不同可能的電子腦的情況下質疑自己更是令人心灰意冷。

「這麼專心地計算呀，帥哥。」

露西雅．納皮爾。我的目光始終保持在祖恩身上，所以沒有看見她，但是我認得她的聲音。

「我有預感你會出現在這裡。」她伸手來回撫摸我的手臂。「我喜歡這套西裝，你穿很好看。」

「我現在沒空。」我冷冷說道。

「喔，放輕鬆。湯尼不到十一點半不會出現的。」

我微微轉頭，將祖恩保持在視線範圍之中。納皮爾身穿一襲能夠凸顯曲線、展現魅力的亮眼低胸連身裙。

「妳之前怎麼沒告訴我？」我問。

「我猜我忘了。」她微笑。「願意跳舞嗎，帥哥？」

「我不跳舞。」

「喔，來嘛。跳一支舞又不會怎麼樣。」她抓起我的手掌拉扯。我無動於衷。

「小姐，我知道這一切對妳而言是個有趣的娛樂，但我是來辦正事的。」

「喔，好啦。你應該學著放鬆，這樣可以運作得比較長久。」她聳肩。「正事？我以爲你只是個計程車司機。」

我看見祖恩的訊號，光學元件轉向門口。湯尼．林哥出現了。我小心翼翼地朝他走去，彎腰矮身，不過依然比其他酒客都高一點。只要夠近就行了。

林哥轉向我的方向，看見了我。我跟他只剩下不到十幾步的距離，但是他濕黏的腦子在一秒之內搞清楚狀況，手掌已經伸入外套，準備按下能讓他消失的魔法按鈕。

祖恩自他身後出現，對準林哥後腦就是一拳。林哥摔倒在地。一塊閃閃發光的金屬圓盤自他的口袋掉出，在地板上滾開。林哥大吃一驚，連忙爬去追它，想辦法不在混亂之中被人踩到。他抓到圓盤，但是在有機會採取任何行動之前，我已經一腳踩在他的手和圓盤上。我對他施壓，踏碎他的手掌和圓盤。或許兩者都發出了碎裂聲，不過完全隱沒在爵士樂裡。但他的慘叫倒是吸引了一點目光。

我抓起林哥的外套後領，將他提離地面。他破口大罵、面紅耳赤、緊握自己的手掌。

「謝謝幫忙。」我對祖恩說。

他聳肩。「不必客氣。」

「我的手！」林哥哀號。「你他媽的踩碎了我的手。」

我對他的同情比率低得誇張。我抓住他的肩膀，筆直拖往吧台，沒人試圖阻止我，甚至沒人顯露任何關切。除了保鏢之外，不過他們還沒採取行動。待會兒他們或許會改變心意，但是此時他們認定不值得爲林哥出頭。

「你有電話嗎？」我問酒保。

「當然。」

「你要打給誰？」祖恩問。

我不確定。我一碰到林哥，腦中立刻浮現這股衝動跟電話號碼。

電話響三聲，有人接起來。對方不是葛雷或指節，但是我敢肯定是他們的同黨。

「喂？」

「我是密卡頓。」我說。「抓到林哥了。」

電話那頭的人哼了一聲。我告訴他我們在哪裡，他說他會派車來接，一輛灰色的禿鷹。就這樣。我沒有半點遲疑，而我知道自己會交出林哥是因爲葛雷在我腦中下達指令的關係。我的人工意志不再完全屬於我了，不過事情還有補救的餘地。我會交出林哥，但是我還有機會搶先審問他。

「謝謝，祖恩。你可以回家了，或是再點杯酒。他交給我就好了。」我扶起林哥，用力搖晃他。「相信我，你不會想看接下來發生的事情的。」

「你這可惡的渾蛋！」林哥吼道。「你會扯斷我的手臂！」

「放輕鬆，湯尼。」我說。「你另外還有兩條手臂和一條腿。」

「好吧，馬克。你說了算。」祖恩跳回他在吧台的座位。「盡量不要惹麻煩。」

「有麻煩的不是我。」我再度搖晃林哥。他憤怒吼叫。「再次謝謝你，沒有你的話我抓不到他。」

祖恩微微一笑。「我知道。」

我拖著林哥穿越廚房，進入後巷。這是個適合聊天的安靜場所，巷子裡除了我們之外就只有一個在垃圾箱旁打盹的流浪漢。我不確定林哥的外套裡還有什麼詭異的科學小道具，不過我認爲如果還有任何有用的東西，他早就已經拿出來用了。我將他的臉壓在牆上，迅速搜了一次身。我搜出了一把最新型號毀滅高溫光線槍。為了公眾安全著想，我把槍壓碎，丟入垃圾桶。

餐廳後門開啟，在忠心耿耿的管家機器人陪伴下，露西雅步入後巷。我擺脫不了她。儘管如此，我還是試圖擺脫她。

「妳不會想看的，露西雅。」我說。「接下來的場面絕不好看。」

「你很難想像她曾見過什麼樣的場面。」哈姆伯特說。

我嘆氣，但是我有比驕縱的富有女孩更重要的事情要處理。

「布利克一家人，湯尼。」

「滾開，錫人。」

「那種態度只會讓你吃苦而已。」

我拉林哥去撞幾次牆。力道沒有重到會打碎什麼，但是足以引起他的注意。

「喔，你犯了一個天大的錯誤，你這個愚蠢的金屬頭。」林哥呻吟道。「等我朋友聽說這件事情，他們會在你身上燒條新的排氣口。」

「我們都知道你沒有朋友，湯尼。我不知道我們能耗多久，所以動作必須要快。我再問一遍：布利克一家人，你把他們怎麼了？」

我抓著他的衣領，提起來晃了幾晃。我本來想抓他喉嚨的，但是我不想不小心折斷他的脖子。生物人有時候非常脆弱。

「我不認識什麼布利克，老兄。」

我以一隻手指將他揍到一個麵包箱上，他痛苦地大口吐氣。

「我知道你很笨，湯尼，但是我不知道你竟然會笨到對機器人撒謊。」我拍拍我的電子腦所在的腹部。「記憶矩陣絕對不會撒謊。」

「好啦，好啦，」他喘息說道。「我認識他們。但是他們失蹤不關我的事，我發誓。」

我搖頭。「湯尼，你眞的是個白痴。我沒說他們失蹤了。」

「有，你有說。」

我又拍了拍腹部。「記憶矩陣，湯尼。」

「聽著，你愛怎麼做就怎麼做，我什麼狗屎都不會說的。」

「看吧，問題就在這裡，湯尼——」

我抓起他被踩碎的手掌用力捏下，他放聲慘叫。我越捏越用力，他越叫越大聲。他的指頭呈現看起來很痛的不自然角度。他一定比我想像中還要耐打，因爲他停止慘叫，透過淚汪汪的眼睛瞪我。

「你這個可惡的怪物！你這天殺的——」我逐漸聽不懂他在罵些什麼了。因爲擔心會打爛他的腦袋，所以我沒有打他。結果我讓他順著牆壁滑下，啜泣三十五秒。

露西雅來到我身旁。我的臉部表情分析器一片空白。她顯然沒有受到這些景象影響，但是我看不出來她喜不喜歡這種事。

「把他想知道的事情告訴他，湯尼。」她說。「不然情況會越來越糟。」

林哥雙唇緊閉。

我拉他起身。「選條手臂。」

林哥咬牙切齒，朝我的臉吐口水，口水沿著我的面板滑落。我不知道他是以爲我在虛言恫嚇還是純粹太笨，不過當我折斷他的右手尺骨之時，他叫到腦袋都快要掉下來了。

我再給他三十五秒恢復冷靜。

「喔，不要哭哭啼啼，湯尼。只是小小的骨折。」

「你瘋了。」

「不，親愛的湯尼，」露西雅．納皮爾從我身後說道。「親愛的馬克沒瘋，他只是一台殘忍無情的殺戮機器。」

「我說過了，錫人。」林哥嘶啞地嘟噥道。「我什麼都不會告訴你的。」

「我佩服你，湯尼。根據我的預測資料，你此刻應該已經招了，要嘛就是你比我想像中耐打，不然就是你認定有人比我還要可怕。看來我該讓你看看我有多認眞。」

他在發抖、冒汗、哭泣。

納皮爾說得對，我殘忍無情。並不是我想要傷害林哥，他的骨骼太容易斷了，我根本無法獲得滿足。

「你自找的。我沒有太多時間，而你有很多手臂。」

「等等，等等！」林哥不停在我堅固的手掌之中掙扎，但是他哪兒都去不了。「我什麼都不知道！我發誓我不知道！他們什麼也沒跟我說！就算我能告訴你他們把孩子藏在哪裡也沒有任何意義，現在阻止已經太遲了。」

由於面板上沒有五官，所以我不會把驚訝表現在臉上。我並不完全了解林哥在說些什麼，但是我可以聽出其中的重點。對方是爲了布利克家的某個小孩綁架他們的，但究竟是哪個小孩，又是爲了什麼原因？

「告訴我他們是誰，」我說。「我只想知道這一點。」

林哥神情困惑。「先等一等，你不知道？」

「知道什麼？」

他皺眉。「你不是在幫葛林曼做事？」

「沒聽說過。」

「喔，狗屎！你眞的不知道他是誰，你眞的是爲了那一家人來的。」他開始大笑。那是處於歇斯底里邊緣、毫無幽默感的刺耳笑聲。「你這個可憐愚蠢的怪物，根本不知道自己惹上了什麼麻煩。」

在我有機會問清楚前，小巷中突然光芒四射。我不禁佩服葛雷手下辦事的效率。接著我發現下降的並非灰色禿鷹，而是一輛櫻桃紅色的信天翁。

信天翁是一種豪華旋翼車，這表示它又大又結實：一架會飛的長方形鐵塊，機尾加裝裝飾用的尾翼。其上的三副靜音旋翼在垃圾桶旁降落的時候掀起一陣狂風跟灰塵。旋翼放慢轉速，但是沒有停止轉動，我想這些傢伙並不打算待太久。

「馬克，怎麼回事？」露西雅問。

「我早叫妳回俱樂部。」我說。「現在閉嘴後退。」

不管她有沒有感覺受辱，她都知道現在不是爭辯的時候。

信天翁後門滑開，兩名壞蛋走了出來。他們來到頭燈之前，試圖利用背光保持神祕，但是我的偏光光學元件讓我清楚看見兩個外型粗獷的生物人。其中之一脖子很粗，長有兔唇。另外一個黃皮膚、白頭髮，腦袋上頂著一個透明圓頂裝置，裡面充滿某種藍色氣體。他的手臂都是觸角。兩個人都身穿西裝，兔唇外套沒扣，露出插在皮帶上的光線槍。

「喔，太好了，我眞高興看到你們。」林哥說。「我以爲我死定了。」

圓頂頭說話了。他的嘴唇沒有動，但是腦側血管鼓動，綁在喉嚨上的喇叭隨即發出聲音。那個聲音在我聽來根本是胡言亂語，但是林哥似乎聽得懂，他也以幾句胡言亂語回應。我會說二十八種不同的語言，但是一個字都聽不懂。

圓頂頭跟林哥短暫交談的時候，兔唇一直瞪著我。他動也不動地站在原地，我甚至無法察覺他在呼吸，他只是一直瞪我。

圓頂頭必定說了一句令林哥洩氣的話，因爲他接下來的回應變成英文。「嘿，我知道我不應該出門，但是我很無聊。又沒有什麼大不了的，不是嗎？再說沒人能夠阻止我們，對吧？」

圓頂頭也換成英文。「我們警告過你了，東尼。這次行動十分重要，絕不允許任何差錯，你這種懶散的態度已經造成我們的負擔。」

「哇，你不會是認眞的。」林哥說。「我是說，到底有什麼大不了的？」

「我不想打擾，」我說。「但是我還沒跟他談完。我可以等談完之後再把他交給你們。」

圓頂頭神色陰沉地微笑。「密卡頓先生，我們尊重所有生命，包括人工生命。請不要逼我們訴諸肢體暴力。」

這兩個傢伙看起來都不怎樣。圓頂頭身高五呎，體重最多不過九十五磅；兔唇體形比正常人高大，但是我認爲有能力搶走他的槍，然後把他打成肉醬。然而儘管我的規格十分強大，我已經學會要假設意料之外的情況。這兩個傢伙似乎知道我是誰，所以我有理由假設他們不是在虛言恫嚇。我同時也假設他們沒有外表看來那般自信，不然他們一來就會直接動手搶走林哥。不幸的是，我沒有選擇的餘地，葛雷的超自然重新編程不會讓我交出湯尼．林哥。眼看衝突難以避免，而我的戰鬥分析器竟然分析不出戰鬥結果。

所謂現代超級科學的奇蹟也不過如此。

哈姆伯特解開外套的釦子，露出他自己的高溫槍。「有麻煩的話，馬克，我會罩你。」

我不擔心哈姆伯特，他看起來像是能夠照顧自己的樣子。但露西雅是個負擔，一旦開打，我沒有辦法同時保護她跟林哥。

「不會有麻煩的。」我說。「所有人都會保持冷靜。我想我們都看得出來一旦情況失控，沒人會是贏家。」

「同意。」圓頂頭說。「所以我才建議你把林哥先生交給我們。這一點沒得商量，密卡頓先生。」

兔唇拔出他的左輪槍。他沒有瞄準任何人，只是拿在身側。

「我只要花五分鐘。」

我在拖延時間。如果我的接頭人來了，這些小丑或許會重新評估狀況。當然，到時候又會有另外一批人想要從我手中搶走林哥，但是事情總要一件一件處理。

圓頂頭揮出觸角。對方動作之快，我的光學元件幾乎都沒有記錄到它。一條觸角纏上我的小腿，另外一條纏上林哥，但是我沒有放手。

兔唇衝向前來，一拳擊中我的腦袋。很猛，這傢伙就和建築工作機器人一樣強壯。由於兩條腿被纏住了，我當場失去平衡，摔倒在地。我沒有放開林哥。一旦我抓住某樣東西，沒有東西可以逼我放手，就算眼看林哥被扯成兩半，我也不會放手。從林哥痛苦的叫聲研判，圓頂頭也是同樣想法。

哈姆伯特拔出手槍，連開三槍。在這種距離之下，他絕不可能失手。但是圓頂頭啓動了一道個人力場，光束在擊中他前便已煙消雲散。

兔唇沒有拔槍，而是轉身扯下哈姆伯特沒有持槍的手臂，他一點也不在乎高熱光束燒焦他的胸口。哈姆伯特是台頑固的自動機器人，不管能不能傷害對方，依然不斷開槍。兔唇一拳擊落哈姆伯特的腦袋，另外一拳打凹他的胸口。管家機器人摔倒在地，變成一堆扭動的廢鐵。

圓頂頭的注意力一直保持在我身上。他繼續施壓。

「你贏不了的，密卡頓先生。」他說。「我以爲你擁有足以了解這點的邏輯。」

我放開林哥，令圓頂頭措手不及。他的觸角如同橡皮筋般反彈回去，林哥跟他撞成一團。我猜想圓頂頭的力場是專門防禦能量光束的。我猜對了。圓頂頭被撞倒，纏住我雙腳的觸角隨即鬆脫。

我不指望這一下子能夠爭取多少時間。我提升能量等級，朝向圓頂頭衝去。兔唇迎上前來阻攔，我使盡全力一拳擊中他的臉。我的拳頭沒有陷入他的腦袋，不過卻令他鼻血直流，當場跪下。我奮力一擊，打得他癱倒在地。我沒有浪費時間沾沾自喜，立刻轉身面對圓頂頭。

他再度揮出觸角，但是這一次我早有準備。我雙手各抓一條觸角，將他扯上天，在半空中劃出一條弧線，然後重重摔在地上。然後我又摔了一次。他的頭盔出現裂縫，冒出絲絲藍煙。他開始大口喘氣，如同離水的大魚般猛力擺動。

湯尼．林哥還沒從剛剛的拔河賽中恢復過來，我在他有機會恢復之前將他抓起。好心的我沒有抓他折斷的手臂。

我的音訊裝置傳來一陣尖叫。露西雅．納皮爾，我在十一秒的衝突之中失去了她的影蹤。現在我轉身掃描，發現她落入兔唇的掌握。這傢伙眞是皮粗肉厚。

他露齒而笑，伸出一條長長的綠舌頭輕舔血淋淋的臉龐。「降低能量。」他說。「交出林哥，我就不折斷她的脖子。」

「辦不到。」

兔唇臉色一沉，露出一排一排參差的利齒。「不要以爲我在虛張聲勢。」

「我並不這麼以爲。但是我不能交出林哥，我的程式裡有條外來指令，我沒得選擇。」

納皮爾似乎毫不緊張，不過由於壯漢的手掌遮住她半邊臉，所以很難判斷她緊不緊張。至於我，我冷靜得跟不鏽鋼一樣，我出廠的時候就是這麼冷靜。我有點後悔。納皮爾或許是個麻煩，但是她實在不值得爲了林哥這種廢物枉送性命。我警告過她不要出來的。

「那麼我猜這位小姐對我來說也沒有多大用處了。」兔唇說。

「不。」我不同意。「現在，她是唯一能阻止我把你打成肉醬的東西。想試試傷害她的話你能撐多久？相信我，那將會是你一生中最漫長的五分鐘。」

兔唇面露微笑，五指扣得更緊。「你在虛張聲勢。」

「我從不虛張聲勢，虛張聲勢並不存在於我的個性樣板裡。但是我知道你在想什麼。你在想你是一條硬漢，當然，你很強壯。而從你的黑眼圈已經消失這點判斷，你自我醫療的速度也很快，但是我刀槍不入的合金隨時隨地都可以對抗變種人的血肉之軀。」

「不過你同時也在想著湯尼。」我用力搖晃林哥。「我打鬥的時候必將處於劣勢，因爲我一定得要抓著他，而既然他是個脆弱的小東西，我必須花費很多工夫確保他不會在混亂之中被打成肉醬。」

兔唇露齒而笑。「我就是這樣想的。」

「那好吧。」我讓步。「你出招吧。」

他沒想多久就採取了一項我沒料到的舉動：伸手去拔高溫槍。我承認，有時候出現意料之外的狀況時，我會一時無法反應。時間不長，三分之二秒而已。不過這點時間足夠兔唇拔出手槍，瞄準林哥的腦袋。如果我動作夠快，現在還來得及擋在林哥跟光束之間。但是我的動作沒那麼快。

扣下扳機之前，兔唇全身突然冒出一條條的紫色電光。他一聲不吭地放開人質，全身癱軟。納皮爾走到一旁。兔唇一邊流口水，一邊試圖擺脫電擊效果。

她輕拍皮帶。「納皮爾牌個人防禦電擊力場產生器，每個女人都該擁有一件。」

我趁兔唇恢復意識之前上前一陣好打。對準肚子先來一拳，然後又戳上兩下，但是他依然屹立不搖。他不像我這麼強壯，但是眞的很耐打。最後他被一記強力右勾拳擊倒在地，進入夢鄉。

「我以爲妳已經沒在發明東西了。」我說。

「喔，只是某個失眠的夜晚隨手弄弄罷了。」

我掃描哈姆伯特的殘骸，他只是一台自動機器人。根據法律，他和眞空吸塵器一樣，不能判定爲被謀殺。沒錯，他只是一團線材跟齒輪，如果有人把他攤在桌上，看起來就像許多七零八落的零件。用一打不同的方式組裝，你就會得到一打不同的機器。但是話說回來，這種描述也可以用在我身上。

「很抱歉讓妳的機器人變成這個樣子。」我說。

納皮爾跪在哈姆伯特的軀體上。「別擔心，馬克。他的腦部經過強化。」她按下一個按鈕，開啟他的胸口，露出一個小鈦盒。比大部分的機器人電子腦還小，不過納皮爾是個天才。「喔，是的。沒問題。我會帶他回家，裝入其他軀體之中，會跟新的一樣。」

我鬆了一口氣。

我說。「呃，我也很抱歉——」

「喔，拜託，馬克，你不必道歉，你已告訴過我不要跟你進入後巷。總之，我是個大女孩了，可以自己照顧自己，謝謝你。」

她把手放在我的臉頰上，一點也不生我的氣。露西雅．納皮爾是個奇怪的女人。奇怪，不過討人喜歡。

林哥在我手中掙扎，但是他哪兒都去不了。他同時還說了一堆我完全不放在心上的空洞威脅。

兔唇依然昏迷不醒，不過有趣的是他那張十四秒前被我打成肉醬的臉。現在他的臉毫髮無傷。根據我的估計，要不是納皮爾的電擊裝置影響，他此刻應該已經醒了。

我搜查圓頂頭。由於他還在不停抽動，搜他的身並不容易，不過我還是從他外套口袋中搜出了一塊傳送圓盤，就和林哥使用的一樣。

「喔，那是什麼？」她問。

「某種傳送裝置。」我迅速搜查兔唇，找出他的傳送圓盤。被打爛了，不意外。

我將完好的裝置丟給納皮爾。

「禮物？」她問。

「妳可以留著，露西雅，只要妳把拆解後的發現告訴我就行。」

「沒問題。」她將圓盤放入皮包。「你想我會發現什麼？」

「我不知道，不過那是頂尖科技，我想應該值得一看。」

「哎呀，密卡頓先生，你講話越來越像偵探，不像是個計程車司機了。」

她說得對。打斷骨頭、詢問問題，與低級敗類和聰明小姐混在一起對我具有一種莫名的吸引力，這比往返城內各處接送市民有趣太多了。

我一把抓起圓頂頭的領帶。「你為誰工作？怎麼會有人耗費這麼大的心力綁架兩個小孩？」

他不停喘氣，喉嚨咯咯作響。兔唇此時的狀況也沒有辦法講話。

另外一輛旋翼車呼嘯駛入後巷。禿鷹是跑車車款，體積為信天翁的百分之八十三。它擁有流線造型，以及一台運轉速度慢到絕不實用、只供觀賞用的小型散熱裝置。這是一條寬敞的後巷，但是已經快擠滿了。儘管如此，司機還是很有技巧地降落在一塊狹窄的空地上。

「讓我猜，」納皮爾說。「你想要我閉嘴後退。」

我拍拍面板上原本是鼻子的位置。雖然沒有鼻子，她還是看懂了我的意思。

兩個人走了出來。他們看起來像是正常人，但是我無法肯定這點。我最近遇上變種人的機率多到在統計學上幾乎不可能，所以我不排除他們是變種人的可能。

比較矮的那個看向被我右手提著領帶的圓頂頭，以及抓在左手上的湯尼．林哥。「我們是來接林哥的。」

我丟下圓頂頭。他的頭盔在一陣玻璃破碎聲中落地。

「可以給你們帶走，但是我想見見你們老闆。」

兩個正常人竊笑。「交出來就對了。」

當然，他們知道我沒得選擇。我也知道。不過話說回來，林哥此時依然握在我的手中。或許葛雷的重新編程終於失效了。

「聽著，」我說。「我在這條後巷裡遇上一點麻煩，攻擊光束、慘叫、拳打腳踢，一樣不缺。或許這個時間在這個區域裡不會吸引任何注意，又或許附近的思想庫監視機器人已經察覺這些不合群的行爲，並且派遣一架旋翼車前來處理。我唯一知道的就是林哥在我手上，我遲早都會把他交出去，但可能是一分鐘，也可能五分鐘。現在你們何不打開手錶上的雙向無線電，看看你們老闆打算怎麼做？」

矮個子朝向夥伴點頭，後者走到禿鷹旁邊，進行了一段六秒鐘的交談，然後回頭對矮個子點頭。

「好吧，」他說。「那這個女人怎麼辦？」

「女人留下。」我回應。

「可惜呀，她身材不錯。」

矮個子湊過去敲打圓頂頭的頭盔。

「做點有用的事，伯特機器人，把這些雜碎丟到行李箱去，好吧？」

既然有便車可搭，我很樂意效勞。行李箱有點擠，不過我還是把兔唇跟圓頂頭給塞了進去。關上箱蓋之前，他們在兔唇身上注射了一種黃色液體，他完全失去意識。

我將湯尼．林哥丟到禿鷹的後座，然後擠到他身邊。很擠，不過擠壓只會對林哥造成影響，所以我不介意。

「保持聯絡，馬克。」納皮爾說。

我對她點頭，然後關上房門。旋翼車起飛，我們隨即上路。

前座跟後座之間升起一道隔板，所有窗戶通通變成一片漆黑。他們老闆一定很注重個人隱私，不希望任何機器人記錄他家住址。

「還不算晚。」林哥說。「我知道你可以將這輛車撕成碎片，我們可以逃走，我有人脈。」

「別說了，湯尼。」我微微攤手，他當場被擠去撞門。「現在閉上嘴巴，享受這段旅程。」

我有考慮他的提議，但是這麼做沒有意義。儘管我似乎比較能夠控制自己了，但是葛雷依然握有主導權。更重要的是，我很肯定林哥只是個小角色、不知道多少內情的雜碎。最好的做法還是繼續往上爬，看看站在樓梯頂端的人究竟是誰。

我們飛行了一個小時十五分鐘。一輛好的旋翼車，依照空道交通狀況不同，在這段時間裡可以跨越半座帝國城，不過他們很可能會爲了小心起見而多繞一點路。最後我們終於降落。

窗戶變透明了，我們身處一間私人停機棚裡。這裡的空間寬闊，停放許多輛旋翼車，大多是未經修改的經典款。甚至還有一輛看起來像是剛剛出廠的萊特飛龍。只不過它們並不是在工廠中製造的，而且據我所知，全世界只有三輛。這裡看不出任何外界的景觀，無法判斷我身處何處。

幾個凶漢過來帶走林哥、圓頂頭還有兔唇，他們全都是變種人，其中之一的腦袋看起來像是水母。這是非常極端的突變，明日之城裡鮮少看見這種人。

他發現我在掃描他。「有問題嗎，老兄？」

「沒問題。」我回答。「不過你或許想要拿條餐巾，你頭上的水把領子都滴濕了。」

他伸出觸角比了一個我只能猜是代表侮辱的手勢。

水母與其他人將林哥跟他的夥伴拖向一邊，矮個子卻對我指向另外一個方向。停機棚的另外一邊有一條鋪有厚重地板，以及模擬傳統照明設備的長走廊。光子產生器甚至模擬出很逼眞的柔和燭光。牆上掛著奇特的畫像，畫中充滿形狀跟色彩，但是風格抽象，無法辨識。某地有個六歲的手指畫家也許在這裡賺了不少錢。

我們停在一扇門前。這扇門上裝有門把，矮個子必須伸手轉動它，房門不是向旁滑開，而是利用轉軸向內轉開。我曾經聽說過這種門，在電影裡掃描過，但是在現實中眞的掃描到的感覺十分詭異。

「他們在等你。」帶路的人說。

我踏入門內，他們從後方關上房門。門的另外一邊是一間溫室，不過是紅色的，不是綠色的。屋頂不是玻璃，而是幾盞柔和的深紅色聚光燈。溫室內到處都是植物，幾乎每棵都是擁有六角形葉子的奇特藍色植物。我不認得它們，不過植物本來就不包含在我的資料庫中，而且在帝國城裡也沒機會掃描多少綠色或是藍色的植物。

永固三型機器人「指節」站在裡面，依然戴著我的圓頂帽。葛雷坐在機器人旁邊一張舒適椅子上。

「嘿，馬克，很高興見到你。」葛雷說。

指節發出一陣代表挖苦意味的嗶聲。

旁邊的植物堆中傳來一陣騷動，走出一名身穿工作褲、四呎二吋高的生物人。他的皮膚呈現鮮綠色調，額頭就佔了身高的百分之三十。他擁有一雙黑色大眼睛，眼睛上方還有兩條觸角。他雙手戴著手套，捧著一棵植物。不管那是什麼，總之就一棵植物來說，它的呼吸太大聲了。

他揚起小小的嘴巴微笑。「你一定是馬克．密卡頓，久仰大名。」

「正是，」我點頭。「我猜，你一定就是葛林曼。」

他摸摸原本應該是鼻子的部位。雖然沒有鼻子，我還是看懂了他的意思。

9

「你可以叫我艾伯納。」葛林曼說。「馬克，我得說我很佩服你。首先，你找出湯尼．林哥，只花了……多久時間，葛雷？」

「十一個小時，老闆。」

「十小時，四十四分，六秒。」我糾正道。「差不多。」

葛林曼咧嘴而笑。他嘴巴小到很難看出正在笑。「看吧，我就是喜歡我的手下這一點。精準，留意細節，但是眞正令我佩服的是你知道我的名字。」

「這不是祕密。」我說。

「也是，但沒多少人聽過。對不對，葛雷？」

葛雷點頭。「沒錯，老闆。我們喜歡保持低調，遠離……你們是怎麼說的……目光焦點。」

「一點也沒錯。」葛林曼說。「就一個靠開計程車維生的伯特機器人而言，你似乎是個很棒的偵探。」

「我多才多藝。」我回應道。

他將植物放在土壤上。會呼吸的藍色植物連忙跑到一個舒服的位置，然後開始紮根。葛林曼拍拍它的葉子，植物發出滿足的叫聲。

「那麼你想怎樣，馬克？要錢嗎？所有人都想要錢，錢是世界運作的基礎，不是嗎？」

「我要收點錢。」

「確保馬克提供的服務得到適當的報酬。加發一筆迅速完成任務的獎金，還有……他們是怎麼說的？」

「膽大妄爲，老闆。」

「是了，膽大妄爲。」葛林曼皺眉，喃喃自語。「膽大妄爲、膽大妄爲、膽大妄爲。」他聳肩。「發音很奇怪的字，是不是？」

指節發出贊同的嗶聲。

「或許我該考慮長期雇用馬克。」葛林曼說。

「不知道，老闆。」葛雷說。「現在司機機器人很便宜。」

指節又嗶，這次帶有強烈的敵意。

我假設葛林曼的手下不喜歡我的機率很高。我們第一次接觸的過程並不順利，而現在我又在他們老闆面前讓他們顏面無光。

「當然，金錢並非你來此的眞正目的，對不對，馬克？」葛林曼問。

「不是，但是我有電費帳單要付。」

「好吧，還有什麼私事是我可以效勞的呢？」

「我想知道林哥在幫誰做事。」

「我也想，馬克。我也想。」

「你不知道？」

「直到幾天前，我都以爲他是在幫我做事。顯然我弄錯了。」葛林曼皺眉。「無論如何，我都已經安排好要跟林哥談談，歡迎你一同參與。」

葛雷起身。「我不認爲這是一個好主意，老闆。你怎麼知道我們可以相信這台伯特機器人？」

指節發出認同的嗶聲。

「拜託，葛雷。要不是馬克，我們甚至無法抓到林哥。我認爲他就和你那了不起的天賦一樣可靠，質疑他就等於是在質疑你自己的能力，如果你對自己的能力沒有把握，你可以現在就說。」

葛雷冷笑一聲，沒有再說什麼。

「非常好。」葛林曼按下灰塵滿布的工作褲上的一個按鈕，工作褲當場轉換成一套橄欖色抗縐西裝，外帶一條打了雙活結的深綠色領帶。我眞的很需要一件那種衣服。所有灰塵都消失了，褲管上有全新的褶線，袖口還有亮眼的鏈釦。「要走了嗎，紳士們？」

「你先請，老闆。」葛雷說。

我們走過另外一條走廊。葛林曼帶頭，葛雷其次，然後是我，指節步伐沉重地緊跟在後。在如此接近的距離下，我偵測到每當右腳接觸地面之時，他的左肩關節就會輕輕地砰一聲。我心裡生起一股回頭拿回他頭上的圓頂帽，並且順便把他一個螺絲一個螺絲拆掉的衝動，但是我忍下來了。

他們把林哥關在一個有著潔白光線跟潔白座椅的潔白房間裡。天花板上有一塊褪色的污點。我猜是之前的血跡，不過我沒多想血跡是如何濺到天花板上的。

林哥看起來很害怕，非常害怕。他一直都擺出一副硬漢的模樣，臉上總是帶有一種隨時可以大打出手的表情，儘管他不一定能夠面對那種態度所導致的合理後果。現在，他看起來魂不附體，不斷冒汗哭泣，緊緊抱著斷掉的手臂。我有點訝異他沒有變得比抵達此地時的可憐狀態更加淒慘。在我們來看他之前，他們應該有充足時間好好修理他一頓。或許葛林曼想要親自甩他幾巴掌。

不過不知為何，我懷疑這個想法，倒不是因為葛林曼個子小的緣故。艾伯納．葛林曼顯然是個習慣發號施令的人，而湯尼．林哥是個雜碎，天生就是會被所有人欺負來欺負去。我可憐他。在生物進化這個亂七八糟的過程之中，難免會出現一些有缺陷的設計。這種情況跟機器人沒有多大的差別，只不過我們可以經由一、兩台令人不滿的原型機來改進錯誤。但是生物人，就是會不斷產生沒用的廢物。

不，葛林曼不是那種會甩任何人巴掌的傢伙，至少這是我對他的印象。也有可能猜錯，因為林哥渾身發抖，而他此刻在看的人可不是我、指節或葛雷。他在看的是瘦小的艾伯納．葛林曼。

「哈囉，湯尼。」葛林曼說。

「哈囉，葛林曼先生，老闆。」湯尼的聲音顫抖。「我很抱歉，是他們逼我的。我很抱歉。」

葛林曼圍著林哥繞圈。每踏出一步，身體就升高一吋，彷彿走在一道隱形階梯上。當他升到夠高之後，他理了理林哥的衣領。「看看你，年輕人，眞是一團糟。」

葛林曼的觸角抽動。房門開啓，一名護士步入房內。她一身藍色皮膚，身材惹火，胸部隨時可能蹦出低胸制服，我想這是她們的一般制服。或許是因為扮演偵探的關係讓我注意到一些細節，她擁有一雙無限延伸的長腳，彎曲盤旋，似乎沒有盡頭。還有她的臉：那是怪物電影裡才會看見的臉，那種會有六隻眼睛與吸盤大口的怪物吸出青少年腦漿的電影。

她的聲音如同尖銳玻璃般溫柔。「好了，這只會痛一下子，親愛的。」護士在林哥的手臂上注射某種東西。他露出吃痛的神情，手臂發出一陣詭異的爆裂聲響長達十二秒之久，接著——砰——手臂打直，煥然一新。

「謝謝妳，護士。」葛林曼輕拍她的臀部。

「像新的一樣。」她發出咯咯嬌笑，或者說是呑口水的聲響。她吐出綠色的舌頭，以一種我假設算是性感的方式沿著吸盤大嘴輕舔，擰了他的小臉蛋一把，然後扭腰擺臀地走到不擋路的角落。

葛林曼將注意力轉回林哥身上。「現在，是不是好多了？」

「是的，葛林曼先生。」

「很好，因為肉體痛楚會影響提取過程。」

林哥臉色發白。

「你沒必要那麼做，葛林曼先生。沒必要！我會把所知的一切全盤托出！你想知道的一切！」

「我知道你會的，林哥。鉅細靡遺。」

護士大步走去，她在林哥的腦袋上放了一頂小錫帽，帽頂突起兩根小觸角。

「現在，我建議你看仔細了，密卡頓先生。」葛林曼說。「你即將見識一件很少有人見識過的事情，如果你夠幸運，我甚至可能允許葛雷先生讓你保有這段記憶。」

林哥連聲討饒，但是沒持續多久，護士又在他身上注射藥物，他再也無法動彈。

「這個裝置具有導體的作用。不過只有我才有這種能耐，可以像閱讀書籍般讀取他的大腦。」

葛林曼伸手放上錫帽，雙眼綻放黑光。別問我怎麼綻放黑光。我掃描他的眼睛，但是依然摸不著頭緒。錫帽開始發光，一條一條電光順著觸角上升。林哥出聲呻吟，渾身顫抖，口吐白沫。

過程沒有多久：二十秒。如果林哥的心靈是一本書，那肯定是本很薄的書。

葛林曼結束之後，林哥坐在原位，神色茫然，口水直流，嘴唇開闔，但是沒有發出任何聲音。

「他會好起來嗎？」我問。我不喜歡林哥，但是我不確定有任何人理應淪落至此。

「喔，恐怕不會。」葛林曼說。「這個過程會造成極大的創傷，大部分的心靈都無法承受，有點像是一邊看書一邊燒書。」護士遞給他一條手帕，他擦拭雙手。「壞消息是他不知道多少內情。我或許有辦法提取出一點有用的部分，但是沒有你想要的訊息。」

「而我應該要相信你的話。」

「老實說吧，密卡頓先生，我看不出來你還有其他選擇。」

指節抓住我的肩膀。

又是同樣的狀況：指節、葛雷，還有我。我已經擬定好對付指節的戰鬥策略，並且有信心可以擊倒他。但是我還沒有想出對付葛雷的方法，而葛林曼又是一個未知的變數。

「沒有必要暴力相向，永固三型。」葛林曼的雙眼綻放金光，觸角打直。我當即飄離地面。

「密卡頓先生將會安安靜靜地離開，是不是，馬克？」

這感覺很奇妙。你習慣當個同儕裡最強悍的伯特機器人，結果卻突然發現自己完全處於劣勢。我可以打敗林哥，但是現在就連起司三明治都能打敗林哥，所以這沒什麼好說的。我有很高的機率可以擊倒指節，但是葛雷的電動心靈傳動能力與葛林曼的心靈傳動能力令我陷入困境。我讓步。

這是唯一符合邏輯的做法。身為一台機器，這樣的選擇非常合理，但是我依然感到一股發自人工靈魂深處的怒意。

「當然，艾伯納，當然。」

他解除心靈傳動能力，輕輕將我放回地板。我或許可以一腳踩扁他，但是那樣又有什麼好處？

「請護送密卡頓先生出去，好嗎，葛雷？」

「但是，老闆——」葛雷開口。

葛林曼以冰冷的眼神令他閉嘴。

「當然，葛林曼先生。」葛雷說。他是眞心這麼說的。不管他對我有多不滿，全都比不上他對這個四呎生物人的恐懼。我幾乎對此感到受辱，但是我認為葛林曼在他所到之處都是最危險的人物。誰知道他那個巨大腦袋裡面還有什麼其他奇怪的心靈能力？我不知道，而且我也不認為我想知道。

護士漫步走來，輕撫葛林曼的觸角。他伸手撫摸她的魚網襪，她再度發出咯咯聲響，然後兩人一同離開。

就剩下指節跟葛雷需要應付了，但是聰明的機器人懂得承認失敗。我最後又掃描了湯尼．林哥一眼，如今那傢伙只能算是一個大肉袋。不管他知道什麼，記憶都已經清空，我的線索完全斷了。

葛雷跟指節帶我前往禿鷹。我們全都不發一言。我不等他開口就上了後座，指節跟我一起坐了進去。車窗變黑。旋翼車起飛，我再度踏上另外一段繞來繞去的費時旅程。

後座對兩台大機器人而言很擠，而指節並不留意我的私人空間，他跟我距離近到可能會把油滴到我衣領上。如此接近的情況下，我可以聽見他的線路嗡嗡作響。他從頭到尾都將光學元件保持在我的方向，而我則一直看向前方。

「我想你不打算還我帽子？」我隨口問道。

他嗶了一聲，很刺耳，沒有半點幽默感。

「你到底是怎麼樣讓帽子停在那顆畸形腦袋上而不掉下來？用膠帶？」

指節沒有發出嗶聲，我們旅途中的交談就這麼結束了。

每次跟不夠資格成爲公民的機器人坐在一起都會讓我覺得怪怪的。我擁有生物人公民的所有權利（好吧，至少擁有大部分權利），而指節卻只被視爲一台會走路的冰箱。我可以把他打成碎片，不過卻只犯下破壞財物的罪名。製造我們的基本元件都是一樣的。只是我通過了最低限度的感知測驗，而他沒有。或許根本沒人費心去測試他；或許他有做過測驗，但是在墨跡測試的時候遭到淘汰。或許當他們給他看那張墨水污點的時候，他誠實作答，說那是一塊墨水污點，而不是跟我一樣說謊。

是蝴蝶才怪。

當然，他們知道我在說謊。那沒關係，有能力分辨現實跟虛幻的不同，並且依然擁抱虛幻是感知的特點之一。換句話說：我會說謊就表示我有思想。

不知爲什麼，我跟沒我這麼幸運的機器人在一起的時候就會感到悲哀。就算是一台老舊的永固三型，在我看來，也跟排氣孔沒有多大的差別。

禿鷹終於在一條巷子裡降落。我利用地平線計算我的位置，這對找出葛林曼沒有多大的幫助，他可能藏身在城內一百個地點。該死的是，他們甚至可能飛上天去繞一大圈，然後停在葛林曼老巢的馬路對面，而我根本無法察覺。

「有手帕嗎？」我走出旋翼車時問葛雷道。「你這個手下在漏油。」

指節抓住我的肩膀。這是個錯誤。車外擁有足夠的活動空間以及早已在戰鬥模擬器裡成型的反應，我不再遲疑。我抓住他的腦袋，從下方踢歪他的左腳，接著用力一推，他跌倒了，我趁他倒地的同時順勢搶過他頭上的圓頂帽。這個動作很了不起。不是那一推。任何擁有足夠的力氣又算準角度的機器人都可以推倒永固三型機器人，我那笨拙的大手沒把帽子給壓扁才是一項貨眞價實的成就。或許我的精密運動協調器終於開始運作了。

我趁指節掙扎起身的時候輕拍圓頂帽上的灰塵。他掙扎的模樣十分難看。

我以爲葛雷會試圖利用心靈力量封鎖我，但是他什麼也沒做。「我們把話說清楚，密卡頓。我不喜歡你，如果由我作主，我會把你所有線路通通燒光。」他的眼睛閃過一陣綠光。「但是葛林曼先生喜歡你。他認爲你或許會有利用價値，或許應該把你放在身邊。我認爲你已經記錄太多內情，但是，嘿，老闆說不要碰你，所以我不會碰你。但是當他改變心意……」

他眼中再度綻放綠光。

這時指節已經在嘎啦聲中再度爬起，朝向我發出三下挑釁的砰聲。

「夠了。」葛雷說。他把手伸到西裝裡，拿出一個厚厚的信封給我。「葛林曼先生給你的酬勞。現在，我建議你去租一間新公寓，回去開計程車，徹底遺忘這件事情。」

葛雷和指節爬回旋翼車。我在禿鷹起飛的時候輕點圓帽示意。

信封裡裝滿現金，就一個偵探菜鳥而言算是不錯的收入。我只能希望明天也跟今天一樣好賺。

10

我試圖找出茱莉和她孩子，而且比我原先期待的還要接近眞相，不過其實一點也算不上接近。現在湯尼．林哥完蛋了，我又沒辦法找出艾伯納．葛林曼。就算眞的找到他了，我也懷疑自己能不能夠說服他說出他自林哥腦中吸出的情報。這些情報很可能根本毫無用處，因爲林哥只是一個沒用的小角色。只有白痴才會讓他知曉任何祕密。

另外還有兩個壞蛋，兔唇和圓頂頭。我沒機會與他們交談，而現在，他們八成也被吸乾腦袋了。

但是我還不打算放棄。

儘管我沒有費心細數口袋裡的現金，肯定夠我支付幾個禮拜的電費。既然不必每天賺錢，我可以不去工作，繼續找尋他們。我不認爲葛林曼會希望我用他的錢繼續調查這件還不知怎麼回事的骯髒事，但是或許他希望我這麼做。膽大妄爲。他說。

繼續調查此事幾乎肯定會讓我再度碰上葛林曼的手下。只要葛雷持續掌握我的開關，我就處於極大的劣勢。我自己的診斷程式沒辦法在電子腦裡找出任何異常。我沒得選擇，得求助專家。

我的心理醫生不太高興在自家門口看見我。想必是因爲時間太晚，她調整了一下她的法蘭絨長袍。

「你怎麼查到這個地址的？」穆賈希醫生問。

「電話簿。」我回應。

「你怎麼通過門房的？」

「他在打盹。本來或許會吵醒他的，但是你們大廳的地毯眞厚，醫生。妳打算邀請我進去嗎？」

「你知道現在幾點了嗎？」

「我隨時都知道現在幾點，醫生。」

她的臉上揚起好奇的微笑。「你是在開玩笑嗎，馬克？」

「或許是。」我聳肩。「就連我也不是每次都能肯定。」

幾乎算是玩笑的玩笑已經引起了醫生的興趣，但是她依然不肯讓步。

「我知道現在很晚了，」我說。「也知道妳不希望病人在辦公室以外的地方煩妳，但是——」

「馬克，事實上這是第一次有病人造訪我家。」

這很合理。神經機械心理學家能有幾個病人遇上緊急事故？機器人通常都會很禮貌地等到門診時間。

「很好看的西裝，馬克。」

她帶我來到客廳，然後跑去煮咖啡。

醫生的家很不錯。比不上露西雅的家，但是並不寒酸。客廳很寬敞，有組沙發以及幾個書櫃。

有幾幅畫像和小裝飾品，但是沒什麼引起我的注意。這裡不算非常大，不過我假設四周的幾扇門後還有其他房間。

穆賈希醫生帶著咖啡回來。「有什麼事，馬克？」

「我需要妳幫忙。我需要妳檢查我的電子腦，裡面有樣東西——」我輕拍腹部。「——需要移除的東西。」

她揚起一邊眉毛。「系統損毀？」

「是。」

「你爲什麼會這樣想？診斷功能偵測到什麼了嗎？」

「沒有，什麼也沒偵測到。」

「你最近有出現不尋常的舉動嗎？」

「有一點。」

「怎麼說？」

「我不能解釋，醫生。我只需要妳看一看，把它找出來並移除。到時候我才能解釋。」

醫生默默地打量著我。

「如果不重要的話，我絕不會來煩妳。」

「跟我來，馬克。」

她帶我進入一間放有黑色大塑膠桌，以及一整排閃閃發光控制台的房間。這些家具佔據大部分的空間，剩下的空間又有百分之六十六被我佔據。醫生必須坐在辦公桌後才能擠得下。她按下一個按鈕，所有機器開始運作，一面螢幕亮了起來。

「這是什麼？」我問。

「一台電腦。」她回答。

「在妳家？」

「有一天，每個人家裡都會有一台，或許不只一台。」

「當然，醫生。」

這種說法在我聽來有點無稽。就算在明日之城裡，我也不認爲有人會願意花費一大筆錢，並且犧牲寶貴的空間在家裡擺台屬於自己的電腦，一台大體上而言只能算是昂貴計算機的東西。不過對醫生而言，這麼做或許值得。

醫生打開一個抽屜，快速翻找一堆資料管，取出標有「個性解碼應用軟體」的一管，塞入桌上的一個插槽，然後扭轉至定位。電腦似乎很喜歡這根資料管，因爲它們開始發出許多嗶嗶呼呼的聲響。

她交給我一個插孔。「進行連結，馬克。我想你沒辦法告訴我要找些什麼。」

「希望我可以，醫生。」

「那就是個謎團，」她說。「好吧，來看看我們這裡有些什麼。」

她按下幾個按鈕，我的數位意識湧入她的螢幕。她目不轉睛地盯著螢幕看了足足三分鐘，靠在椅背上，手指在桌面輕拍。有時候，她會敲擊幾個按鍵，然後自顧自地點頭。

「那麼，馬克，趁著等待的時候，有什麼事情想要聊聊嗎？」

「沒有，醫生。我很好。」

「沒有？」

「沒有。」

「沒有跟露西雅．納皮爾有關的事情？」

我重播數次這個問題，確定我沒聽錯。

「她今天稍早的時候打電話給我，」穆賈希醫生說。「提到你去拜訪她。」

我不應該爲了醫生與露西雅相識感到驚訝。她們都是聰明的女士，或許每個禮拜六都會一起參加每週一次的超級天才社交舞早午餐聚會。

「她提到你在找人。」

「是。」我含糊回應。「私事。」

「我知道了。」

我等著她繼續追問，但是她沒有再提。並不是說我希望她提出任何問題。我的電子心靈就赤裸裸地呈現在她的螢幕上，她隨時都可以開啓幾個記憶檔案，查出所有她想知道的事情。醫生不太可能會做這種事情，她曾經解釋過這樣有違她的道德準則。她有必要研究基本編程、內部運作方式，但她不會碰記憶矩陣，那是病人隱私。

「露西雅對你印象深刻。」她說。

「她只是喜歡機器人。」我說。

「你是這麼認爲的嗎，馬克？」

「這是事實，不是嗎？」

「嗯……」她說，不過比較類似自言自語。

我透過分析器過濾那個聲音，但是分析不出任何意義。

「那你覺得她怎麼樣？」她問。

「我不是來接受分析的，醫生。」

她按下幾個按鈕，螢幕上出現更多資料。

「總之不是接受那種分析，」我說。「可以停止這個話題嗎？」

「如果你堅持。」

「是的，我堅持。」

四十五秒過後，我發現自己沒有辦法持續關閉發聲器。我通常很擅長閉嘴，但是今天我有說話的衝動。我將這種現象歸罪於太常和生物人相處的關係。

「沒有什麼。我是一台機器，我們不可能怎麼樣的。」

「你沒有生物人朋友嗎？」醫生問。

「有。」

「有任何你不能多交一個朋友的理由嗎？」

我取下圓頂帽，放在手中擺弄，好讓雙手有事可做。又是另一個生物人的壞習慣。「沒有。」

「有任何特別理由讓你不能跟露西雅．納皮爾當朋友嗎？」

「她是個科技戀。」我回答。「這點我很肯定。」

「那爲什麼會造成阻礙，馬克？」

這是一個好問題，而我沒有好答案。這一次我想辦法保持沉默。

「想聽聽我的意見嗎，馬克？」

「並不是很想，醫生。」

「很遺憾，因爲我非說不可。我認爲露西雅對你會有正面的影響，她或許可以幫助你面對同化方面的問題。」

「我沒有任何同化方面的問題。」

「但是你不斷透過分類的方式孤立自己。比方說，你堅持稱呼自己爲『機器』。」

「我是機器。」

「是，你是，但你同時也是擁有智慧的生命。」

「我只是編碼，醫生。」我指向螢幕。「〇與一，就這樣。」

「馬克，如果你拿出一顆人類腦袋，將它剝開，你知道會看見什麼嗎？」

「一堆黏糊糊的東西。」

「一點也沒錯。意識、個性、夢想、慾望、恐懼，這些東西全都存在於那堆黏糊糊的東西裡，但是說到底，那不過就是一大團脂肪。靈魂並不存在於肉體之中。」

「什麼，醫生？這下妳要說我擁有靈魂了？」

「我甚至無法肯定有沒有靈魂這種東西，馬克。但是我很清楚思想就是思想，沒有人能眞正了解它。」

「或許，」我說。「或許有一天我會突然抓狂，把所有人通通殺光。」

「這種事情每天都在發生，而且不光只是發生在機器身上。」

醫生的電腦發出細微的乒聲，她開始打字。

「找到東西了，醫生？」

「很有趣。你的行爲程序裡似乎混雜了某種外來編碼，你就是在找這個嗎？」

「或許，」我說，心裡十分肯定就是它。「妳可以排除它嗎？」

她湊到螢幕前方，花了四分六秒的時間急速打字。電腦平均間隔十一秒會發出一次急促的嗶聲。

「它確實存在，但是我從沒見過這種東西。」她說。「那是一種電腦蠕蟲，但是已經被分別驅散到許多檔案裡。它應該不會發揮什麼功效。」

「它有發揮功效，醫生。相信我。」

她聳肩。「我不能移除它，這樣做很可能會傷害你的核心編程。」

「我願意冒險。」我說。

「我不願意。」她按下幾個按鈕。「不過有個好消息，你的維修指令似乎已經自動開始移除，很棒的發展，眞的，我從來沒見過適應性這麼強的電子腦。」

「是呀，我是活生生的超科學奇蹟，醫生。」

她要嘛就是沒聽出諷刺的意味，不然就是沒有聽見我說什麼。她很少會沒聽見我說什麼。

「我認爲，只要有足夠的時間，你會自動排除系統損毀。」

「多久？」

「不確定。」

「好吧，謝謝，醫生。」我戴回帽子，努力不讓自己的語氣透露失望。「打擾妳了。」

她雙眼始終凝望螢幕，全神貫注打量新的資料。她已經迷失在二進制編碼的汪洋之中。

「我自己離開。」我說。

她稍微轉頭幾度，一邊繼續凝視螢幕，一邊向我瞄來。「馬克，關於露西雅的事情我是認眞的，我在你的社交功能裡發現一些顯著的改善。」

「或許與她無關。」我說。

「或許無關。你願意告訴我最近你在做些什麼嗎？」

「不是很願意，醫生，如果妳不介意的話。」

她沒有追問，因爲她太沉迷於螢幕讀出的資料中。「好吧，馬克。不管你在做什麼，我建議你繼續下去。我想你快要突破瓶頸了。」電腦裡傳來嗶聲，她緩緩點頭。「非常有趣。」

「是呀，醫生，好東西，我肯定。但是我要走了。」

接著我在她想把我跟電腦連在一起，進一步仔細研究我的數位潛意識前離開。

□

我需要充電。市政府塞給我的電池只能使用約莫二十六小時，端看我活動的程度而定。如果我任由電子腦自動處理一切，不做其他額外動作，運作時間可以長達三十二小時。但是與黑道份子及聰明女士攪和導致我的能量消耗得比平常要快。我還剩下三個小時，但是我向來不喜歡在低於五小時的情況下運作。

我也要花一點時間執行重新編譯及磁碟重組。我是一台學習機器，但是今天吸收的一切資訊在我關機讓電子腦分類歸檔成可處理的資料之前，都只是一團雜亂無章的訊息。我希望在經過一夜好好的充電之後可以想出接下來該怎麼做。

我打算過一個小時再去充電，利用這段時間先去拜訪露西雅．納皮爾。凌晨時分的質子塔看起來像是兩根耀眼的巨柱，周遭永遠都有攻擊機器人盤旋巡邏的亮眼燈塔。

門房丹尼斯下班了，不過門口站了一個幾乎一模一樣的門房：同樣的鼻子、同樣的眼睛、同樣永遠都在微笑的嘴唇，以及爽朗的態度。要嘛就是他缺乏特色的五官混淆了我的容貌辨識器，不然就是他是丹尼斯的雙胞胎兄弟，或是複製人。不過這不太可能，因爲截至目前爲止，所有成功培育出的複製人都是有說話顚倒傾向的禿頭白子。

時間很晚了，但我知道長得像丹尼斯的門房會讓我進去。我先打了電話，而且露西雅向我保證過我隨時都可以拜訪她，不分日夜，不管有沒有預約。她同時也說我今天晚上一定要過去一趟。當我詢問她希不希望等到明天再說之時，她說反正她也興奮得睡不著覺。

我步出飄浮艙，進入頂樓。換上一身全新外殼以及一件剛剛燙好的乳白色燕尾服的哈姆伯特出來招呼。

「嗨，馬克。」管家機器人說。

「哈姆伯特，很高興看到你再度運作。」我回應道。

「好的機器人不會一直關機的。這邊請。」

他帶我進入客廳，走下祕密階梯，來到露西雅的實驗室。她一直很忙碌。傳送圓盤已變成一堆零件。她拿放大鏡研究夾在一把鑷子上的東西。

「妳做了什麼，露西雅？」我問。

「我把它拆了，不然還有什麼辦法研究它？」

我想她說得對，但是我希望她沒有摧毀這個裝置。如果她摧毀了，我希望她有找出什麼値得一提的發現。

她沒有抬頭，指示我過去。「你一定要看看這個，實在太有看頭了。」

她移向一旁，讓我使用放大鏡，但是我不需要。我以光學元件拉近並且掃描該物品。「怎樣？」

「是不是很了不起？」

「了不起。」我同意。「有什麼作用？」

「我一點概念也沒有，完全看不懂。」她放下手中物品，揮手掃過所有零件。「這裡所有東西我幾乎通通看不懂。」

她大笑。

「你不懂嗎，馬克？我總是能夠看懂一切，無論什麼東西！」

她在解體的裝置之前彎腰，順手移動各式零件。

「妳可以重新組合起來嗎？」我問。

「喔，當然，沒問題。我有做筆記。」

她拿起一疊寫有潦草字跡的紙張。

「你說它是一台物質傳送器？」她問。

「是。」

「喔，但它不是，它比較像是物質位移器。這邊這玩意兒是某種次空間導管。而這個部分會產生一道滯留力場。」

「我以爲妳說妳不懂。」

「喔，別傻了，馬克。我當然懂，只是沒有懂到像其他東西那麼透徹。這種科技非常先進，類似原型機。只不過它不是眞的原型機，而是大量製造下的產物，有人有間專門生產這些零件的工廠，而他們不打算分享技術。」

「有些人不喜歡分享。」我說。

她皺眉。「那些渾蛋。但是我想你說得對。我還從裡頭拆除了自我毀滅裝置，兩個返回訊號發送器，以及遠端收回機制。」

「兩個返回訊號發送器？」

「喔，是的。有人耗費很大的精力不讓這個裝置落入其他人手中，不知道他們幹嘛搞得這麼麻煩。這種科技無法再製，我甚至不能肯定這個裝置半數零件是用什麼原料製造的，而且它設定成只有特定一名使用者能夠使用。如果別人嘗試使用，他們會連分子都被燒焦。」

「妳可以更改設定嗎？」我問。

「或許，但是我要花一點時間破解加密。」

「多久？」

「大概六個月。」

「太久了。」

「好吧，那我想有好消息要告訴你，馬克，因爲我很肯定只有在使用者是生物人的情況之下才需要更改設定。機器人應該不會遇上問題。」

「我可以使用？」

她聳肩。「或許。但有相異質量反轉率的問題，你可能會在旅途中失去某些零件。另外，這個裝置只能將物品傳送到預設的接收裝置上，而我不知道那是哪裡。可能是任何地方，據我所知，甚至有可能在月球上。就算你能夠毫髮無傷地抵達目的地，這也只是一趟單向旅程，你會被困在那裡，不管是哪裡。」

我的差異引擎分析以上種種可能，最後認定使用這台裝置的可行性會有太多變數，於是選擇避開的懦弱想法。我沒有計算出其他選擇。

「把它組回去。」我說。

「我就知道你會這麼說。」她推開桌子，打個哈欠。「但是得要等到明天早上，大個子，」她沒精打采地說。「我累壞了。」

「我需要充電。」我同意道。「我明天早上再來。」

露西雅跳了過來，握住我的手。「喔，馬克，別傻了。你應該在這裡過夜。」

「我現在住在朋友家，他會擔心的。」

「那就打個電話，告訴他你今天不回家了。」

「我不想麻煩妳。」

「喔，一點都不麻煩，親愛的朋友。」

她拉著我的手臂，但是我不動如山。

「喔，馬克，我眞的那麼可怕嗎？」

露西雅站在我面前。她是一團一百〇三磅的濕黏原生質，如果我的光學元件可以眨眼的話，我連眨都不用眨一下就可以把她打扁。偏偏她令我感到無比害怕。

無法計算出原因，然而卻是事實。

「我會乖的。」她伸手解開我的領結。「我保證。」

我想不出拒絕的好理由，儘管明知不該，還是屈服了。露西雅跑去換睡衣，哈姆伯特帶我去充電。

「家裡最好的插座。」他保證道。「現在，如果沒別的事，馬克，我得去幫小姐放洗澡水了。」

我插上插座，但是沒有進入完全充電模式。我聽說生物人在心裡有太多煩惱的時候會睡不著覺，但是身爲伯特機器人，我應該沒有這個問題。或許我比想像中更像人類，不過坦白說，我不喜歡這種情況。當你只是一台機器時，存在是一件單純的事情，沒有複雜的關係，沒有非理性的衝動，只有運作機能，單調乏味、毫無意外的運作機能。

可惡，我眞想念那種感覺。

我瞪著在窗外盤旋的攻擊機器人、下方的城市燈光，以及體積龐大的摩天大樓足足七分鐘。

我自玻璃上掃描到倒影，是從後方出現的露西雅。我本來以爲她會換上一件輕薄絲袍，不過現在她身上穿了一套藍色睡衣。

「我以爲你現在已經關機了。」

她走到我身旁，我們一言不發地欣賞夜景七十秒。

「你在擔心他們，對不對？」她問。「你朋友們。」

「是。」

「他們沒事的，馬克，你會找到他們的。」

「不，他們有事。」我說。「他們死了，或是消失了，或是被關在某個我永遠都找不到的地方。」

「那你爲什麼還在找尋？」她問。

我試著想出一個好答案，但是唯一想到的答案聽起來很沒道理。

「因爲我非找不可。」

「喔，馬克，可憐的孩子。」

我不懂她爲什麼這麼說，但她顯然是眞心的。她拉起我的手掌，臉頰抵著我的手背。我的觸覺網絡只傳來輕微的反應，但卻爲我帶來一股莫名的欣慰。

「休息一下，明天早上你會運作得更加順暢。」她親吻我的手背。「晚安，馬克。」

她走到房間中央時，我忍不住啓動我愚蠢的發聲器。

「露西雅，我感激妳所有的幫助，但是妳知道我們不會有結果的。」

「什麼不會有結果？」

「關係，我們之間的關係。」

「什麼關係？」她問，但是我可以從她的微笑看出她很清楚我在講什麼。

「不是針對妳個人。」我說。「只是邏輯上的問題。」

「馬克，我想你誤會我了。」她說。「我還不打算認眞談感情，我還在享受人生，你是個好男人，眞的，只不過——」

「我不是男人。」

「是、是，你是機器人。我知道，馬克，好像我會忘記一樣。」她輕哼一聲。「好像我不知道這件事，其他人也不知道一樣。」

「我很抱歉。」我不知道我幹嘛道歉。

「沒關係，馬克。就當沒發生過。」

突然之間，我覺得自己像個渾蛋。從糊塗晉級到白痴的階段只花了短短六分之一秒。我分析不出原因，但是我必定做錯了什麼，又或許是露西雅反應過度了。生物人會反應過度，他們是濕黏的腦部及其中隨機產生的化學反應的受害者。

「露西雅……」

她走出房間，算不上是奪門而出，但也相去不遠。

「你很懂得與人相處。」哈姆伯特說。

「設計缺陷。」我說。「我就是搞不懂生物人。」

「有什麼好搞懂的？他們沒有那麼複雜，老兄。拿老闆來說，她喜歡擺出一副無憂無慮、無拘無束的驕縱富家女的模樣，但是她已經厭倦這個樣子了。只不過她扮演這種形象太久，不知道該如何停止。她想要的只是朋友，馬克。」

「她有你。」

「啊，我不算。我的程式設定我要喜歡她，就算她是徹頭徹尾的婊子，我依然會將她視爲不折不扣的大好人。大多數人都是這樣。人們喜歡的不是對方的本性，而是對方應該扮演的角色。我想我家小姐期望你會有所不同。」

他說得對。露西雅所做的一切都是在幫助我，而我卻以拒人於千里之外作爲回報。難怪我的朋友不多。

「容我告退一下，哈姆伯特。」我前往露西雅的房間。房門關著，但是在我敲門之前，門滑開了。露西雅瞪視著我。

「你想怎樣，馬克？」

「我很抱歉。」

很難想像這四個字可以立刻產生如此顯著的效果。露西雅面露微笑——不光是嘴，整張臉都在笑，特別是她的眼睛。她看起來很美。喔，我已經計算出她在統計學上十分迷人，但是她的魅力不僅止於此。我說不出來究竟是怎麼回事，有些東西是沒有辦法分析解構的，我只知道她的微笑對我意義重大。我第一次希望自己也有張嘴，讓我可以回應她的微笑。

接著她擁抱我。她是個嬌小玲瓏的小女人，一身脆弱的骨骼跟柔軟的器官。七秒過後，我溫柔地伸出一隻棒球手套般的大手放在她的背上。我們繼續擁抱六秒鐘，接著她推開我。

「好了，我們最好休息休息。」她說。「明天是個大日子。晚安，馬克。」

「晚安，露西雅。」

房門關閉。我轉過身去，差點撞上哈姆伯特。

「看到了吧，馬克？告訴你生物人沒有那麼複雜。」

「誰將你設計得如此觀察入微？」

他調整並且撫平衣領。「嘿，雖然我不喜歡你胸口那塊花俏的紅漆，不表示我只是一台徹頭徹尾的工作機器人。」

11

生物人認為，由於大智囊團至今尚未研究出一套將他們的記憶下載到螢幕上的技術，人腦的學習方式必定比機器人還要神奇。他們是對的。生物人的記憶比較神奇，會基於經驗產生偏見，而且每次回想都會出現差異。這種記憶方式實在不怎麼樣。

我們機器人記錄記憶，每一次重播都一模一樣。我可以告訴你上一次看見露西雅微笑是什麼時候（今天凌晨三點十四分）、看見微笑時的室溫（華氏七十二度），以及當時掠過她左眼的髮絲數量（三或四根；我的光學元件很棒，但是依然有極限）。唯一無法告訴你的大概就是她身上散發出什麼樣的體香（生下來就沒有嗅覺裝置又不是我的錯）。

我不希望說得好像人腦是很糟糕的硬體一樣。儘管它們不夠精準，但是卻能以想像力以及直覺彌補不足，大智囊團至今無法在機器人體內加入這些特質。我們可以學習，可以思考，可以解決問題，甚至可以推斷結論，只不過有時候必須耗費一點時間罷了。

第二天早上，一個想法如同一噸磚塊般擊中我的腦袋。其實比較像是三十噸磚塊，因為一噸磚塊對我的觸覺網絡而言根本不痛不癢。我只是需要一整晚的磁碟重組來釐清事實而已。

那只是一個預感，不是什麼斬釘截鐵的結論。一個從我掃描到的事物中逐漸凝聚成型的理論：腦袋上頂著圓頂頭盔、大頭顱或是水母臉的人，嘴巴看起來可以把眼珠吸出腦袋的護士。

或許，這些都是外星人。

這一點很難加以肯定，因爲帝國城裡的變種人比例實在太高了。城內住有許多變種人，所有人都已經見怪不怪。但這些人還是會讓人忍不住多看一眼，甚至可能多看兩眼，他們無法融入我們的社會。或許他們只是極端的變種案例，爲了避免迫害而避開大眾的目光。

這是一種可能，聽起來也很合理，只不過無法解釋昨晚落入我手中的那台傳送裝置。帝國城所有居民都在期待某些重大突破：時間機器、食物藥丸，以及最受期待的傳送技術。如果有人發明了實用的傳送裝置，肯定已經量產上市，並且在收音機裡播放廣告歌，還會登上城內各地的告示牌。發明這項產品的公司將會大撈一筆，因爲城內所有人都會想要擁有一台，或許兩台。

生物人的生活動力並非總是源自金錢、食物或累積空虛無用產品的慾望，但是傳送產業肯定可以賺進大把鈔票。這項產品至今尚未落入大眾手中的唯一理由，就是有人打算將它用作其他目的，試圖維持科技優勢是我所能想到最有可能的理由。

所以我要嘛就是面對一場祕密外星人入侵行動，不然就是一群擁有高度先進科技的極端變種人地下組織，不是侵略就是暴動。兩者聽起來都很麻煩，聰明的伯特機器人就該知道要敬而遠之。但是我已經調查到這個地步，還是查到水落石出好了。

我重新開機。哈姆伯特已經起床運作，在房間裡面揮舞一支灰塵清除器，順便幫我清理外殼。

「早安，馬克。我家小姐在樓下。」

「這麼早？」

「你知道那個甜姊兒的，她離不開那個裝置。」

她肯定沒睡多久。磁碟重組耗費了我四小時十分鐘。我前往實驗室，發現露西雅彎腰站在桌前試圖組裝傳送裝置。

「嘿，馬克，比想像中更費時，應該再過一、兩個小時就會好了。充電充得如何？」

「獲益良多。我想我弄懂了一些事情。」

「什麼事，親愛的？」

「不能說。」

她不停使用小型高溫槍銲接零件。「喔，說嘛，我可以保守祕密的。我保證。」

「這不是信任的問題。」我說。「這是我在努力排除的一個臭蟲。」

「你怎麼不請你的心理醫生幫你看看？」

「已經找過她了，她說過些時候自然會好。」我掃描散落一桌的零件。「妳確定有辦法重新組合嗎？」

「重新組合？得了，馬克，親愛的，我還會改進一些地方。」

「露西雅……」

「放心，大個子。我是靠自由科技諮詢服務維生的。」她擦拭額頭上的汗水。「你沒看我質疑你砸爛東西的能力，是吧？」

「砸爛東西比把東西重新組合簡單。」我說。

「對你來說或許如此，親愛的。」

哈姆伯特手持電話，走下實驗室階梯。「喂，馬克，你的電話。他說是警察。」

是山切斯，我想應該是。據我所知，沒有其他警察對我的行爲感興趣。

「你有時間嗎？」他問。「我有東西要給你看。」

「事實上，山切斯，我現在有點忙。」

「這不是請求，馬克。」

如果不是話筒的音量大得足以讓露西雅聽見，就是她有辦法完全猜出山切斯在講些什麼。「去吧，馬克。我還要一、兩個小時才能弄好。」

山切斯一定聽見她的聲音了，不過或許他一點也不在乎。

「我在樓下等。」他說。「別讓我等太久。」

他掛斷，不留任何商量的餘地。我聽得出來他很認眞。我或許是台強悍的伯特機器人，但是如果我繼續深入調查，有山切斯站在我這邊總是一件好事。

「我一個小時內回來，露西雅。最多兩小時。」

「我會準備好的，帥哥。」

山切斯沒有瞎說，他眞的就在質子塔底下等我。

「你是怎麼找到我的？」我問。

「這是我的工作。」

他吸了一大口菸，然後隨手丟棄。一台雙腳站立的清潔機器人馬上跳過來清理菸蒂。

「到底什麼事，山切斯。」

「我們找到湯尼．林哥了。」

或許出於我的維修指令至今尚未排除那些外來行爲指令的關係，我故作驚訝，擁有光禿禿的面板的一大好處就在於我不需要是個好演員。我一言不發。

一言不發必定也讓山切斯敏銳的警察直覺感到不對勁。他就像閱讀技術手冊一樣，每次都能看穿我的心思。他的表情沒有變化，也沒有多說什麼，但是他的沉默就是透露出一點不對勁的地方。

我們搭乘山切斯的慢行者前往思想庫。行駛過程十分顛簸。慢行者沒有輪胎或是履帶，而是採用六條氣壓式機械腳。別問我這是誰想出來的，總之那個傢伙說服了某個擁有工廠的人物製造了幾千輛出來。一開始賣得很差，但是後來消息傳開了：慢行者永遠不會壞。你可以在它的功率線圈裡塞入一根點燃的炸藥，但是發動的時候只會多了一點廢氣，只有多一點點而已。這種可靠的科技產品在明日之城裡並不常見，於是人們購買它們，然後一直使用，直到厭倦之後拿去賣給別人。

除了實用之外，沒有人會基於其他原因購買慢行者。便宜、可靠、永遠不會故障，只要買得到二手貨，沒有人會去買新的，幾款後繼機種完全沒有提升銷售量。幾個花俏的鰭翼跟遠光車頭燈都不會讓行駛過程變得更酷或是更平穩。慢行者汽車公司倒閉了，證明產品的品質絕非值得努力的目標。但是它的鬼魂依然在帝國城內作祟，數千輛烤漆斑剝、擋風玻璃破裂、東倒西歪、鏽蝕滿布的機器在街道上四下遊走。

山切斯的慢行者保養得還算不錯，不過這並不會讓行駛過程平穩到哪裡去。抵達思想庫時，我的內建陀螺儀已經快震壞了。我下車的時候差點摔倒。

「謝天謝地我不會吐。」我說。

「少娘娘腔了。」山切斯看來面不改色，但是就算他臉都綠了，我也不可能透過那層毛皮看出任何跡象。

我們進入思想庫。所有警鈴警笛通通因爲我的出現而觸發，但是山切斯揮手表示不必安裝無能裝置。前門守衛帕克對此深感不滿。他要求山切斯簽署幾張棄權聲明，一式三份，然後通報確認。整個程序耗時甚久，還不如直接安裝無能裝置還較乾脆。

通過安檢後，山切斯帶我前往電梯。我們步入電梯。他點燃一根菸，若有深意地緩緩吐菸。

「你沒問。」

「問什麼？」

「林哥是死是活，你沒問。」

「我只是在猜想。」

「我想也是。」山切斯喃喃說道。他身材太矮，聲音太低，我幾乎聽不清楚他在說些什麼。

「猜想不像你會做的事情，馬克。」

電梯持續上升。如果思想庫有裝飄浮艙的話，就可以大幅避免這段電梯之旅的尷尬程度。

「你還是沒問。」

「既然我們不是要去停屍間，我想他還活著。」

吐菸。

「他還活著，是不是？」

「喔，他還活著，不過要看你對於活著的定義爲何。」吐菸。「你沒問我們有沒有問出什麼。」

「有嗎？」

「沒有任何有用的東西。」

電梯門開啓，他領著我深入這座迷宮。我並不算是眞的在說謊，只是遺漏某些事實而已。一定是葛雷的撤銷指令不讓我坦承一切，因爲我想不出任何不坦白的理由。山切斯或許就連艾伯納．葛林曼的事情都略知一二，不過我還是保持沉默。

湯尼．林哥被關在他專屬的特殊白色房間裡。山切斯解釋這是保護性拘留。他被清空的心靈是辦案證據。山切斯不願意承認，但是我看得出來他很憂心。超能力犯罪時有耳聞，但是心靈傳動謀殺案卻鮮少發生。

山切斯說的沒錯。技術上而言，林哥還活著。他的心臟依然推動血液流過血管，他的肺臟依然會吸入空氣。他的眼睛依然會在閃光下眨動。但他只是一個空殼。

「他怎麼了？」我問，不得不繼續假裝下去。

「我們不確定。有人對他的思想動了手腳，燒壞了他的腦袋。我們的法醫心靈傳動師刺探過他的心靈，裡面沒有剩下多少東西了。」

「裡面還有東西？」

「一點點。腦部蘊含了許多訊息，不可能全部燒光，雖然他們已經燒得十分徹底，但畢竟還是有點東西保存下來。大部分都是隨機的記憶，沒有什麼重要的。喔，還有一個名字。」

我沒多問，因爲我想我知道那是誰的名字，也知道山切斯會在適當的時機告訴我。我想的都沒錯。

「馬克。」

「幹嘛？」

「那個名字是：馬克。」

「常見的人名。」我回應。「有目擊證人嗎？」

他嘆氣。「最後有人看見林哥的場合是間爵士俱樂部，名叫『黃金二極管』的酒窟。那種地方很難找到目擊證人。」

「監視系統？」

「更難找到。」

截至目前爲止，林哥都一直躺在他的床上，口水直流，嘴唇微顫，彷彿試圖說些什麼。突然之間，他坐起身來，直視我的光學元件。他張開嘴巴，發出一聲刺耳顫抖的尖叫，開始又哭又笑。

「是你！是你！是你！」他嗚咽一聲，抓住自己的耳朵。「你、你、你、你！」接著癱倒在床，就像死了一樣。不過他沒死，而他也不光是個空殼。他曾經是個男人，現在只剩下一些零星的困惑記憶。永遠無法兜在一起的名字、日期，以及地點。葛林曼對他所做的並非謀殺，這比謀殺更加可怕。

「他會怎麼樣？」

「我們會試著挖出更多訊息。然後我猜我們會把他轉到醫院去，我有預感他會在醫院裡待很久。」

可憐的渾蛋。至少偵探機器人還懂得要賞人一個痛快。林哥惹上了非常嚴重的麻煩，結果落得這種下場，這就是他一生的寫照。儘管我不算同情他，但如果是在街上碰上這樣的他，我會打爛他的腦袋，就此結束他的苦難。

「他似乎認得你。」山切斯說。

「他連自己也不認得。沒別的事了吧，山切斯？」

「我不知道，馬克，你說呢？」

我眞的很想把外星人入侵或是變種人陰謀的祕密說給他聽。如果有人願意相信我，肯定就是他了。他經常會身陷這類麻煩之中。帝國城有著許多問題，如果不是有山切斯這種人在，問題肯定更加嚴重，祝福他無毛的小尾巴和抽動的粉紅鼻子。

我保持沉默。

「好吧，馬克，如果你打算來這套。來吧，我開車送你回家。」

「再坐你那輛東倒西歪的爛車？山切斯，我不想，我或許會被震掉幾根插銷。」

在我們抵達電梯之前，一名制服警員追上山切斯。

「長官，你要我們隨時回報布利克案的進展。」

我的音訊裝置立刻收音。警察神色不定，似乎不確定該不該在我面前談論此事。

「說吧，道格爾。」山切斯說。

「他們找到一個了。是父親，長官。」道格爾遲疑片刻，但是山切斯向他點了點頭。

「他死了，長官。以鈍器毆打致死。報告說他遭人折磨，像是被丟到壓碎機裡一樣。」

山切斯看向我，凝視我那雙巨手，專門用來毆打以及摧毀的巨手。「看來事情還沒結束，馬克。」

12

你知道那種場面，在許多犯罪照片上見過。某個愚蠢的渾蛋發現自己坐在小房間裡，面前站著一名警察，對他宣讀取締暴力法。基本上那就是發生在我身上的情況。

不過我不是坐著。我很少坐著，大部分的家具都無法承受我的體重，而且我的腳也不會痠。還有，這不是一間小房間。這是一間地下室大牢房，除了幾盞耀眼的聚光燈外，到處都是深邃的陰影。我假設他們把照明預算拿去購買此刻瞄準我的三門大炮上了。另外還有身高只到我的膝蓋的山切斯，並沒有向我宣讀取締暴力法。他坐在桌上，抽著一根香菸，任由菸灰飄落。除此之外，一切都跟那種場面一樣。

我站在地板上的小紅圈中。除了旁邊那三門威力強大的大炮外，沒有任何東西阻止我離開紅圈。跟山切斯不同，這些大炮比我還高。我的外殼很厚，但是思想庫掌握了我的規格，所以我可以合理假設這些武器會對我造成威脅。我的威脅評估器建議最好是打安全牌，不要離開紅圈。

如今陷入這種情況，我不禁納悶趁自己還在地面上的時候展開逃亡是否才是明智之舉。或許我沒有辦法逃出思想庫，警方的警戒十分森嚴，火力強大得足以讓我有理由不這麼做，但至少我還有點機會。現在，我受困了。

山切斯已經六分鐘沒有說話。他打算讓我緊張流汗，這是個成功過上千次的策略。但是我不會流汗，而且他要等多久我都可以奉陪。

這場對瞪競賽最後是我贏了。

他靠回他的椅背。「博學議會核准建造這個房間，爲了以防萬一，你了解。這裡每門大炮造價都高過我二十年的薪水，只要它們擊發一次，議會就必須核准加稅才夠支付電費帳單。據我所知，每一門炮都只能擊發十二次就會耗損殆盡，必須換新。」

「我連自動油印機的預算都申請不過，但是我猜某個非常重要的人士認爲我們或許會有用到這個特殊房間的一天，專門爲了拘留你這種人。」

「我這種人？」我問。「還是只有我？」

「目前爲止，你這種人只有你一個。」他捻熄香菸，又點燃一根。他小小的肺臟還沒爛掉眞是奇蹟。

「我告訴樓上那些穿西裝的傢伙這只是在浪費時間和金錢。」山切斯露出憂傷的微笑。「請告訴我，是我弄錯了，馬克。」

炮管電光四射，空氣嘶嘶作響。

他將犯罪現場照片攤在我們之間的不鏽鋼桌上。一系列記錄加文·布利克生命最後幾分鐘痛苦時刻的恐怖照片，一份醜陋瘀傷、血塊及碎骨的分類型錄。儘管傷痕累累，還是可以辨識身分。他們沒有動到他的臉。我從不喜歡加文，但是我希望動手的人有先把他的後腦打碎。

「想要談談這件事情嗎？」山切斯問。

「談什麼？不是我幹的。有人陷害我。」

「顯而易見。」

他笑了幾聲，但是不帶絲毫笑意。

「我知道有人陷害你，馬克。該死的是，陷害的手段還不怎麼樣，動手之人用的是把紅鐵棍或是類似的東西。你不需要那種東西，但是他們把顏色弄得符合你身上的紅漆。而且如果你要殺人，我敢說你一定會採取更有效率的方式，並且將屍體丟在不會絆倒警方的地方。我們的法醫在你的衣服跟外殼上掃描出血跡，不過都不符合受害者的血型。」

「那我爲什麼還在這裡？」

山切斯皺眉。「此刻，我是你唯一的朋友，你或許應該停止這種不合作的態度，這件事情很嚴重。就算這傢伙不是你殺的，還是有人花了很大的工夫讓他看起來像是你殺的。這些證據不足以將你定罪，但是肯定可以讓你忙上好一陣子。想告訴我原因嗎？」

「希望我可以。」

「血跡又是怎麼回事？想告訴我是哪沾來的嗎？」

「辦不到。」

「事態很嚴重，你了解有些非常重要的人士已經開始提出將你永遠關機的要求？」

「我什麼都沒做。」

「有做沒做有任何差別嗎？技術上而言，你還不是公民。難道你忘記了嗎？」

「我什麼都不會忘記，山切斯。你知道的。」

「那麼你就該記得不管怎麼說，你的法定權利都跟台電視機沒有什麼兩樣。」

我沒有回話，只是以機器人特有的那種不自然的模樣動也不動地站在原地。

「我幾分鐘前跟你的心理醫生談過，馬克。她告訴我你感染了某種異常編程。她說就算你願意也沒有辦法告訴我任何事情，如果我試圖存取你的記憶矩陣，將會導致系統全面當機。」山切斯耳朵平貼腦側。「但是你必須給我點東西交差。不然的話，樓上穿西裝的傢伙會下令進行強制下載，而我完全沒有辦法阻止他們。」

接下來是長達七秒的沉默。

「你讓我很爲難，馬克。」

「抱歉。」

山切斯收起照片。「好吧，我們只好採取唯一的辦法。穆賈希醫生認爲你再過一段時間就能克服這個臭蟲，所以我決定給你時間。我會儘可能拖延樓上那些穿西裝的傢伙。放輕鬆，馬克，你得在這裡待上一陣子。」

他將照片塞回檔案夾，站起身來，頭也不回地走出門外。房間裡就只剩下我跟那些自動看門狗了。

我想把所知的一切通通告訴山切斯，但是只要葛雷的臭蟲還沒失效，我就沒得選擇。

加文慘遭謀殺可以代表許多意義。或許他對他們已經沒有利用價值，或許茱莉跟那些孩子也已經沒有利用價值了，他們有可能通通死了，只是警方還沒找到茱莉、愛普羅及霍特的屍體而已。我計算有可能是這種情況，不過機率不高。綁匪沒道理分開棄屍。不，加文的死活無關緊要，他們一直沒殺他是因爲沒有找到殺他的好理由。或許他得寸進尺，而他們認爲反正都要除掉他，不如順便栽贓嫁禍。眞是佩服他們的辦事效率。

不管爲了什麼理由，他們都成功陷害我了。最好的情況是，我會被困在這裡好幾個小時。最糟糕的情況，我會被送往垃圾堆。在此同時，除了眼看時間一秒一秒過去之外，我什麼也不能做。

一萬兩千六百秒過後，房門再度開啓。我的光學元件看見山切斯站在門口。「你有訪客，密卡頓。」

是露西雅。她身穿一件美麗的連身裙，她的禮拜服。她盤起頭髮，用某樣物品固定——一塊帶有薄紗以及幾朵塑膠花的布料。或許是頂帽子，不過我的顯像器不願將它歸類爲帽子。

山切斯看向她。「妳有五分鐘，納皮爾小姐。」

「謝謝你，警官。」

他喃喃說了一句我聽不清楚的話，然後重重關上房門。

她在高跟鞋踏出二十六步時來到桌子前方。她沒有坐下。

「嗨，帥哥。看來你陷入困境了。」

「今天不太好過。」

「你絕對難以想像安排這次會客有多困難，沒禮貌的山切斯警官堅決反對。」

「他有時候很固執。」我說。

「喔，我知道他只是想做好他的工作而已，儘管如此，他還是有點粗魯，而且非常不懂變通。幸運的是，我認識幾個頗具影響力的人物，只要打個兩通電話，看吧，我這就進來了。」

「看吧，」我說。「我沒想到妳是戴帽子的人，露西雅。」

「淑女喜歡三不五時展示點個人風格。」她微笑。「可以讓八卦專欄記者跌破眼鏡。」

我認爲她來是爲了救我脫困，這點其實不難看出。不過我還是裝傻，因爲我不想鼓勵她這麼做。這樣只會讓她惹禍上身。

「你看到我不高興嗎？」她問。

「當然。妳看起來……很美。」

「很美？」她噘起嘴唇，給我飛吻。「我看起來美極了，馬克。」

我點頭。「好像妳要上教堂一樣，或是去參加一場非常隨性的葬禮。」

「今天沒有葬禮，馬克。」

「露西雅，不要——」

她伸出戴手套的手指抵住嘴唇。「安靜，我要告訴你多少次？我是個大女孩了，可以照顧自己。」

「這次不同，這次事態嚴重。」

「我知道，所以我才要這麼做。你還想找出你的朋友們，是不是？」

「我可以處理。」

她笑。「喔，可憐呀、可憐呀，馬克。你眞的必須學著接受他人的幫助，就連你也無法獨自處理所有事。」

「我聽說了。」

我沒有辦法說服她不要這麼做。

「我把那個小玩意兒重新組合起來了。」她說。「有些零件沒裝回去，不過我不認爲它們有多重要。」

我認爲此刻我們有一半的機率遭人監視。我只要露出一點逃亡的意圖就可以結束這次會面，但那只會給露西雅惹上麻煩。我或許不能說服她不要這麼做，但是她也不能強迫我接受幫助。協助越獄是重罪，就算是帝國城公主也難逃法網。山切斯會起訴她，而我懷疑露西雅那些朋友的影響力有大到足以阻止他。如我所說，他就是這麼固執。

她湊上前來。大砲發出嗡嗡聲響。

「他們警告我不要進入紅圈。」她說。「如果你把我當成人質，他們概不負責。」

「離開，露西雅。」

「辦不到，馬克。我已經很久沒有碰到正直的男人了，除非是白痴，不然沒有女孩會輕易放開這種東西。」她解開帽子。「山切斯警官非常堅持不讓我帶任何東西進來。而且還堅持要我通過全套安檢程序。但是安檢程序偵測不出這個，這個小裝置在掃描器面前就像隱形了。」

她從帽子裡取出傳送圓盤。

「喔，可惡，露西雅。」

我以為警報會在此時響起，不過始終無聲無息。房門開啓，山切斯走了進來。他沒帶援手，也沒有拔槍。他手中唯一握著的就是一支遙控器。

「現在不能回頭了，」她微笑說道。「你自己決定要不要用它。不管用不用，我麻煩都大了。」

「不要動，馬克。只要按下這個按鈕，你的內部零件就會損害到無法修復。還有那位小姐，如果她被誤射……你不會想知道這些炮火對有機物質會造成什麼效果的。」

大炮的嗡嗡聲加倍響亮。

「你決定，馬克。」露西雅將裝置滑過桌面。

我的電子腦分析狀況，提供建議。沒一個有好結果。

使用傳送裝置是項冒險的舉動，一切都取決於我能不能精確推測山切斯按下按鈕的意願。他最近給我不少特殊待遇，但是肯定有其極限。我不該在他按下他的按鈕之前按下我的按鈕。

他必定看穿我的電子腦在想些什麼。

「我會動手的，馬克。」

我掃描他的臉，專注在他的黑眼珠上。它們沒有眨動。就我印象所及，艾爾弗來多．山切斯從不虛言恫嚇。

「該怎麼做就怎麼做，艾爾弗。」

我按下傳送裝置上的按鈕，沒有炮火阻擋我。我在房間消失的同時偵測到山切斯的臨別話語。

「該死的東西。」

傳送過程耗時七分之二秒，生物人根本無法察覺。我眼前閃過黑暗與靜電交織的雜訊。旅程導致我的陀螺儀失效，力量調節器呈現不可靠的狀態。我變成一堆笨拙的鋼鐵，站在一根玻璃管中，不過爲時不久。

我翻身倒下。玻璃管當場破碎，我臉部朝下癱在地上。儘管我比笨重的外表看來靈巧許多，但是陀螺儀的問題導致我難以起身。

沒有設計是完美的，而我的頸關節上有個設計缺陷，我的脖子只能抬高四十五度。這通常不會造成問題，因爲我是台高大的伯特機器人，而我不常趴在地上。就在我保持這個荒謬的姿勢時，我在另外一邊約八呎處掃描到一道閃閃發光的綠色力場。

某人問道：「你是什麼玩意兒？」

13

陀螺儀恢復穩定，我爬起身來，仔細掃描歡迎隊伍。站在最前面的人，我猜是領導人，擁有一身橘色的皮膚和稜角分明的黑眼。他左邊的傢伙是隻大蟋蟀，相形之下在他右手邊的那位長得像馬戲團怪胎的老兄堪稱非常像是人類。用比較的觀點來看的話。

他們身穿藍色連身衣，衣袖、皮帶與胸口上鑲有閃閃發光的控制面板。橘色的傢伙沒有拿槍，但是他兩個夥伴手裡都握有我不認得的步槍。槍枝隨時可以擊發，不過由於中間隔道力場的緣故，他們並沒有舉槍瞄準。

「破壞者單位回報。」橘人說。「你是怎麼跑來這裡的？」

我不知道破壞者是什麼東西，但既然他是看著我說，我假設他是在指我。我忽略他的問題。力場是我的首要目標。如果不能通過它，這場搜救任務就要宣告失敗。我不去理會橘人一眾，伸出雙手觸碰力場。它發出一陣爆裂聲響，如果是血肉之軀早被熔化殆盡。我的外殼可以抵抗高溫，但是力場堅固到足以挑戰我的馬達組件。我或許能以連續重擊造成系統超載，但是電池有可能會在那之前耗盡電力。我沒有辦法在不清楚系統具體架構的情況下研判情況。

橘人按下皮帶上的一個按鈕。「安全人員，四號接收室有人入侵。重複，有人入侵。」他側過腦袋，點了點頭，聽著某個我聽不見的聲音。「是的，我知道這是不可能的，但是入侵者就在我眼前，所以或許你會想要下來這裡親眼看看。」他又點頭。「不，還好。目標遭受隔離。機器人：修改過的破壞者機型。應該不成問題，看起來智力不高，我猜是屬於偵察或破壞單位，可能是用來勘察我們的防禦系統跟反應時間的。」

我對於他認爲我只比一台大型毀滅裝置高級一點感到有點受辱，不過話說回來，我確實是一台大型毀滅裝置。他或許有點懷疑一台普通機器人爲什麼會穿衣服，但顯然並不擔心這個問題。戰場的第一守則：假設會要人老命。既然我被視爲不具威脅的小麻煩，我想我應該善用被低估的優勢。

我彎下腰去，開始撕裂金屬地板。地板很堅固，不過沒有我堅固。我撕開一塊金屬板，露出其下的電線跟導管。

「我們該做些什麼嗎？」那名人類問道。

「何必麻煩？」橘人說。「下面又沒有重要的線路。」

大蟋蟀口吐一連串嘰嘰啾啾的聲音。我一個字也聽不懂，但他的夥伴倒是了解他的意思。

「你喜歡關閉力場過去處理的話就去呀，」橘人說。「不然的話，我們就等安全人員趕來。」

我猜他們並沒有低估我到那個地步。

我扯出一條導管線，撕開其上的保護套。

蟋蟀嘰嘰叫。

橘人微笑。「讓他損毀一些系統，這樣不會導致嚴重的後果，等我們解決這個可惡的東西之後再去檢查。」

蟋蟀再度啾啾，這一次聽起來有點緊張。他一定發現我想做什麼了。橘人恍然大悟，臉上明顯的焦慮神情讓我認爲這個計畫成功的機率很高。只有一個方法能夠確定。

我一手抓緊導管，一手抵上力場。能量竄過我的外殼，從一手傳入另外一手。大量能源透體而過，如果是生物人的話，早在力場短路前就會被燒成灰燼。我的外殼不會燃燒，體內的線路也沒有在造成力場短路的一秒之內受到任何損傷。我的輻射隔板擋下了百分之九十九的電流，不過有百分之一滲入體內，傷害到一根手指關節。反正我從來也沒使用過那根小拇指。

力場消失了，橘人所有的自信通通隨之消逝。其他兩個傢伙對我開槍。兩道光束都被評估爲持續遭擊可能造成潛在危害，但是在目前的情況下完全可以忽略。

力場消失後，我立刻撲向對方。我輕而易舉地抓起兩名持槍惡徒，使勁擲向牆壁。由於我的力量調節器尚未完全運作，這一下或許用力過度。特別是那隻蟋蟀，落地時濺出一灘閃閃發光的粉紅色液體，我想那是血。橘人已經奪門而出，逃離我的攻擊範圍。人類還在動，這表示他或許還有意識，可以說話。

一定有人啓動了警報，因爲所有警鐘警鈴同時響起，此地所有安全警衛多半都在趕往這裡途中。我時間不多。

人類坐起身來，朝我又開了幾槍。我是個顯著的目標，但是他手抖得厲害，五槍中只擊中三槍，而且都沒什麼效果。

我奪走他的步槍，以超人慣用的手法將槍捏成一顆圓球。這是一種非常明顯的力量展示，表示我可以輕易打扁這個可憐的渾蛋，以及我不需要槍就已經十分危險。從這傢伙臉上的表情判斷，他看懂我想表達的意思了。

我本來想把他一把抓起，但是在調節器失靈的情況下，有可能不小心抓碎他的骨頭。結果，我聳立在他面前，像一輛威脅十足的巨型卡車。我甚至雙手扠腰，因爲這種情況下似乎就該這麼做。

「我在找幾個朋友。」

他就這樣招了，沒有半點抗拒。這樣也好，因爲我沒時間捏碎他的骨頭然後把他甩來甩去。根據我這個新朋友表示，布利克一家人就被關在這棟建築之中。他或許在撒謊，但是我認爲他恐懼到沒有那麼聰明。我並不打算把他當作人質拖著走，因爲他會拖慢我的速度，而且衝突很快就會展開，我不確定他能否存活。

「這裡。」他指著地圖上的一個房間。「他們被關在這裡。」

「我們現在在哪裡？」我問。

他指向另外一個房間。我的腦袋已經開始規畫行進路徑，另外又根據遭遇抵抗的程度準備了幾條備用路徑。

房門開啓，五名安全警衛全副武裝，手持衝擊步槍闖了進來。他們沒有叫我別動或是什麼的，只當場開始射擊。

我的朋友愚蠢到衝向前去，直接闖入火線。他們毫不遲疑地在他身上打出幾個大洞，而衝擊波的能量也開始加溫我的外殼。如果我站著不動夠久的話，或許會造成一些傷害，但是我並不打算乖乖站著。我本來可以解決那些傢伙的，不過我不打算那麼做。我轉過身去，攻擊對面的牆壁。我花了三秒鐘擊穿牆壁，警衛持續對我的背部加溫。目前爲止都沒有問題，而如果這就是這些傢伙身上最強大的火力，那絕對不成問題。

隔壁房間全是電腦，我再度穿牆而過。下一個房間也是一樣，然後再下一個房間。我一心想要儘快抵達目的地，並沒有打算記錄這次的經驗，但是其中一個房間令我停住腳步。那裡面滿滿都是生物人，而且有不少合乎我的外星人理論，其中有一個特別值得一提，他看起來像是一株大雜草。帝國城的市民從來沒人突變成有感知的植物。

我好奇這棟建築之中有多少外星人，還有沒有更多這類建物，以及這些天外訪客已經進行這些邪惡勾當多久了。這可不是什麼臨時行動，這個行動已經進行多時了。

我規畫的途徑基本上是條直線，只是偶爾爲了避開大房間及混淆安全警衛而偏離一下既定路線。儘管如此，厚實的牆壁依然拖慢我的速度，而且在強行穿越的過程中，我發現四面八方擁來越來越多的警衛人員。我持續忽略他們，浪費時間應付他們只會拖慢進度。被我解決的守衛隨時都有人遞補。反正這也不是戰鬥任務，這是搜索任務。

我的外殼在永無止盡的衝擊火網下急速增溫。我的防火西服確實不會起火燃燒，但是卻會熔化。我的烤漆開始剝落，全身呈現淡橘色。冷卻系統遊刃有餘，內部零件不受影響。這些小丑無法阻止我，當我開始行動，沒有東西能夠阻止我。

我撞穿另外一面牆，進入一間大房間。我之前一直避開這種房間，不過這一次例外，因爲他們以爲我會避開。警衛沒有跟來。這表示要嘛就是他們發現阻止我的行動通通徒勞無功，不然就是更強大的反制措施即將登場。

基於單純的天性使然，一旦我致力於某樣指令之後，就不太會分心。不過這個新房間著實讓我吃了一驚。驚訝感稍縱即逝，短暫到只有原子鐘才能測量出來。這個新房間是一間儲藏室，用以儲藏機器人。外表和我一模一樣的機器人。

世界上不應該有任何和我一樣的機器人。

但是這裡就有，十四台閃亮的黃金馬克·密卡頓，沿著牆面一字排開，沒有啓動。這些必定就是穿連身衣的橘人把我誤認的機器人。此事必有古怪，但是我沒有時間解決謎團。如我所說，一旦致力於某樣指令，我就會專心執行。我將所有與這起事件相關的問題歸檔，然後繼續前進。

機器人啓動了。所有機器人都開始動作。其中一台抓住我的右手臂，另外一台緊扣我的脖子，其他機器人逐步進逼。這下麻煩大了。

我揚起沒有受制的手臂揮向一台逼近而來的機器人的面板。他的腦袋後仰，頸部關節爆裂。外殼爆裂表示我有造成損傷。這些機器很堅硬，但是外殼不如我厚，這將我的生存機率從百分之六十二提升到六十四。在這種情況之下，多加百分之一都是好的。

我再度攻擊同一台機器人。他的腦袋還在，不過已經扭轉成十分可怕的角度。我一定也打壞了一條感應連結，因爲他動手攻擊身旁一台夥伴。

我狠狠甩了抓著我的手的機器人一巴掌。一下、兩下、三下過後，他的頭部離體而去。如果他的設計與我類似，他的電子腦應該位於腹部，而我只是打掉他的主要感應裝置而已。他不用掃描或是聽見我的聲音就可以知道他依然緊抓著我。

可惡，我從來不知道機器人有這麼難纏。

接著他們通通撲到我身上，變成撞作一團的金屬堆。我臉部著地，他們猛擊我的背部。我的外殼足以抵擋他們的攻擊，但是我的馬達組件沒有辦法推開他們。我被壓在地上。九秒鐘過去了，房內只有金屬撞擊的聲響來回激盪。我沒時間跟他們耗，於是我做了唯一可做之事。

我突破建議運作限制，命令馬達組件提升到百分之一百四十的效能，然後使勁一推。這一推的力道足以讓我撞開敵人，站起身來，同時也會在兩秒內消耗電池六分鐘的能量，並且損傷我的右肩促動器。反正我也從未使用過那個肩膀。

我繼續推，這是唯一能夠對付這些次等複製品的方法。這麼做會擠壓我的內部零件而過度耗損能量，長期而言也會造成問題。但是我沒得選擇。

我對最接近的機器人揮出電鑽般的刺擊，擊中我認為最重要又最脆弱的系統所在處，如果我的規格可以作為依據的話。這一拳擊碎他的腹部，必定造成嚴重的傷害，因為他在搖晃中倒地。他翻轉扭動，掙扎起身，但是怎麼也爬不起來。

手臂診斷回報數處發生微型壓力碎裂，建議恢復正常運作等級。我不去理它。它不喜歡這樣，於是開始在我的音訊裝置中發出砰聲，並且在光學元件影像下方閃爍警告燈號。

另外兩台機器人試圖箝制我的雙手。我雙臂交擊，以足以撞鬆他們頭部的力道讓他們對撞。我補上兩拳，擊落他們的頭。少了感應器，他們傷害自己的機率比傷害我高，於是他們做出明智的抉擇，當場停止運作。我眞愛冰冷機器的邏輯。

剩下來的敵人再度圍上。他們毫不畏懼，他們是愚蠢、毫不懈怠的自動機器人。毫不懈怠，這點令我尊敬；愚蠢，這點令我羨慕。但是我的戰鬥分析器顯示這場戰鬥的結果已經註定，因爲我願意不擇手段贏取勝利，就算會導致無法持續運作也在所不惜。

分析器估計將在五十六秒之後取得必然的勝利，整體運作功能將會降低百分之十三。我並不想自吹自擂，不過我整整提早了七秒鐘解決所有對手。我可以描述每一拳、每一腳、每一下擊碎金屬的蠻橫攻擊。但是如我所說，戰鬥結果早已註定。當然，我本身也列出了一份輕微內部損傷清單。個別來看都不嚴重，但是全部加在一起就會減損百分之十四的運作能力。

最討厭的部分在於四面八方堆滿備用零件，而我卻沒有時間帶點回家。

我沒有浪費時間享受勝利。我不斷推進，壞掉的右腳踝促動器，以及影響平衡的僵硬肩膀拖慢了我的速度。我本來就不是速度特別快的機器人，但是我意志堅定，就算斷了一條腿也要單腳跳完全程。

警報聲不絕於耳，但是我沒有遇上進一步抵抗。我又打穿五面牆壁，沒有遭遇任何生物人，只有幾台飛行偵察機器人，而且全都與我保持距離。他們疏散了此區，或許也帶走了茱莉和孩子。但是除了繼續前進，我想不出別的事情可做。我在差異引擎回報不抱任何期待的情況下扯開了最後一扇門。

茱莉和愛普羅躲在角落抱在一起。茱莉面容驚恐。這七分鐘以來，她必定只能聽到尖銳的警報聲、驚慌的腳步聲、衝擊光束擊發聲，以及撞擊聲。很多撞擊聲。

但是愛普羅在笑。

「看吧，媽。」她說。「我就說他會來找我們的。」

一大群球狀警衛機器人衝了進來，將我團團包圍，發出充滿威脅的嗡嗡聲響。走廊上還有更多，多到數不清。

擴音器中傳來一個聲音。聽起來類似英國腔，不過並非道地英國腔。

「密卡頓先生，現在你已經找到要找的人，我假設你會停止摧毀我們的設備。然而，如果你還需要其他理由，我想指出這些機器人身上全都裝有自毀裝置。爆炸的威力並不足以對你造成重大損傷，但我認為那個女人和小孩不會如此幸運。我應該不需要指出試圖以身體守護她們是沒有用的，是不是？」

「如果我讓步有什麼好處？」我問。

「除了讓你花了這麼大工夫找尋的兩個人繼續存活之外，沒有其他好處。這對你來說是很有利的提議，密卡頓先生，因為她們死了對我沒有損失，頂多就是上司拿噁心的道德問題來煩我，對我造成些許不便而已。」

他說「道德」的語氣好像那是什麼骯髒的字眼一樣。他不是在虛言恫嚇。

愛普羅站在我身邊。我的外殼溫度依然很高，聰明的她曉得不要碰我。

「現在我找到妳了，孩子。」我問。「接下來要怎麼做？」
「簡單呀，傻瓜。」她回答。
她的雙眼再度變成紫色的預知之眼。
「你投降。」

14

投降違背我的核心編程，光是這個想法就讓我的馬達組件緊張得震動不已。我做出唯一合乎邏輯的抉擇，因爲我來此是爲了解救布利克一家人，不是害她們被炸死。

如果我的設計合宜的話，事情或許不會走到這個地步，但我是一項武器，搜救任務並非我的專長。我生存的目的是爲了在戰場上大打出手，避免人員傷亡不在計畫之中。如果我忠於原始編程，就會毫不猶豫地打扁茱莉和愛普羅。不過如果我忠於原始編程，一開始根本不會前來此地。

警衛機器人大都撤離了，剩下四台在茱莉和愛普羅附近盤旋。他們提高五分貝的音量，提醒著我他們的存在。六名支援安全人員將我們團團圍住，基本上只是充充場面，因爲眞正箝制我的是那些球狀機器人。

一名穿著西裝及銀色披風的瘦生物人站在門口，因爲房間裡已經沒有空間讓他進入。他開口說話，聽聲音就是之前擴音器裡那個類似英國腔但又不是英國腔的傢伙。

「啊，密卡頓先生。」

「你是人類？」我問。

「我是嗎？」

他咧嘴而笑，皮膚從淡粉紅色轉爲亮紫色。他的金髮變得火紅，令我的光學元件難以逼視。他的眼珠一片漆黑，眨眼的時候，眼瞼垂直閉合。

「我們有些同類比較容易融入人群。」他變回人類的膚色。「他們叫我華納。當然，不是我的本名，但是我們爲了同化全都取了地球名字。」

「所以你們是外星人了。」我說。

「我猜這個事實顯而易見，即使對你這種單純的機器而言也一樣。沒錯，我們爲形勢所逼，不得不居留於此。我們只是爲了生存而做必須做的事情。」

「包括綁架小孩？」

「喔，拜託，密卡頓。我們只有在必要的時候才會傷人。」

「加文·布利克。」我說。「你們有必要打碎他的腦袋嗎？」

茱莉驚呼。

可惡。茱莉不應該在這種情況下得知這個消息，但是說出口的話已經收不回來了。有時候我的發聲器會在我世故的電子腦下達命令之前脫口而出。「我很遺憾，茱莉。」

她嗚咽一聲。加文是個敗類，她少了他會過得更好，但這是個令人難以接受的消息，這點無法改變。特別在這種情況之下，她的麻煩已經夠多了。

「布利克先生的死亡有其必要。」華納皺起眉頭，不過看來缺乏誠意。「我可以向你保證，我們只會做對我們的存續與同化最有幫助的事情。」

我不喜歡這種說法。

華納和他的手下帶領我們走過許多走廊。他們拖著茱莉和愛普羅前進，提醒我不要輕舉妄動。

「馬克，你的腳怎麼了？」茱莉問。

「沒什麼，茱莉。」

我將一台比較頑強的複製品踏成廢鐵的時候踩壞了左腳踝促動器，結果讓我有點跛腳。當然，我體內還有很多輔助系統受損，大部分從外觀都看不出來。整體而言不會影響運作，但這對任何逃亡計畫來說都不是好消息。

華納帶我們來到一間實驗室，裡面正在進行大規模實驗，滿是忙碌工作的科學家，還有幾台機器人在工作，六台助理機器人、一台我的複製品機器人，以及一台擁有八隻腳、外型修長的人形機器人。他的頭像是一顆棒球，其上裝有四顆紅色光學元件，以及一雙不停發出啪啦聲響的觸角。

霍特也在這裡。

「喔，天呀。」茱莉含淚驚呼。「你們對他做了什麼？」

可憐的霍特飄浮在一道反重力力場中。他看起來似乎昏迷不醒，謝天謝地，因爲他身上插了許多導管，導入各式各樣的化學物質，還有一些導管負責排出。

「你們這些王八——」

我朝向華納踏出一步。

「注意你的脾氣，馬克。」

茱莉和愛普羅四周的球體發出尖銳的聲響，安全警衛全部舉起步槍。當然，不是瞄準我。

我可以輕而易舉地殺死華納，只要一拳就能打掉他的腦袋。我沒這麼做有兩個原因，一個是茱莉和愛普羅，另一個：我不想讓華納死得這麼痛快。在他死前，我要一顆牙齒、一顆牙齒地抹掉他臉上的笑容。

我讓步，但是我已經非常厭倦讓步了。

「我可以了解妳的關切，布利克太太，不過其實沒有必要。妳兒子所承受的一切損傷都不會造成生命威脅。」

「損傷？」她努力壓抑憤怒及恐懼，擦拭臉上的淚痕，大聲吼叫：「你們到底是什麼人？」

「妳可以稱呼我們爲訪客。」他說。「但是這個稱呼並不確切，我們並非只是來此度假，而是打算長久居留。我們喜歡自稱朝聖者，而這裡就是我們的新家。妳的兒子是我們計畫中的工具，所以我們甚至比妳更關心他，因爲他對我們更有價值。」

蜘蛛機器人踏著響亮的步伐走近我們。「這是什麼意思，華納？你不該把他們帶來這裡。」

「喔，讓他們看看，查格博士。既然這個男孩的家人和密卡頓花了這麼大的工夫跑來這裡，他們有權看看。」

「你行事越來越草率了。」

「你根本不用擔心，我們的同化進程完全依照計畫在走。」

查格發出一下刺耳尖銳的聲響。「夠了，華納。你這樣高談闊論實在太不恰當了，我會將此事回報大議會。」

華納得意的笑容消失了，冰冷的目光取而代之。「你覺得對就去做吧，博士。要不了多久，這一切都無關緊要。」

我不喜歡這種說法，「同化」和「必要處置」之類的字眼令我十分不安。我應該砸爛這個地方，就算在過程中變成廢鐵也要把它拆成碎片。我本來會這麼做的，只是不確定這樣做有多大用處。如果我成功弄垮屋頂，茱莉、愛普羅和霍特決計無法生還。他們只是平凡的一家人，他們的生死絕對不能與全人類的福祉相提並論，所有邏輯指示都在教我將布利克一家人自變數中移除，他們無關緊要。

我叫我的指示去他媽閉嘴，讓我來處理這個情況。它們遵命行事，但對此不太高興，我的光學螢幕上閃出「不建議的行動」幾個大字。

「不會有事的。」我對茱莉和愛普羅說，但無法反駁我的邏輯架構，讓自己相信這句話，而我又非常不會說謊。

茱莉正在努力停止嗚咽，不過她還是點了點頭。

愛普羅的情況比她母親好。即使只能看見一點未來，必定都足以令她欣慰。我一直期待她會對我微笑，讓我知道她看見我們逃脫的方式。老實說她看起來有點擔憂。我樂觀地將之視爲表情分析器發生錯誤研判。

華納指向霍特旁邊的一塊反重力板。「請走上去。」

在零重力的環境下，我所有令人讚歎的人工肌肉都將無用武之地。

華納清清喉嚨，一名警衛交給他一把光線槍。華納抓起愛普羅的頭髮，槍口抵著她的頭。她沒哭，連吭都沒吭一聲。

我將殺死華納提升到指示清單的第三順位，僅次於逃離現場以及保護布利克家人安全。

我步入反重力板。有人按下開關，我束手無策地飄在半空中。「看到沒，查格？」華納說。「和工作機器人一樣順從聽話，沒什麼好擔心的。」

查格博士說了一句話。由於他的臉和所有機器人一樣是張撲克臉，所以無法看出他在想些什麼。他顯然不喜歡華納，也不贊成他的做法，這裡的機器人竟然比生物人還要關心道德問題令我有點納悶。人生眞是充滿弔詭。

「現在，馬克，如果你願意讓我們存取你的記憶矩陣的話——」

「不。」

「喔，來嘛。不要再逼我把場面弄僵。」

「不。」

他又拿光線槍抵住愛普羅的額頭。「你以爲我不會下手嗎？」

「喔，我曉得你會。」我說。「但我也曉得只要讓你存取我的記憶矩陣，你就可以存取我整顆腦袋。一旦控制了我的內部元件，就沒有理由讓她活命。」

華納微笑，但不見絲毫笑意，也不見他之前那種得意洋洋的笑。這是一抹冰冷無情的笑。

「你可以承受那種後果嗎，馬克？」他問。「一輩子都忘不了這個可愛的小女孩死在母親腳邊的畫面？」

我花了一整秒的時間執行狀況模擬。茱莉懷裡抱著死去的孩子，而另外一個孩子卻飄蕩在半空中，無法碰觸，遙不可及。接著我將模擬畫面歸檔，鎖上檔案，發誓永不開啓。

我的個性評估器將華納標示為殘忍無情、道德淪喪，很可能有輕微反社會傾向。他可以毫無愧疚感地打爆愛普羅的腦袋，但是從另一方面來看，她的死對他根本沒有任何意義。她只是談判的籌碼，於是我決定拿走這個籌碼。

「動手吧。」

他雙眼圓睜，隨即瞇起，笑容消失，我知道他會動手。我估計錯誤，現在愛普羅得付出代價。

「夠了。」查格博士踏著八隻蜘蛛腳大步來到我們面前，出手奪過華納的槍。「我不能容忍這種放肆的行爲，華納。密卡頓已經沒有行爲能力。殺死這個小孩沒有任何意義。」

「很抱歉，布利克太太，妳不該目睹這一切。」查格說。「實驗很快就會結束，而妳、妳女兒及兒子都將安然獲釋。」

有趣的是，我相信他。

只不過，我並不眞的相信他。因爲查格只是一台機器人，而華納臉上的怒容表示他不同意查格的計畫。

我不禁懷疑我們到底面對什麼樣的外星人入侵事件。華納顯然是個渾蛋，但如果先將綁架無辜家庭的事情放在一旁的話，查格看起來沒那麼糟。還有艾伯納．葛林曼，那個跟我一樣急於找出湯尼·林哥的小外星人。事情肯定比想像中還要複雜，我沒有足夠的資訊得出合理的假設。

查格命令安全警衛帶走茱莉和愛普羅，並且交代要善待她們。查格的階級顯然高於華納，但是可以看出華納不喜歡聽從他人命令做事。

華納再度換上討好的笑容。「是的，查格博士。悉聽尊便。」

他們離開實驗室。

「我不會信任他，博士。」我說。

「他會按照我的指示去做。」

「那種人總是按照指示去做，直到他們不想按照指示去做爲止。」

「沒有人問你意見，密卡頓先生。」

「是呀，也沒人問這個孩子想不想要參與科學實驗，你似乎覺得這並不重要。」

查格掃描霍特兩秒鐘。「我們所做的都是爲了成就更偉大的善舉，這在邏輯上是必要之惡。」

「當然，博士。你就繼續這樣告訴自己吧。」

查格命令實驗室裡的人不要理我，而在無益的三分鐘談話後，我接受了現況。我藉由擬定逃離計畫打發時間，但是所有計畫在還沒開始擬定之前就已經結束。不管變數如何改變，這種情況下我的差異引擎都把逃脫機率定在百分之〇。於是我將能源消耗降到最低，靜靜等待機會。

15

如果我能離開這裡，記錄下的任何資訊都會很寶貴。當然，邏輯判斷我無法離開這裡，不過我依然渴望讓自己有點用處。我趁外星人在實驗室中來回奔波的時候掃描所有細節。我看不太懂他們在忙些什麼，但是如果有機會播放給適當的觀眾看，或許有人看得懂。

顯然查格是負責人。看到機器人掌管一切讓我的驕傲指數上升一點，可惜他是壞人。

儘管我不是科學機器人，還是看出了一點端倪。他們將某種物質灌入霍特體內，將他當成某種過濾器。他的生理狀態以一系列旋轉的外星象形文字與有節奏的聲音顯示在一面螢幕上。既然我看不懂文字，也不懂節奏代表的意義，我無法理解螢幕上的訊息。我試圖以螢幕上的變化對照霍特的反應，但他就那麼飄在我身旁，昏迷不醒，沉默得像具屍體。

三小時七分鐘過去了。最後，查格下令結束這個階段的實驗。

「博士，人類生理狀況穩定。」一名技術人員觀察道，他是一隻五呎高的蛞蝓。「或許我們應該繼續。」

「抽取程序符合進度。」查格說。「不須讓這個人類承受不必要的生理壓力，再者，也不必冒危及化合物完整性的風險。」

「但是議會……」

查格轉身面對蛞蝓。「議會將會知道一切都是根據我的進度順利進行。」他的語調沒有變化，但是站了起來，低頭瞪視該技術人員。

「是的，博士。」

或許我看錯查格了。這裡所有的工作人員之中，他似乎是唯一擔心霍特安危的人。他依然是一台壞機器人，但或許沒有壞到骨子裡。

華納進入實驗室。我的直覺模擬器發出不祥的警告音。

「你在做什麼，博士？」華納問。

「你不斷進來打擾已經降低了行動的效率。」查格說。

華納微笑，環顧四周。「你自己似乎就已經大幅降低了行動的效率，博士。爲什麼停止作業？」

「預防措施。」查格說。「沒有什麼。」

「有理由假設這個男孩面臨任何危險嗎？」

「我在他的血壓裡記錄到百分之八毫無來由的變化，此外，腎上腺素分泌量也超出預期，這可能會降低突變誘發物的穩定性。」

「〇點〇八。」華納嘖了一聲。「確實令人不安。」

「雖然我常常聽不出你在諷刺，華納，但別以爲我毫無所知。」查格繼續扳動開關、按下按鈕。「我很清楚你不耐煩，這是大多數生物實體的缺點。然而，只要這個計畫還是我在主導——」

「既然你自己提起的話，博士。」華納自外套口袋中取出一張摺起來的紙。

「你將我免職了。」

「當然，像你這種擁有驚人智力的生命不會對這種發展感到驚訝。」

「不，我計算出此事發生的機率高達百分之二十八。不過我假設議會還要十二個小時才會達成這項決議。」查格放下雙手。「領導階層這種辦事效率頗不尋常。」

「我不是唯一不耐煩的人。」華納說。「議會認定你原先的計畫有瑕疵，他們沒料到有那麼多同胞不認同我們的做法，也沒想到這台機器人竟會如此惱人。」

被人歸類於「惱人」並沒有特別滿足我的自我價值觀。

「我想我不需要命令安全警衛帶你出去。」華納說。

「沒錯。我會遵守議會的裁決。」

「我知道你會的，博士。你總是如此合作，如此理性。」

查格又掃描了霍特一眼，接著離開實驗室。

華納咧嘴而笑。「所以你看到了，馬克。有些機器人很清楚自己的地位。」

我一言不發，想不出什麼反脣相譏的言語，只能想像自己一手緊扣華納脖子，用力捏到他的眼球噴出腦袋、舌頭變成紫色的畫面。

他凝視我的光學元件，渾然不知我的面板後方上演著什麼樣的模擬畫面。又或許他知道，只是根本不在乎。

「回去工作，議會明天就要看到最後一批突變誘發物。」他拍了拍手，技術人員開始重啓設備。機器恢復運作，將發光的紅、藍、綠色化學物質注入霍特的身體。

男孩口中傳出幾乎細不可聞的呻吟聲。

華納轉身離開，不過走前還不忘順便向我行禮。「下次再見，馬克。」

身為一台沒有靈魂的機器，我拒絕將任何事情視為私人恩怨，這表示當我終於逮到他時，我絕對不會有任何偏頗地對他掉以輕心。但是他卻對我掉以輕心。不過由於他根本沒把我當作威脅，所以也不算掉以輕心。

他們在製造一種突變誘發物，而且是利用霍特達到這個目的。如同許多推論一樣，這個推論引發出更多問題。帝國城的供水系統已經摻雜許多突變誘發物了，再加個幾百加侖進去也不會造成顯著的影響，但是殘忍無情的外星入侵者不會為了沒有顯著影響的行動耗費這麼大的心力。

工作持續進行，所有人持續忽略我。我又浪費了三個小時的電力無助地飄在空中，我想當我沒電的時候不會有人過來幫我充電。如果電池耗盡，這些傢伙根本不必用反重力力場來囚禁我了。隨便一間雜物室就能達到同樣的效果。

實驗室裡的光線轉為鮮紅色，揚聲器裡傳出一陣低沉的嗡嗡聲。

「怎麼回事？」蛞蝓問道，顯然現在這裡歸他管。

「系統回報七號實驗室氣體外洩。」另外一名技術人員回應。「或許是讀數錯誤，但是安全警衛建議我們撤離這個區域，直到確認為止。」

「這裡從來不曾發生讀數錯誤的情況，撤離實驗室。」

他們按下一個按鈕，霍特沉入地板上的一個洞裡。技術人員井然有序地離開實驗室。我想這是逃命的機會，可惜我依然飄浮在反重力力場之中，而且他們留下我的邪惡雙胞胎看守我。

查格博士進入實驗室，旁邊跟著兩台身形修長的機器人。安全機器人前往攔截他們。

「退下。」查格下令。

我知道博士別有圖謀，不過我的邪惡雙胞胎顯然缺乏我的直覺。他遵從命令，走回崗位。

「哈囉，博士。」我說。「剛好路過？」

查格拉下一根操縱桿，我當場摔落地面。儘管以雙腳著地，但是我壞掉的腳踝無法承受衝擊，於是我摔倒了。

「我估計有六分鐘的空檔，密卡頓。你可以走路嗎？」

我爬起身來。「走不快，但是可以走。」

查格的工作機器人來到我面前，舉起武器對準我。我沒有動手阻止他們。如果查格想要拆掉我，根本不用費心放我出來。工作機器人開始在我的外殼噴上與我破壞者雙胞胎同樣的金漆。查格趁他們動作的同時說話。

「沒有時間讓你問問題，密卡頓。你了解嗎？」

我沒有理由要相信查格。但是不相信他就得淪落到雜物間，而在我心念電轉的電子腦看來，雜物間完全不是一個選項。

「當然，博士。」

查格拿出一個零件，與我受創的手指一模一樣。「更換你損壞的手指。」

我拔下自己的手指，在插槽中插入新手指。我試著擺動它，但是毫無動靜。「沒有作用。」

「沒錯，沒有作用。」

工作機器人於十六秒內完成噴漆。有了這些金漆，我看起來與其他破壞者安全機器人十分神似，只不過是台受損嚴重的破壞者機器人。

「跟我來。」查格說。

我一拐一拐地跟在他身後。我們直接路過我的邪惡雙胞胎，不過他完全沒有動手阻攔。我在他的金屬頭顱上敲了一下。「下回見，老兄。」

這整個區域必定都已撤離，因爲附近一個人都沒有。工作機器人朝向一方離去，查格帶我走向另外一邊。

「你改變陣營的動作眞快，博士。」我說。

「不錯，我始終站在邏輯的陣營裡。如果計畫倉促趕工，產生的結果會將附帶傷亡人數提升到難以容忍的數量。」

「所以這下會死太多人？」

「正確。此外，基於地球社會從前的行爲歷史，我可以遺憾地預見一開始的大量傷亡很可能會導致人們產生不具建設性的偏執破壞傾向，進而引發自我毀滅與混亂無序的循環，最後終將危及帝國城計畫的完整性。」

「你眞好心，博士。」

「證據指出你的動機指令已經因爲長期受生物人觀念影響而走樣。然而，我必須假設你仍依據基本邏輯行事。只要你完全按照我的指示去做，你同時也是最有可能逃出這座設施的人。」

「抱歉，但是我不擅長完全按照他人指示做事。」

我停下腳步，查格回過頭來。

「我早料到你不會乖乖合作，我假設這是出於對布利克一家生物人的關懷。」

「一點也沒錯，博士。」

「那個男孩我無能爲力，但我已經安排那對母女跟你一起逃脫。我最多只能做到這樣了。」

「我不會拋下霍特不管。」

查格遲疑兩秒。「或許你的動機指令變化的程度超乎我的預期。如果不遵照我的行動計畫，你就無法逃脫，你想要回收的那兩個生物人更無法逃脫。更不合邏輯的地方在於，五十萬名生物人將會因此死去，你可以看出這道方程式中的損益比。你有五秒鐘的時間決定。」

我執行幾筆快速運算。總共花了三秒鐘做出決定，不過說到底，我不喜歡我的決定。

「如果那孩子出了什麼事……」

「你的威脅已被記錄下來。」

查格帶我穿越走廊。走廊上並非空無一人，有些機器人在巡邏，不過他們似乎完全沒有注意到我們路過。博士在路上向我解釋整個計畫。很簡單的計畫，至少我要做的部分很簡單。我是一台得送修的嚴重受損破壞者機器人。查格會將我裝入一台運輸工具，還有一箱已經上貨的備用零件，不過裡面裝的不是備用零件，而是茱莉與愛普羅。我應該在運輸工具啓程六分鐘後展開逃亡。

接下來則是查格沒講清楚的部分。他解釋由於變數太多，我必須隨機應變，如果一切順利，我就去跟艾伯納．葛林曼的人接頭。我告訴查格我不知道如何聯絡他們，他說我不必聯絡，他們會找到我。

一路上沒有任何阻礙。查格的計畫一如預期地順利。

「你計畫多久了？」我問。

「這個事件的轉折並不出人意表，我已經預見這個可能好一陣子了。爲免有此必要，我早已準備好這些緊急措施。」

「你動作很快。」

「邏輯指出在這個情況下絕對不能遲疑。」

來到停機棚，他在一架裝載八台未啓動破壞者的重裝直升機內指出我該在的位子。我依然不清楚這些複製品從何而來，但他們的存在對我來說是件好事。

「哪個箱子？」我問。

他指向我正對面的箱子。箱子大到足以容納茱莉和愛普羅，不過很擠。

「你該跟我們一起走。」我說。「你比我熟悉這個行動。」

「那不合邏輯，密卡頓。被人發現我不見的話將會降低逃亡成功的機率。」

「但是他們會查出來的。」

「正確。」

「他們會如何處置你？」

「我不屬於方程式的一部分。」

他離開直升機，裝卸坡道升起後關閉。直升機內沒有窗戶，不過我可以感到一陣火箭發射時的劇震。我開始六分鐘倒數計時。

我一動不動地站在直升機內，光學元件正對那個箱子。我連一個馬達組件都沒有扯動。四周的破壞者看起來都處於下線狀態，但是我並不打算掉以輕心。在效能如此低落的情況下，我不確定有辦法擊倒這些傢伙。六分鐘一到，我立刻展開行動。

沒有一台自動機器人在乎。我想要打開箱子察看茱莉和愛普羅的狀況，但是箱子裡對她們來說或許才是最安全的地方。我拉下操縱桿，降低裝卸坡道的高度。帝國城在下方迅速掠過，太快了，太遠了。不過底下的是帝國城，錯不了。我很高興露西雅的月亮理論沒有成眞。差異引擎指出跳下去的衝擊會導致我損失幾根插銷，但是我可以持續運作，可惜茱莉和愛普羅就沒這麼好運了。

我必須說服飛行員降落才行。儘管處於受損狀態，我依然極具說服力。我扯爛艙門，沒有費心敲門或是檢查它有沒上鎖。兩台飛行員機器人在操作控制台。

我掃描控制面板。我不知道該如何操作這架直升機，它是專爲工作機器人設計的。飛行員擁有四條手臂，每條手臂都以飛快的速度在按按鈕。由於飛行員單位都是直接連接直升機的感知陣列，所以駕駛艙中連扇窗戶都沒有。見鬼了，我甚至連駕駛艙都擠不進去。

「聽著，兩位，我知道這樣做有違你們現在的指令，但是可以麻煩你們修改飛行路徑嗎？我會非常感謝的。」

左邊的工作機器人轉頭過來掃描我。「破壞者單位，請回歸關機狀態。」

友善的態度宣告無效。

我可以砸爛這些工作機器人，然後期待自動保險機制能讓直升機緊急迫降。它有一半的機率會重新規畫路徑回到預設的停機棚，而萬一我損毀了重要的零件，也可能直接墜機。查格一定考慮過這種情況。他只能讓茱莉和愛普羅身陷險境，因爲我一定要帶著她們才肯離開。

接著我的邏輯架構突然靈光一現。他知道她們會身陷險境，但博士看起來不像是會讓人類面對不必要危險的伯特機器人。我走到箱子旁，撬開箱蓋。沒有茱莉，沒有愛普羅，只有零件。查格把我當作笨蛋耍，一個毫無生活常識的蠢人。

而我竟然還差點開始喜歡他了。

一陣爆炸撼動機身，直升機側向一邊。毫無疑問，有人爲了幫我免除無謂的選擇而破壞火箭吊艙。飛行員機器人冷靜可靠地維持穩定飛行，直到第二和第三個火箭吊艙爆炸。

飛行器向下俯衝，我的腳踝促動器和陀螺儀沒有辦法讓我保持站立。我翻身倒地，跌入駕駛艙，撞爛飛行員機器人。已經無所謂了。單靠一根火箭吊艙，這架直升機只能急速墜落。而在沒有窗戶的狀況下，我根本不可能估計墜毀時間。

我錯估了整整兩秒。

我沒有完整記錄墜機時的細節。我的矩陣一片混亂，在一切結束之前連上下左右都分不清楚。我又撞出了更多內部損傷。左手臂液壓受損，整條手臂垂在身側，毫無反應。我的右光學元件碎裂，充滿雜訊。陀螺儀呈現異常狀態，導致身體無法保持平衡。往好處想，顯然我沒有深埋在十噸重的廢鐵下，而是被甩了出去。

我側身躺著，還沒有試圖移動，此刻移動只會導致淒慘的後果。飛行器已經淪爲悶燒的殘骸。它摔落了一些零件，儘管機身扭曲變形，大致上還算完整。

我降落在帝國城中最嚴重的工業意外發生地點「毒液公園」裡，這可不是能夠輕易達成的成就。這座佔地半立方哩的空間充滿毒性爛泥、腐蝕土壤，以及呈現綠褐色的劇毒空氣。所有建築物都已經腐蝕分解成惡臭的泥漿。沒有生物可以在這個環境中生存超過九秒鐘，就連最硬朗的卓特鼠或是最頑強的變種人都不可能，這表示這裡是全帝國城裡最不會傷及無辜的墜機地點。這是帝國城龐大市區中一處空靶心，而查格博士利用精準的數學運算以及超級電腦射飛鏢時的完美準頭讓我降落在此。不管我對查格博士有多少怨言，他都是一台聰明的機器人，而且他還特別避免傷及無辜。如果茱莉和愛普羅有上直升機，而又如果，她們在墜機時僥倖存活下來，也會死於劇毒空氣。

我浸泡在酸液和爛泥裡，由於外殼依然完整，不用擔心進一步的內部損傷，除非我膽敢移動，而我非動不可，因爲我已經開始沉入泥沼。毒液公園的土壤不會急著把人吸進去，但是一旦陷入其中，它就絕對不會放手。傳說曾有許多屍體被棄置在這片土地上，但是沒人能夠肯定。生物人會在三天內被分解到屍骨無存。我則會沉入沼底，電力耗盡，不過結果都是一樣的。永遠關機。

我的邏輯架構建議不要輕舉妄動，等待救援與修復。我沒有那麼樂觀。如果他們還沒發現我已經逃脫，此刻也該前來回收可用的資源，湮滅剩下的證據。我還剩下不到四分鐘的時間就會滅頂。我猜只有兩分鐘。我已經浪費二十秒等待五個陀螺儀中有任何兩個恢復運作，但是沒有反應。唯一重新校準平衡的方法就是嘗試錯誤。

我笨手笨腳，並且比預期多花了十二秒自地上跪起。我掃描到地面了，知道下方在哪裡。但是少了陀螺儀，每踏出一步都必須重新計算重量分配。即使狀況良好、能掌握所有性能的時候，這樣做都會拖慢我的速度。現在內部零件多處受損，我必須適應太多新的變數，就機率上而言，幾乎不可能在七小時內找出移動的竅門。

有時候，機率也會出錯。

我站起來了。陀螺儀開始旋轉，但是我忽略它們的讀數。我向左搖晃兩吋，過度校正，接著朝向右邊斜過三吋。我試圖以左手臂抵消制衡，但是它的齒輪移位，發出一陣刺耳的磨合音，導致整條手臂暫時形同廢物。試圖站直身體是件徒勞無功的事，損傷狀況以及下陷的泥沼實在是非常大的阻礙。我向後癱倒。頸部關節損害嚴重到無法轉動。我唯一能夠掃描到的只有天空。我理應是台所向無敵的殺戮機器，絕不能心甘情願地接受這種下場。在徒勞無功地抽動十六秒後，我確認自己沒有能力自行起身。

一輛黑色旋翼車低空掠過，在我視線範圍外開始降落。我偵測到逐漸接近的旋翼聲響。搶救小組已經抵達，他們濕答答的腳步聲越來越近。有東西夾住我的腳，拖著我穿越泥地。我被抬出爛泥，丟入旋翼車中，廢鐵似地躺在裡面。

葛雷坐在我身旁，身穿鮮紅色生化防護裝。他那充滿靜電干擾的聲音透過罩在頭上的塑膠圓形罩傳出。「嗨，馬克。」

查格博士說過我不必去找葛林曼，他會找到我。

「哈囉。」我點頭，頸部關節竟然沒有發出爆裂聲響。眞是愉快的驚喜。

指節爬上旋翼車，嗶了一聲。

「你看起來糟透了。」葛雷說。

「喔，這個呀？沒什麼。我的保固會免費維修。」

葛雷面露微笑，在旋翼車升空的同時關上機門。

16

我一直想著茱莉、愛普羅，以及霍特。我找到他們了，但我又失去他們了，而且還在過程中把自己給拆了。整個任務徹底失敗。

旋翼車帶我前往一個祕密地點。我想那是個祕密地點，因爲我沒有開口詢問，也沒有人主動告訴我。

「你能走路嗎？」葛雷問。「還是要叫指節去推張輪床過來？」

我應該去躺輪床，避免系統承受任何不必要的壓力。但伯特機器人是有自尊的，於是我一跛一跛地走過這棟掃描起來像是裝滿玩具的倉庫：大部分都是蓋比鵝娃娃以及「我的第一台機器人」玩具。

這裡同時還有許多旋翼車：昂貴的機器，全都閃閃發光、狀況良好，彷彿從來不曾飛過。葛林曼肯定是名收藏家。我掃描到的七輛旋翼車中最出類拔萃的是一輛藍綠色的大黃蜂。這輛旋翼車有著球形機身、敞篷駕駛艙、過多的翅膀與尾翼、寬敞的置物箱，以及連我這種身形的伯特機器人都可以盡情伸展的座位。

手持毀滅步槍的黑衣人在倉庫四周巡邏，看起來不像是能走到哪裡去的樣子。但是從他們毫無幽默感的表情來看，他們似乎都很嚴肅地看待巡邏工作。倉庫後方的角落有間配備各式各樣最新裝備的電子技工維修室，包括四台電子技工機器人，以及另外一台跟查格博士同樣型號的機器人。只不過他胸口漆著不同的標誌。

艾伯納．葛林曼站在我的正前方。他是房間裡最矮小的傢伙，不過卻最危險，特別是當我全身傷痕累累的時候。

「很高興你能加入我們，馬克。」葛林曼說。「請躺在桌上，讓博士好好看看你。」

「我站著就行了，謝謝。」

葛林曼皺眉。「拜託，馬克，你需要維修。我敢保證卓克博士是全星球最頂尖的機器人技師，他的原始破壞者規格奠定了你的設計基礎。是不是，博士？」

「正確。」卓克博士說。

「別說了，我不會爲任何人開啓我的外殼。」

「不合邏輯。」卓克說。「你需要維修。」他和工作機器人一起向我走來。「請讓我協助你躺到桌上。」

我出手推向其中一台工作機器人。由於他只是一個有輪子的多臂圓柱體，所以輕輕鬆鬆就被推倒。

「退開，博士。」

指節開始向我移動。以我現在的狀況，他可以把我抬起來掃地，不過葛林曼阻止了他。

「馬克，我很想幫助你，因爲不管你相信不相信，我都很尊敬你。見鬼了，我喜歡你，但是你不合作的話，我們就沒辦法進行維修。告訴我，我要怎麼做才能贏得你的信任？」

我信任葛林曼的機率低到讓我在差異引擎計算到七百萬分之一的時候停止計算，當它是零。

「露西雅·納皮爾。」我說。「帶她來，讓她修復我。」

「你知道美麗的納皮爾小姐此刻被警方拘捕。」他的觸角抽動。「我想事情跟一起越獄事件有關。」

「我想你有人脈。」

「或許有。」他微笑。「但是在我開始動用人脈之前，或許你可以爲我提供些什麼。」

我不拐彎抹角，沒有理由這麼做。我讓查格給我的手指脫離插槽。葛林曼利用靈動能力在它落地之前憑空接下，他讓手指飄到葛雷手中。

「謝謝。」

「小事一樁。」我回道。

葛林曼對葛雷點頭，葛雷點頭回應。他離開房間，前去動用那些人脈。

「我想你認爲我應該向你解釋。」葛林曼說。

「有什麼好解釋的？你們是外星人，他們是外星人。他們想幹壞事，你們想要阻止。接近事實嗎？」

「我們比較喜歡『朝聖者』這個稱呼。」

「變種人也比較喜歡『基因潛能開發者』，但是這種稱呼可能流行不起來。」

葛林曼揚起小嘴微笑，並眨動圓圓的大眼。「我們並不邪惡，如果你是這麼看待我們的話。我們只是需要一個居住的地方。眾多生物之中，你最應該感激我們的出現，沒有我們，你根本不可能存在。」

他所說的一切都在我的計算之中。我或許不是最聰明的伯特機器人，但是我所掃描過的畫面足以看出一些端倪。我在某種程度上和這些朝聖者息息相關，整個帝國城都一樣。

「不管你相不相信，我們會來到地球純粹出於巧合。我們原本搭乘殖民船艦前往一個截然不同的星系，途中曲速引擎不幸故障，導致我們偏離航道，這種意外的發生機率只有百萬分之一。我們本來應該死在太空中，但卻幸運地發現這個世界。然而，這個世界已經居住了智慧生物，而他們的思想還沒有先進到足以接受我們。」

「你們大可以開口詢問。」

「我們不能問。」他說。「我們的太空船沒有足夠的能量離開這個星系，而超光速通訊裝備已經損毀。浩瀚無涯的宇宙阻絕了我們回家的道路。我們需要一個新家，如果地球人不願意接納我們，我們不能強迫他們。」

「你是要告訴我這不是一場侵略行動？」

他輕笑。「我們是從二十多個不同種族中挑選出一萬名移民的殖民艦隊。儘管船上裝載了比地球人先進很多的武器，我們還是不可能擊敗這個世界的防禦武力。」

「聽得我電池都要碎了。」

葛林曼皺眉。「你正好證明我的觀點，馬克。現在知道我是什麼人了，你立刻假設我是個不道德的怪物，但我們是崇尚道德的種族，道德觀與地球人不相上下。」

「那沒什麼好驕傲的，艾伯納。」

「你確定我們不能請卓克博士幫你維修嗎？最起碼，他或許可以調整你的個性樣板，把憤世嫉俗的指數降低一點。」

「我同意。」卓克說。「這個個體的行爲功能極難預測。儘管之前做過資料清除，他的動機指令顯然已大幅改變，繼續受損——」

「建議你不要說完那句話，卓克。不然我或許得走過去讓你看看我的動機指令改變到什麼程度。」

這是虛言恫嚇，但是似乎達到效果。

「此一個體的敵意讓我沒有必要繼續待在這裡。」他離開。

葛林曼大笑。「我想你讓博士感到害怕，這可不是一件容易的事。你不太受科技形態生物的歡迎。」

「我不在乎。」我一跛一跛地走到桌旁坐下，減輕促動器的壓力，診斷程式警告我每走一步路都有百分之二的機率會壓碎促動器。

「手指裡有什麼？」我問。

「此刻與你無關。」

「你欠我人情。」

「沒錯，那就是我爲什麼耗費這麼大的心力去營救惡名昭彰的納皮爾小姐，我認爲我們扯平了。」他的身體飄在半空中，忽上忽下。「然而，儘管科技形態生物認爲你是個有瑕疵的個體，我卻相信有像你這樣的伯特機器人幫我做事的話會很有用處。」

「沒興趣。」

他搖搖手指。「啊啊，馬克，不要急著拒絕我，先聽聽我開的條件再說。我不是要提供正職，而比較像是約聘形式。」

「還是沒興趣。」

「就算我可以讓你得知你的身世之謎，以及你在這個龐大的外星陰謀裡面所扮演的角色也不幹？相信我，你的角色非常重要。」

我只想要修復身體然後回家，或許降低電源開關保護器的功效，插上插頭，期待能讓記憶矩陣超載，清除整個事件。抹除葛林曼和朝聖者、三天來的一切，甚至是茱莉、愛普羅及霍特，只要重新以計程車司機的身分啓動就好。

「你可以假裝不在乎。」葛林曼說。「但是你在乎，你那顆偵探電子腦太容易多愁善感，喜歡關心不合邏輯的動機。這種情況能把科技形態生物逼瘋的，相信我。他們假設你就是進化的下一個階段，但是他們卻無法和你那些顯然出於隨機的行爲妥協。」

我一言不發，他聳了聳肩，輕輕飄然落地。

「你看著辦，馬克，但是你不可能告訴我說你一點也不好奇。我們晚點再談。」他吹著口哨，步出大門。房間裡只剩下我、電子技工機器人，以及指節，我們全都不想講話。

四十六分鐘後，房門再度開啓，露西雅在葛林曼和葛雷的陪伴下走了進來。

我身上漆著金漆，外殼布滿凹痕，不過沒有裂開。露西雅能夠從我垂在身側的手臂和光學元件上的裂痕看出我今天過得不太順遂。她衝上前來，伸出雙臂擁抱我。我沒有回應她的擁抱，因爲我依然不太信任我的力量調節器。

「馬克，喔，天呀，你還好嗎？」

「只有在我計算的時候才會痛。」我說。「你怎麼把她弄出來的，艾伯納？山切斯絕不可能答應。」

「喔，就像我之前說的，我認識一些人。」葛林曼回道。「對大多數人來說，納皮爾小姐還待在牢房裡，而且必須儘快趕回去。我們立刻開始的話，她應該有足夠的時間幫你完成維修。」

「是的，是的，當然。」露西雅說。「我要你躺在桌上，然後關機，親愛的。」

我躺下，迅速掃描葛林曼和葛雷一眼。如果我打開外殼並且關機，我將會變得虛弱無助。在刀槍不入的外殼之下，我的內部零件就和其他重型機器人一樣脆弱。

露西雅啓動一台掃描器，開始分析我的損傷，螢幕上呈現一幅布滿閃爍紅點的透視圖。很多很多閃爍紅點，液壓液滲漏，剝離的關節，一個布滿微裂縫的支撐電樞。

一台電子技工遞給她一把雷射焊槍。「馬克，寶貝，拜託，你必須關機。」

「我不相信他們。」我說。

「那就不要相信他們。」她湊到我面前，雙掌捧著我的頭。「相信我。」

我需要維修，我沒有什麼選擇。修也是壞，不修也是壞，自我保護有時候真是一道惱人的指令。

「好吧，露西雅。」

我緩緩降低能量層級，同時命令我的外殼開啓。

我低頭瞄向自己的機械內臟。位於所有零件中央部位的是一顆七吋見方的立方體，我的電子腦在數千個程式運作的同時嘎嘎作響。

「不必擔心，馬克。我會讓你煥然一新。」露西雅說。

她的微笑是我在關機之前掃描到的最後一個畫面。

17

我會常態性地在進行充電與磁碟重組之時下線。但是即使在充電時，我的矩陣依然會察覺周遭發生的一切。它會忽略大部分的事物，也不會進行記錄，但是依然保持警覺。如果有人試圖偷偷存取我的系統，我立刻會重新上線。

關機又是另外一回事了，那是全系統徹底關機。如果下線狀態可以比喻爲生物人的睡眠，那麼關機就等於是陷入昏迷。沒有資料，沒有時間，什麼都沒有。有人宣稱生物人在昏迷狀態下依然能夠思考，或許眞是如此，但是我不行，我對世界的一切渾然不知。從好的方面想，這表示整個維修過程一眨眼就過去了。

系統關機之後重開耗時比一般開機來得久。我優先啓動容貌以及聲音辨識程式，等待其他機械部位恢復運作。

我首先注意到的是露西雅的臉。她的下頷有塊污漬，雙眼充滿疲態，頭髮亂七八糟地垂落在我面前。

「早安，帥哥。」

正當我打算詢問自己關機多久之時，內建時鐘告訴我現在是凌晨一點二十五分。我關機了五個多小時。

「修好了嗎？」一個身穿灰色西裝的守衛問道。

露西雅擦拭額頭。「修好了。」

「執行診斷。」我冷冷回應。語調合成器並不在我優先啓動的清單上。

「怎麼了，馬克，寶貝。」露西雅微笑說道。「我以爲你說會相信我。」她按下一個按鈕，桌子緩緩向前傾斜，直到我碰到地面。「你準備好就走走。」

我的陀螺儀讀數全部一致，腳踝促動器也運作正常。我踏出一步，沒有跌倒。我揮揮手臂，測試肩關節，接著兩腳各跺三下，確定我的骨架結不結實。沒有東西鬆脫。右膝旋轉器不再卡在三十五度角了，打從我首度啓動以來它就有這個問題。

「我做了一些預防性的維護。」她說。「希望你不介意。」

金漆不見了，現在我的外殼呈現不反光的銀色。工作機器人迎上前來，開始在我身體上塗抹一層代表機器人公民的紅漆。等他們完工後，我看起來就會像是剛剛離開生產線的全新自動機器人。

「我請葛林曼的手下去我家裡拿了一些東西，其中有套新西裝。」

她指向掛在屋角一套直條紋的訂製黑西裝。我穿上它，露西雅幫我打領結。

她從一張桌上拿起一本薄薄的書給我。

「這是什麼？」

「操作手冊。」她說。「西裝的操作手冊。掃描看看，應該花不了一、兩分鐘。」

我花了七十秒整吸收這本五十五頁的手冊內容。這套西裝不光只是時髦的服飾，露西雅稱之爲「幻象裝」，具有變色材質，並於其中嵌入全像圖發射網路。我讀完功能說明後，她建議我試看看。她趁著修理我的機會安裝了一台無線電遙控器，讓我可以像走路一般輕鬆使用這些道具。

我嘗試變換各式各樣的色彩以及預設圖案，包括一朵不太可能存在的紫色菩提花。全像圖發射器可以在我的機械部位投射獨立影像，或是全身影像。預設的僞裝外形是一名綠皮膚變種人。沒有什麼特殊之處，但足以掩飾我高大的形體，便於融入人群。

「使用全身投影很耗電。」她說。「所以省著點用。我認爲你想逃避警方追捕時或許會需要一點僞裝。這玩意兒無法遮掩你的體形，而且如果移動太快的話，系統會超過負荷，影像可能會出現殘影。」

她交給我一條厚重的金屬腰帶。「我叫它增壓帶，內建七根小型火箭吊艙，不能用於長途飛行，但是可以讓你衝入空中。每一次增壓可以升高七十呎左右。另外，它還搭載次世代重力鉗，我敢打包票，開啓那項功能就沒有東西能夠移動你。」

我穿上腰帶，迅速測試增壓功能。我竄入空中五呎高，隨即重重落地。接著登場的是重力鉗。啓動之後，我立刻向下一沉。拉扯的力道強大到能壓碎地毯，質量和動能之類的東西在這個寶貝之前完全不是問題。

「覺得如何？」她問。

「我喜歡。妳的手腳眞快，露西雅。我很佩服。」

「事實上，我早就做好原型樣品了。我是天才，馬克，但也沒那麼厲害。這些東西除非用在超級強壯的七呎機器人身上，不然根本不實用。長期暴露在全像投影中會對皮膚造成影響，癢得要命；重力鉗會壓碎大部分生物人，至於增壓帶——」她聳肩。「會在腰部及胯下造成二度灼傷，這點大幅侷限了它的市場價值。」

她交給我一頂帽子。我將之輕輕捧在手中，以免壓扁毛氈。雖然露西雅向我保證那不是毛氈，而且就算完全壓扁它也會膨回原形。

「這是一頂軟氈帽。」我說。

「沒錯，看來你的帽子辨識程式運作沒有問題。」

「我有一頂圓頂帽。」

「喔，馬克，你都不去電影院的嗎？」她說。「喔，等等，我敢說你不去。」

「我看過一、兩部電影，」我說。「或是六部半。」

「半部，呃？」

「我在發現《當地球停止轉動》裡的高特顯然不是英雄的時候就離場了。」

她拉直我的領結。「好吧，馬克，如果你有看過犯罪電影，就會知道所有偵探都戴軟氈紳士帽。」

「夏洛克．福爾摩斯不戴。」

「沒錯，蜜糖，但夏洛克．福爾摩斯是個知識份子，而你是個硬漢。」她輕撫我的下巴。「相信我，你戴會很好看。」

我將帽子放在頭上。露西雅叫我彎下腰去，將帽子調斜四度。「真是一個英俊的偵探，就連鮑嘉[註]也相形見絀。」

「我再同意不過了，納皮爾小姐。」艾伯納．葛林曼在與指節一同步入房間的時候說道。「現在馬克已經維修完成，我們必須在被人發現以前帶妳回牢房。」

「她沒有要回去。」我說。

「我動用了很多關係，馬克。」葛林曼說。「就連我也沒辦法幫如此赫赫有名的重刑犯脫罪。」

露西雅拍拍我的手臂。「沒關係，他說的沒錯。再說，如果不回去我就會成為逃犯。我寧願上法庭去碰碰運氣。」

「什麼運氣？」我問。「他們知道是妳幹的。他們有犯罪實況的錄影檔案，還有目擊證人。」

「我會解釋當時的情況，你知道我多有說服力。」

「這件事情或許不是靠張嘴就能解決的。」

「馬克，不要傻了，我曾靠這張嘴擺脫更加嚴重的狀況。再說，你難道忘了我非常富有嗎？只要找對律師，法律系統可是非常寬宏大量的。」

她說得有道理。就算在明日之城，火熱的公義都可以被冰冷的現金疏通。要讓露西雅擺脫麻煩肯定要花一大筆錢，但是她有很多錢可供揮霍。我不喜歡這種做法，但這是最明智的選擇。

露西雅擁抱我，我也伸手擁抱她。

她輕撫我的面板，手掌緩緩掠過我的光學元件。我掃描到她的掌心中寫了一些東西：一個地址。她眨了眨眼，趁沒人在看的時候放了一塊鑰匙盤到我口袋裡。

「記住，大個子。我不會總是有空幫你維修，所以往後請更加用心照顧自己。」

「我不保證。」

兩名葛林曼的生物人手下護送露西雅離開。我心想這會不會是我最後一次有機會掃描她。就算她的問題解決了，我的問題也還沒解決。

「現在你運作順暢了，」葛林曼說。「希望你能重新考慮我的提議。」

「還是沒興趣。」我回答。「我不喜歡你，葛林曼。我不相信你說的話，也不信任你。」

「你不必信任我，馬克，不過我是唯一可以幫助你的人。」

「我可以自己幫助自己。」

「目前爲止你都做得不錯，」他說。「但現在你是個逃犯。警方在找你，朝聖者的反抗派系也不介意看到你被拆成廢鐵。此刻，我可以算是你在城內唯一具有影響力的朋友。」

「我猜，如果我同意幫你做事，你就幫我解決所有問題？」

他調整翻領上的綠玫瑰。「我辦得到，你知道。城裡沒有多少事情是我管不到的，你絕對無法想像有多少重要人士欠我人情。」

【註】亨弗萊・鮑嘉（Humphrey DeForest Bogart），美國性格男星，以洗練的演技與硬漢形象受到世人喜愛。

「不，我無法想像，但是我不打算成為其中之一。」

我朝向葛林曼移動，如我所料，指節試圖阻止我。他嗶了一聲作為警告。我一手抵住他的肩膀，自下方踢中他的小腿，然後將他推倒。這一下摔得不輕，力道足以撞鬆幾根插銷，其中一根滾到我的腳邊。露西雅把我修復得很好，下次見到她時得記得付她十塊錢小費。

指節一邊掙扎一邊發出嬰兒哭鬧般的聲響。永固三型機器人很難擊倒，不過一旦倒地就不容易爬起來了。

我說：「叫他待在地上，不然我就一顆螺絲一顆螺絲地拆了他。」

葛林曼下達命令，指節不再掙扎。

「情況是這樣的，艾伯納，」我說。「我不在乎你，不在乎好外星人還是壞外星人，甚至不在乎五十萬名可能傷亡的公民，我只在乎一個有三名生物人的家庭。不過看來我在乎的事情和你在乎的事情有所交集，所以你要把你所知的一切通通告訴我，然後我們可以合作達成各自的目的。但是我不會幫你做事。」我雙臂交抱胸前。「如果你不滿意的話，我們只好分道揚鑣。」

葛林曼的大魚眼目光冰冷，那張光滑平順的臉上毫無笑意。我認為這是因為葛林曼習慣獨攬大權，當個大人物的關係，他不喜歡有人跟他談條件。這是當然，他打出了他的王牌。

「布利克一家人怎麼辦？難道你要撒手不管，讓他們面對他們的命運？」他臉上露出一副得意洋洋的笑容。他以為他吃定我了。可惜他眼前只有一台看穿他是個喜歡掌握優勢、抓一手好牌不放的伯特機器人。只要去掉布利克一家人，他手上就只剩下一副爛牌。

「看著吧。」我朝向房門走去。

如果葛林曼不照我的規矩來，那麼他就沒有利用價值。我並沒有遺棄茱莉和孩子們，我會再次找到他們，機率看起來很低，但只要經常搖骰，任何機率都會出現異常現象，而我會不斷地搖骰下去。

「我可以告訴你你從何而來。」葛林曼說。

我打開房門，一腳跨越門檻。「我可以告訴你我不在乎。」

這種說法有點不實，其實我有一點好奇，葛林曼也曉得。但是我很擅長虛張聲勢。

「好吧，馬克，你贏了。」他緩緩搖頭。「看來我不比從前了。」

「不是你的錯。」我說。「我是個有缺陷又難以預料的機器人，如果你還記得的話。」

「你確實如此，馬克。」他輕笑。「確實如此。」

他帶我前往樓上的一間辦公室。這個房間比倉庫其他區域豪華百分之九十三，比較像是有辦公桌的豪華酒吧。房間中央擺了座帝國城市中心的模型；不是眞實的版本，而是理想中的都會風光。所有建築物都在，但是沒有骯髒的塵埃、沒有變黑的空氣或是難以忍受的喧囂。沒有公民、旋翼車、壅塞的公路，以及呼嘯的高速列車。沒有任何生命。

葛林曼朝向這座小型城市墓碑點了點頭。「本來帝國城應該是個烏托邦，我們爲了感謝地球人允許我們分享世界而送的禮物。」

我拿理想版的帝國城與記憶檔案中充滿機能不全、崩壞、（我猜測）油膩氣味的眞實版本做比對，看來前往香格里拉的途中肯定出了什麼嚴重的問題。

「改變來得太多、太快，」葛林曼說。「地球人還沒有準備好。你沒辦法讓原始世界了解基本的科學理論。他們才剛開始接受電晶體而已，流動能量盤和反物質產生器已經有點超出他們的能力範圍。喔，應該說他們可以了解。他們智力很高，適應力也強，可以製造這些東西，甚至可以強化它們，但是還沒準備好應用這些科技，他們對於依照他們所崇敬的庸俗雜誌所提出的封面故事來創造世界比較感興趣。」

「我想我們保留某些關鍵科技對這種情況並沒有助益。有些東西太過危險，絕對不能落入他們手中。這就是最後的結果。那句地球諺語是怎麼說的？再完美的計畫也有可能出錯？好吧，我可以向你保證，馬克，這是放諸宇宙皆準的道理，就算在沒有老鼠和人類的世界也是一樣。」

他一言不發地凝視模型。

「當然，我們的動機並非全然無私。我們需要一個可以展開同化過程的聚集地。」

葛林曼打開桌上的雪茄盒，取出一支細長雪茄。「不介意我抽菸，是吧？」

「我沒有嗅覺。」我回應。

我沒想到他能把那根雪茄塞進他的小嘴巴裡，但是他眞的塞進去了。他觸角抽動，利用心靈力量點燃雪茄，然後吸了一大口菸。

「菸草。你知道這玩意兒在我們的世界是違禁品嗎？大部分的東西都是違禁品，不過干邑白蘭地不是，但那是因爲我們的世界裡沒有這種東西。」他微微一笑，幫自己倒了一杯酒。他將酒杯拿到沒有鼻子的臉前聞了一聞，證實了儘管我掃描不到，他臉上的某處依然隱藏著鼻孔。「我愛這顆星球。」

「那很好，艾伯納。哲學思維談完了嗎？還是我該晚點再來？」

「不太喜歡閒聊，是嗎？」

「我是機器人。」

「是的，單一思想的生物，機器人。我在想如果納皮爾小姐在場的話你是否依然如此無禮。」

「我們不是來談論我的。」我說。

「你都是這樣巧妙地改變話題的嗎？」

「不，我都是這樣無禮地改變話題的。講重點，艾伯納。」

他淺嚐一口干邑白蘭地，點了點頭。「同化的第一個步驟就是建造一座明日之城。其次，讓地球人接受像我們這麼多彩多姿的生理形態。」

我終於懂了。我的領悟力向來不高，但是一旦取得資料，我不用花太多時間就能消化完畢。

「你們故意讓人類突變。」我說。

「你能想出更能讓我們無聲無息地融入人群的策略嗎？沒有衝突，沒有協商，一場無人察覺的隱形移民行動。要讓突變的程度極端到所有朝聖者都能順利融入需要時間，讓社會大眾接受變種人需要時間。」

社會接受變種人是朝聖者計畫中唯一沒有出錯的環節。幾年前變種人剛出現的時候曾經引起軒然大波，但是同化計畫奏效了，儘管不是所有人都喜歡變種人，但是沒有發生任何暴動或騷亂。至今依然有人爲了正常人的權益抗爭，但是次數很少，發生的頻率也很低。包括大部分的正常人在內，沒有人還把此事當作一個議題。雖然美國其他地區仍議論紛紛，帝國城已經度過了那個階段。黑人、白人或是綠人；光禿禿、長鱗片或是長毛的；兩條手臂或是六條手臂的，在這座城市裡基本上都不是問題。

不過並不表示它不能是問題。葛林曼的外型太過詭異，不可能與其他變種人一樣輕鬆融入人群。人類並不擅長改變對事物的成見。文明常常會走入迴圈，這也是人類在幾千年的歷史裡沒有達到多少成就的原因。當然，歷史上出現過文藝復興、工業革命等的成就，但那些是例外，不是常態。

「我們有些人開始不耐煩了。」葛林曼說。「這不意外，我們本來應該開墾一個新世界的，大多數人都有冒險家的精神，你能怪他們不想繼續躲藏嗎？」

「不幸的是，讓大部分非人型種族的極端突變融入地球需要經歷數個世代的時間才能安然達成。人類必須逐步習慣突變誘發物，短期內增加劑量將會導致難以控制的畸形缺陷。自發性基因失調症肆虐會引發數萬人、甚至數十萬人死亡。」

「或許五十萬人。」我說。

「沒錯，那是查格博士目前預估的人數。如果他估計正確的話。」

「如果他弄錯了？」

「查格從來沒弄錯過，馬克。」

帝國城與其他住滿生物人的城市沒有多大不同，它是一個處於文明規則控制下的混亂城市。機器人的邏輯驅使我們的行爲，邏輯基本上都是數字。查格博士願意殺害一定比例的帝國城居民，但是一旦數字超越他的限度，他就會改變陣營。從生物人的角度來看，這是出於一時衝動，但事實上十分容易預料。那只是一個方程式。

大部分生物人不太看重邏輯。他們著重感情，濕黏的腦子產生化學反應，常常不會下達最佳指令。如果帝國城突然有數千人死亡、數千人發生異常突變，到時可能會淪爲人間煉獄。也可能不會。我是一台伯特機器人，我傾向於相信機率。

「我們大多數人都不能接受這種風險。」葛林曼說。「我們不是殘暴不仁的種族。」

「我並不擔心你們大多數人，艾伯納。」

「他們絕對不會傷害那個男孩。」

「他叫霍特。」

「是，我知道。」

「你有事情沒告訴我，艾伯納。」

「問題在於突變誘發物，」他說。「我們缺乏製造某種外來催化劑所需的資源。霍特身上有，他的血液裡存在著這種基本物質。這是一種偶然發生的情況，千萬分之一的突變。少了他，我們無法製作超級突變誘發物。這就是他們綁架他的原因。」

「而你知道此事？你知道他有危險，卻沒有派人保護他？」

「我知道，我知道，」葛林曼說。「我們應該更加小心。我們收集上千名變種人的細胞樣本，純粹是研究性質，為了確保同化過程順利進行。只有少數幾名研究人員可以存取這些資料，但是我們沒有刻意隱藏或是限制那些檔案。」

「你就擺在任何人都可以拿到的地方？」

「我們對地球人保守祕密，但是沒有對自己人保守祕密，我們認為不必這麼做。一切都按照計畫進行。當然，有人抱持異議，但是我們假設……」

他嘆氣。

「太天眞了，我承認。但那些檔案也不是可以輕易取得，它們放在實驗室的檔案櫃裡。」他搖頭。「愚蠢，但我們天生不是狡獪性格。我們是殖民者，不是間諜。」

「檔案櫃至少有上鎖吧？」我問。

「有，不過恐怕不是很好的鎖。在林哥短暫為我做事期間，異議份子找上了他，付他一大筆錢請他幫忙竊取資訊。林哥的野心令人欽佩，但另一方面又低能得荒謬，認為對方支付的價錢太低。他認為綁架霍特要求贖金對他而言才是比較好的做法，他打算和兩個勢力談條件，從中牟取暴利。」

「他的計畫是要付錢給布利克家租用他們的兒子。他去找孩子父親，兩人達成了協議。」

「所以加文把兒子租給人家。」

「是的，沒錯，他們的想法就是這樣。根據布利克先生的辯解，對方告訴他說家人可以陪伴男孩，加以照顧。當然，當林哥去帶人的時候，布利克太太不太喜歡這個主意。接著又冒出了一個意外的變數。」

「我。」

原來三天前我上門撞見的就是這麼回事。

「但林哥不是那麼容易嚇倒的，他等到確定你不在的時候再度上門。這一次，他不再繼續廢話，直接動手綁架。他同時弄了幾台工作機器人想要把你拆掉，免除後患。那個白痴不知道你是誰，不然的話，他就會知道不必浪費時間。」

「爲什麼綁架全家人？爲什麼不帶霍特走就好了？」

「因爲林哥是個白痴。」葛林曼說。「因爲根據他自己奇怪的想法，他以爲一旦那家人看到他不打算傷害那個男孩，他們就會開開心心地收下他的錢。」

「眞的很白痴。」

「是呀，林哥是白痴。我讀取過他的思想，讓我告訴你，那是屬於白痴的胡言亂語。不然他怎麼會在我半數手下都在找他的情況下從保護他的人手中溜出來，跑去爵士酒吧混？」

「你說他打算與兩個勢力談條件，但是霍特落在異議份子手中。你爲什麼不肯付錢？」

「我們願意付，但此事完全超出林哥的掌控。異議份子找到他，他們威脅要殺死林哥，於是他交出了霍特及其家人。」

「我還是掃描不出他們抓走全家人的理由。」

「異議份子擔心他們可能聽見或是看見什麼，他們不想殺害布利克一家人，就連他們也並非完全殘暴不仁。」

我並不想爭辯，但是加文死了，而我很肯定他們殺他純粹只是爲了陷害我。朝聖者的道德標準其實高不到哪裡去。在供水系統滲入突變誘發物、綁架無辜家庭、爲了陷害我而打爛一個男人的腦袋。這無疑是一條陡坡，而生物人一開始下滑就不懂得要停步。

「那麼他們持有多少超級突變誘發物？」我問。「可以造成多大的傷亡？我們要如何阻止他們，如何救回布利克一家人？」

「問題眞多，馬克。」

「在評估整體情況之前不能擬定任務指令。」

葛林曼從口袋中拉出一條資料管。「這是查格夾帶在你手指裡的資料備份。」他將資料管插入牆上的讀取終端機內。一道化學分子式出現在螢幕上，不過並非以地球文字寫成。

「幸運的是，製造提煉他們需要的超級突變誘發物要花時間。查格估計他們還要十二個小時才能取得足夠的劑量產生他們預期的大規模效應。」

我開始倒數計時，不到一天之後就會開始有成千上萬的人相繼死亡。

「你們可以製作中和劑嗎？」我問，心知如果這個問題的答案是「可以」，我們現在根本不會在這裡交談。

「我們已經開始製作，但是沒有霍特提供最後成分，解藥不會有用。」

「霍特在你們手上的時候，爲什麼你們沒有製作中和劑？」我問。「當作預防措施。」

「我們不希望讓那個孩子承受不必要的痛苦。」他說。

他的語氣以及噘起嘴唇的模樣啓動了我的模擬直覺。「眞正的原因是什麼，艾伯納？」

他微微一笑。當然，他那張小嘴也只能微笑。「你比你想像的還要聰明。」他說。

「也不是。」我回應。「有些事情就是很明顯。」

「任何自霍特體內產生的中和劑都會在人類身上產生突變誘發物的抗體。這會延遲原先就很曠日費時的融入過程，或許會讓我們的時程表延誤七或八個世代。」

我猜也是如此。儘管葛林曼試圖給我載入這個冠冕堂皇的殖民故事，我卻知道生物人，不管是人類還是外星人，通常都有自私的動機。他們也無可奈何，那是他們的天性。

「我們在他們製作更多突變誘發物前找出霍特。」我說。「你製作你的中和劑，然後告訴他們如果他們使用他們的誘發物，你就使用你的中和劑。這樣會造成僵局，但是可以解決問題。」

「我就是這個主意，馬克。」

他按下一個按鈕，螢幕上出現一幅帝國城的地圖。地圖拉近到繁忙的帝國城中心幾條街道上。這個區域名爲核心區，整個帝國城就是從這個地方如同鐵鏽一般向外擴散。幾間重要的經濟以及科技公司都將總部設於此區。這裡還有十間不同的工廠。核心區是一個社會精英與貧民共存的地方，儘管富有生意人只有在下車進入警戒森嚴的辦公大樓之時會短暫地與貧民接觸。城內所有重要的事情都是在核心區裡上演，或至少會沾上邊。政府治理則除外，不過，說眞的，政府什麼時候做過任何有用的事情了？

「這棟就是你逃出來的建築。根據查格提供的線索，這是異議份子旗下唯一擁有精煉突變誘發物的必要裝備的設施。」

這是個藏身的好地點。交通不分日夜，川流不息，人行道上聚集大量公民，數十棟建築物全部擠在一起。異議份子的行動可以徹底掩沒在喧囂之中。

「霍特就在那裡。」我說。

「是的，而且查格認爲他們不太可能會移動他。就算他們懷疑我們知道這間設施，移動他還是會延遲進度。我們無法肯定查格的假設是否正確。」

「只有一個方法能弄清楚。你有一群手下，艾伯納。越早行動，事情就越早解決。」

「我們不能就這樣正面出擊，風險太高了。」

「你不是說他們不會傷害布利克一家人。」

「他們不會，我指的是其他朝聖者的風險。我們不能全面開戰，這樣會吸引太多目光，身分曝光的機率太高了。截至目前爲止，我們都是在台面下衝突，而我們所有人都希望事情繼續保持在台面下。」

「你們不能繼續維持現狀了，艾伯納。如果你們尊重生命，不想看見任何不必要的死亡，那麼我們現在就去結束一切。如果這麼做會讓你們陰謀敗露，你們也該承擔這個風險。」

「我希望事情有那麼簡單，馬克。你以爲我沒有考慮過這麼做嗎？但是，請了解，就算我認爲這是最好的處理方式，我還是必須向高層回報。」

「我不需要。」

葛林曼皺眉。他有牙齒，小小尖銳的森白利齒。

「你讓我的處境非常尷尬，馬克。我喜歡你，但如果不能信任你，我就不能讓你帶著這些資訊離開。」

他雙眼閃爍，令我浮上半空。他試圖表現得從容，但是他的觸角瘋狂抽動。舉起七百一十六磅重的機器人需要大量的靈動能量。

該是看看露西雅的創意是否足以將他逼到極限的時候了。我啓動重力鉗，突如其來的下墜力道顯然超出葛林曼的能力範圍。他沒想到我有這招。我墜落地面，他的腦袋猛力後仰，整個人摔下椅子。

我沒有辦法估計他會在地上躺多久。我必須儘快解決此事。我關閉重力鉗，因爲它會妨礙我的動作。我掀開桌子，一把抓住那個小傢伙的喉嚨，將他提起。他超小的鼻孔中流下綠色的血液。

他的雙眼綻放金光。我還沒來得及啓動重力鉗就已經遭到靈動能量攻擊。我飛身而出，摔在房間的另外一邊。我沒有放手，所以葛林曼也跟我一起摔了過來。我撞入帝國城模型，將之壓扁。艾伯納釋放隱形的能量，把我甩向天花板，然後固定在上面。

指節疾衝而入，甚至不等房門完全滑開就迫不及待地打了個洞進來。他身後跟著三名葛林曼的手下。沒有人發射光線槍，在我緊握他們老闆喉嚨的時候沒人膽敢造次。

我本來可以重新啓動重力鉗，但是葛林曼或許會被壓在我跟地板之間。儘管擁有了不起的超能力，他依然是個脆弱的小生物人。我不想殺他。倒不是說我關心他，只是長遠看來這樣做沒有多大的好處。

葛林曼目光閃動，增強壓力。天花板出現裂縫，隨時可能坍塌。眞不知道他能把我推到什麼地步？但是隨著他增強壓力，我也跟著越握越緊。他的眼睛幾乎要從腦袋上跳出來了。

「你不會撐得比我久的，」我說。「不要逼我殺你。」

「你不可能在還能運作的情況下逃離此地。」他咬牙說道。

「我不想拿你的性命當賭注，艾伯納。」

葛林曼觸角抽動，我們緩緩降落地面。他的手下舉起光線槍，不過我並不怎麼擔心。這裡我只擔心一個人：葛雷。而我認爲如果他在的話，早就已經出現了。葛林曼過於托大，他覺得自己能夠擺平我，但要不是有露西雅的科技魔法幫忙，只怕我早已被他擺平。我一定要記得謝謝她。

指節原地猶疑，在兩個相互牴觸的指令間掙扎。一：痛毆我一頓。二：不讓他的老闆脖子折斷。

「命令他們退下。」我說。

「你這個白痴，」葛林曼喘息道。「你以爲你可以安然脫身？你知道我是誰嗎？這整座城市都是我的！」

「好吧，我猜這就表示只要我還抓著你的喉嚨，我就是世界之王。」我搖了搖他，提醒他現今狀況。當然，他可以把我在房間裡甩來甩去，但是這樣不能阻止我馬達組件輕輕一抽，當場折斷他的喉嚨。

「退下。」葛林曼說。「退下，可惡。」

指節奉命行事，不過依然保持戰鬥狀態。至於那些打手我則不加理會，如果他們有什麼扳回一城的好方法，此刻早已拿出來用了。

「你知道我剛剛了解了什麼嗎，艾伯納？」我說。「你根本謊話連篇。你說什麼道德，什麼關心地球人，那都只是說說而已。沒錯，你不會對全城的人下毒，因爲這樣你可以假裝是好人，不過你不是。我在想或許林哥並非意外發現那些檔案的，或許你沒想到是他，但是你知道遲早會有人偷走那些資料。你只要慢慢等待有人發現它們，並且想出加以利用的方法。你任由他們偷走資料，然後做做樣子阻止他們，當人們開始死亡時，你就表現出一切都是一場悲劇的樣子。好處都歸你，壞事別人扛。」

「你什麼都不知道，你這個有缺陷的——」

我一把捏閉了他的氣道。我不知道他的骨骼密度，這一捏很可能會捏斷他的脊椎，但是我毫不在乎。

我走到讀取終端機前，退出資料管，塞入外套內袋。

「我要離開這裡。」我說。「如果我掃描到任何人接近我周遭十呎的範圍內……」我又搖了搖葛林曼，一方面爲了提醒他目前處境，一方面也是因爲我開始喜歡上搖晃過後他那個鬥雞眼的模樣。「我說得夠清楚嗎？」

我放鬆手指，讓他可以勉力地回應。「你以爲你可以就這樣走出去？」他淺淺吸了一口氣。「你以爲我會放過任何這樣對我的人？」

「閉嘴，艾伯納。」

艾伯納．葛林曼或許是帝國城的幕後重要推手，但此刻他是生死掌控在我手中的濕黏生物。他閉嘴，並瞇起一雙魚眼，我知道此事終究會有後患，但是我可以晚點再來處理。

「我來的時候看到一輛旋翼車，藍綠色的大黃蜂，誰有那輛寶貝的鑰匙盤？」

眾人找出鑰匙給我。指節一直與我保持十一呎的距離，但是除非葛林曼下令，不然不會輕舉妄動。而葛林曼連呼吸都有困難，自然不會下令。沒有人試圖阻止我，他們也沒有蠢到來阻止我。

大黃蜂順利啓動，三組旋翼轟隆作響。它們沒有必要發出這麼大的噪音，但好車就是應該要這麼吵。我收起起落架，關閉高度調節器，大黃蜂撞上地板。

葛林曼露出吃痛的神情。「可惡，你這台愚蠢的過時產品，你知道這輛車值多少錢嗎？」

「比三秒鐘前少幾百塊。」我回答。

我輕踏踏板，車輛升空。我一邊抓緊葛林曼，一邊努力換檔。

「單手駕駛旋翼車可不容易。」他邊喘邊笑。

我不知道他爲什麼要笑，這樣做只會給我更多殺他的動機。

「我有辦法的，艾伯納。」我轉向站得最近的一名打手。「打開大門。」這些傢伙就連換個內褲都要請示葛林曼，於是該名打手看向老闆徵詢許可。在他得到許可之前，一陣低沉的共鳴撼動整座倉庫，沒過多久聲音就大到足以讓平穩堆疊的箱子倒塌。

葛林曼說：「他們不敢這麼做。」我可以從他兩隻瞪大得像兩把點四五手槍般的大眼中看出他們敢這麼做，而且已經做了。

強光自倉庫的窗戶外面灑入，明亮如同白晝，眩目刺眼。室溫開始以每秒三點六度的速度上升。生物人開始流汗咳嗽，濕答答的皮膚上冒出蒸汽。指節脖子上的一條油管爆裂，噴灑出一道黑液噴泉。葛林曼滑順的綠皮膚顏色變暗，並且冒出水泡。

「帶我離開。」他喘息道。「現在就走。」

我應該把他丟出大黃蜂，讓他跟他手下一起燃燒，但是我沒這麼做。除了當時沒想到要這麼做外，我沒有其他理由。他忙著自救，不會造成威脅，於是我將他丟在乘客座上，然後在不壓爛加速鈕的情況下用力壓了下去。大黃蜂直衝向前。沒時間去管大門了，於是我直接撞了上去。這輛旋翼車機體堅固、速度驚人，我們輕輕鬆鬆穿門而過。不過它撞爛了一顆大燈，擋風玻璃也裂了。

我差點撞上一輛停在路邊的大型車輛。我猛轉方向盤，重踩高度踏板，終於逃過一劫。大黃蜂擦撞車頂，我幾乎失去控制。右側機身下斜四十三度，葛林曼在車內彈來彈去。

在帝國城中飛行不是一件容易的事情。一旦離開規畫好的公民飛行區，你就會進入充滿清潔機、自動交通工具以及摩天大樓等阻礙的天空。三架一組的清潔機進入我的航道，我反應不及，撞上其中一台。我撞穿對方機身。大黃蜂尾端外殼被對方的氣囊架框畫花了幾處，不過沒有受到其他損傷。那台工作機器人開始下墜，緊急反重力系統確保它不會墜落地面。

我一邊加速一邊掃描後照鏡。

倉庫上方飄浮著一艘母艦。

那是一艘約有一個街區大小的飛碟，表面布滿數百個閃爍光點，看起來比夜空還要明亮。眞正的光線來源來自三條二十呎長的觸角，每一條都激射光芒，朝下指向倉庫，順著飛碟外沿迅速轉動，在天上留下亮眼的白色電光。

一艘天殺的母艦。

看來朝聖者的地下戰爭已經徹底浮上台面了。

葛林曼口吐一連串不存在於我的字典庫中的外星語言，但是我了解它們的意思。「那些白痴，他們會摧毀一切的，我們努力建立的一切。」

母艦光芒大作，倉庫當即消失在一道橘綠色的烈焰之中。本來爆炸聲肯定震耳欲聾，不過幸運的是，飛碟將爆炸的威力控制在一道能量力場中，藉以降低間接傷害。一些高分貝的聲響還是傳入我的音訊裝置中，導致我兩秒內只聽得見雜音。

我緊急煞車。大黃蜂劇震，葛林曼的腦袋撞上儀表板。你以爲到了這個地步他應該知道要繫安全帶，但是由於我有點享受錄下他撞來撞去的模樣，我沒有提醒他。

「可惡，密卡頓。你到底會不會開車？」

「抱歉。」我說。「沒有眞的開過旋翼車，只有考駕照的時候看過操作手冊。」

我以爲母艦完成任務之後就會離開，沒道理讓它飄在天上給城裡的地球人看。他們不是很聰明的生物，但是就連他們也看得出來事情不對勁了。飛碟依然飄在冒煙的大坑上方。

「離開這裡，你這個白痴。」葛林曼咬牙說道。

大黃蜂的雷達嗶嗶作響，螢幕上出現「鎖定」兩個大大的紅字。

「糟了。」我說。

數架敵機迅速自母艦起飛，我對準領頭的敵機放大影像，那是一架表面光滑、雪茄造型的投射物體。太小了，不是載具，我的威脅評估器將之辨識爲飛彈。

母艦加速離開，在一道閃光中消失於天際。七枚飛彈留下，繼續順著攔截航道急速飛行。對方注意到我們逃脫了，並不打算讓我們如此輕易離去。

我掉轉大黃蜂，車速破錶，但是一輛旋翼車絕不可能逃出多遠。

葛林曼打開車內置物箱，按下一個祕密按鈕。大黃蜂的螺旋槳收起，一根火箭推進器冒出機尾。這是非法天空飆車改裝，但現在不是抱怨的時候。

「衝啊，密卡頓。」

我用力壓下加速器。大黃蜂的火箭噴出藍色火焰，時速錶瞬間增加到時速四百哩，並且持續轉動。我的反射模組讓我們不致撞上任何東西。我衝過一片摩天大樓的汪洋，越過一座天橋下方，避開空道堵塞。

雷達告訴我那些飛彈還在持續逼近。我沒有冒險移動目光去看它們有多接近，但是警告聲響越來越大聲，也越來越急促。

「說話，艾伯納。」我說。「我需要參數，這些是什麼東西？」

他回頭看了一眼。「高衝擊魚雷機器人。」

「魚雷？我以爲你們是殖民拓荒者。」

「自衛用途。」他立刻說道。「以防萬一，銀河系是個危險的地方。」

「甩得掉嗎？」

「有難度。它們的追蹤系統基本上絕對可靠，而速子引擎讓它們比我們靈活兩倍。」

我疾向右轉，閃開一輛運輸工具。

雷達尖聲長叫。

「啓動反制機制。」葛林曼座位前方滑下一道祕密面板，他按下一個開關。大黃蜂發射一台誘餌機器人。魚雷接近到我可以偵測到它憤怒的嗡鳴聲，然後在最後十分之七秒的時候轉向追蹤誘餌而去。魚雷爆炸，衝擊波差點把大黃蜂震到失控。

「有備無患。」葛林曼說。

我的評估器根據爆炸釋放的衝擊力道計算出如果直接命中，將會對內部零件造成嚴重損傷。

「我們還有多少誘餌？」我問。

「三枚。」

雷達在另外兩枚魚雷接近時再度發出尖銳的長音。葛林曼以另外一枚誘餌引開它們。它們轉向追蹤誘餌，但是這兩枚比之前那枚聰明，很快就計算出那不是它們的目標。它們回頭繼續追擊。

「可惡，馬克。」他說。「如果你一直讓它們鎖定我們，我們肯定撐不了多久。」

「你想開車嗎？」我問。

「我不會。」

我駕駛大黃蜂急速俯衝。這是魯莽而又愚蠢的動作，因爲高度越低，天空交通流量就越大。我期待這樣做會擾亂魚雷的追蹤系統，但是它們完全沒有減速。朝聖者認爲不適合與地球人分享速子引擎科技，這些魚雷可以在不損失速度與機動能力的情況之下轉向任何角度。

「你不會開車？」我問。

「我是極度重要的人物，」葛林曼說。「不用親自駕車前往任何地方。貼著建築物飛行，不然又會被它們鎖定。」

我邊做邊學，學得很快。但我的原始設計裡沒有駕駛飛行器的功能，而且製造方向盤的人沒有考慮到手掌寬達八吋的駕駛員。雷達再度發出不開心的尖叫聲。

我側過機身緊貼一棟摩天大樓飛行，根據差異引擎建議等待五分之三秒，接著轉爲正常飛行。雷達發出開心的乒聲。

「好多了，馬克。」

「我學得快。」我說。

我將注意力集中在導航上，精準無誤地在天空中迂迴穿梭。途中有十七次差點撞上通勤車輛，還跟一輛交通工具發生擦撞。不過我沒讓我們撞車焚毀，但緊跟在後的工作機器人卻不容易擺脫，還在穩定逼近中。它們又兩度差點擊中我們，不過葛林曼剩下的兩枚誘餌誘開了它們。其中一枚擊中誘餌機器人炸毀，另外一枚沒有。我們已經用完誘餌，魚雷還剩下五枚。

「提供選項，艾伯納。」我說。

「選項？我們死定了，這就是我們的選項。」

葛林曼或許已經放棄了，但是我的編程裡沒有放棄的選項。我分析變數，擬訂出一個計畫。我放下大黃蜂的敞篷車頂，但是機械運作的速度太慢，於是我輕輕抽動馬達組件，伸手直接將車頂扯下。

「你在幹什麼？」葛林曼問。

「找尋新選項。」

我突然之間緊急爬升，他反應不及，差點跌落大黃蜂。我抓起他的小腿，將他拉回車內。

「謝了，馬克。」

「你可以安然無恙地飄回地面嗎？」我問。

「當然，只要那些魚雷沒注意到我。」他瞄向雷達螢幕。「可惡，我們失去兩枚飛彈的蹤跡了。」

「不，我們沒有。」我說。

兩枚失蹤的飛彈機器人繞過我們前方的摩天大樓。三枚尾隨在後，兩枚正面飛來。我將大黃蜂設定爲自動駕駛，隨即站起。我抓起葛林曼，估計撞擊時機，計算跳車時的投射軌道。我們有時間檢查三遍計算數據。

這些魚雷都是聰明的小渾蛋，我絕對沒有第二次機會，我等到音訊裝置裡的嗡嗡聲警告我已經太遲爲止。接著我在十分之二秒後啓動增壓器，撲向位於三十呎外、高度低於我們十五呎的自動運輸機。

大黃蜂爆炸了，我被拋向前方。我考慮過爆炸的力道，將成敗寄託在它身上，但是我還沒有機會熟悉增壓器。我計算時放錯小數點的位置了。

現實裡，一個小數點的位置就能導致截然不同的結局。

我將葛林曼緊抱胸口，迅速掠過空中。本來這段旅程應該平穩順暢的，但我失去了平衡。降落在運輸機頂之時，我的金屬雙腳突然打滑。我背部撞擊機頂，繼續滑開。就在千鈞一髮之際，我將空著那隻手的手指插入機側外殼。我掛在機側擺動。確定肩膀連接器沒有受損之後，開始往上爬。我一直抓著葛林曼，不過他並沒有受到重傷。我重播爆炸影像檔案，爆炸的威力應該不只如此。

其中一枚魚雷沒有爆炸。如果不是啞彈，就是爲防萬一而刻意迴避。

最後一枚飛彈機器人盤旋在大黃蜂最後運作位置的濃煙外圍。它顯然還沒有掃描到我們，但並不打算放棄。葛林曼壓低身形，我整個人貼緊機身。我一動不動，逐漸遠離魚雷。

「那些玩意上的追蹤系統究竟有多可靠？」我問。

「百分之三的失敗率。」

令人不安的機率，但是我們所在的天空充滿各式各樣可能的目標。

飛彈機器人突然朝向我們前進一段距離。它停在半空中，掃描三秒。接著稍微逼近，掃描兩秒。再度逼近，掃描一秒。

眞是天殺的聰明。

我衝向自動運輸機的另外一端。金屬雙腳再次成爲阻礙，導致我差點失足摔落。將來我得請露西雅幫我裝點塑膠腳底才行，只要我沒有在六秒後淪爲廢鐵。

飛彈機器人加速前進，撞上運輸機。我增壓。我沒時間掃描降落的地點，只是盲目升空，然後聽天由命。這裡距離街道足足三百呎，而且落地之前肯定會撞上其他車輛。我將葛林曼貼身抱緊，儘可能保護他脆弱的身軀。

我筆直下墜，完全無法控制方向。五十呎後，我撞上一輛旋翼車的引擎蓋。再過七十呎，我撞上另外一樣東西。沒掃描到那是什麼，總之它沒有阻止我的墜勢。城市在我的光學元件中模糊不清。

我變慢了。

要嘛就是地心引力在幫我忙，不然就是有其他外力相助。

我抓著葛林曼不放是有原因的，不光只是爲了享受看著他跟我一起墜地的惡意快感。我沒有停止下墜，但是下墜的速度轉爲一種不慌不忙的步調。葛林曼雙眼發光，我可以從他頭上鼓動的血管看出他正使勁吃奶的力量撐著我的體重。

我們不偏不倚地穿越一條空道中央，在我們通過之前差點被好幾輛旋翼車撞個正著。

他咬牙切齒地吼道：「你太重了。放開我，不然我們兩個都會摔下去的。」

「我也不想摔下去，艾伯納。我建議你儘快找個地方放我們下來。」

他嘀咕呻吟，一吋一吋吃力地朝向一座天台前進。我不確定他能撐到那裡。有一次他承受不住，我們兩個同時下墜十六呎，然後他的超能力才再度撐起我。最後，自我保護果然是最大的行爲動力，我們終於抵達目標。儘管疲憊不堪，他還是努力讓我們如同羽毛般輕輕落地。

我掃描附近區域，沒有魚雷。

我執行快速內部零件診斷程式，所有系統都處於巔峰狀態。下次見到露西雅時，一定要記得給她小費。我檢查口袋中的資料管，無法確定它還能不能讀取，不過外表完整就是了。

基於生物人會感到疲累的缺點，葛林曼大口喘息，幾乎無法站立。「馬克，我必須承認你確實很行。」

我拍拍翻領上的灰塵。遠方傳來的警笛聲表示思想庫終於有空派遣幾輛警車過來，音訊分析顯示預定抵達時間還有二十二秒。

我花了三秒的時間考慮該如何處置艾伯納．葛林曼，最簡單的做法就是殺了他。他身心俱疲，沒有辦法對我出手，不管是用心靈力量還是其他手段。儘管葛林曼幫我逃過墜毀的命運，但是我不需要他給我添麻煩。我目前任務參數裡的阻礙已經夠多了。

或許跟警方耗上幾個小時可以讓他別來煩我。我毫不懷疑他有足夠的關係解決任何法律問題，但是就連葛林曼這種人都要花時間才能打通市政廳裡所有環節。

我彎下腰去，伸出兩指拍他。沒有用全力，不過力道足以令他在地上躺平。接著我把他撿起來，然後又拍了一下。這樣做很有可能打斷他脆弱身軀裡的一、兩根肋骨，如果他有肋骨的話。

「改天見，艾伯納。」我說。

「你是一團沒用的廢鐵！」他叫道。「聽到了嗎？廢鐵！」

他一直叫到天台入口在我身後關閉的時候都還不肯閉嘴。

18

電梯抵達一樓時，警方已經派了兩名警官站在門口。露西雅的幻象裝發揮神奇的功效。我開啓大型勞動機器人的投影，在大廳裡扛起一張沒人坐的沙發，然後踏著沉重的步伐走出前門。我只是另外一台平凡的自動機器人，沒有人試圖阻擋我的去路。

我等到轉過街角之後才將沙發丟在一個公車站旁，讓等車的公民們可以坐下來休息。「市政府的美意。」我說。他們都很高興看到這張標準堅硬塑膠板凳的替代品。

我將西裝換回灰色，然後在我顯眼的機器人特徵之外覆蓋一層綠色變種人的形象。只要不跑步，我就和其他七呎高、粗脖子的綠色變種人沒什麼兩樣。我在人群中依然顯眼，但至少比我以眞實樣貌在路上走要好多了，那樣的話警方要不了多久就會發現我。現在，在他們搞清楚狀況之前我還有一點時間。

儘管天色尚早，行人已經不少，路上交通繁忙，不過還沒堵車。帝國城永不停歇，眼前已經算是一天之中最寧靜的狀況，人行道上有足夠的空間讓我這樣的大個子輕鬆行走。

一小群人聚集在一間電視店的櫥窗前，所有電視，不論大小，都在播放一群記者圍在一個原先是座倉庫，如今卻已淪爲布滿熔渣與碎石的大洞旁的影片。沒有人拍攝到清晰的母艦畫面，因爲母艦外籠罩著某種錄影扭曲裝置，不過在場目擊者眾多。一艘母艦肯定會引起注意，就算在帝國城裡也不例外。消防隊員與工作機器人朝向廢墟噴灑泡沫，那只是為了控制損害程度。沒有人能在那種攻擊中存活下來。

我沒有辦法聽見櫥窗內的聲音，但是我不需要聽。記者能夠告訴我什麼我不知道的事情？

碎石抖動，一隻機器人的手掌伸出地面。兩台工作機器人立刻飛去，開始清理附近的碎石。指節自灰燼中爬出，外殼布滿凹痕，焦黑一片，而且在漏油，不過還能運作。可惡，那些永固三型機器人真的很耐打。既然採訪指節只會得到一堆嗶聲，記者全都與他保持距離。有人帶他離開，他走每一步都搖搖晃晃，隨時有倒下的危險。他們會在他受創的關節上貼點膠帶，補好他的油管，然後他就像新的一樣了。

可惜帝國城或許不能像他一樣恢復原狀。

如今異議份子已經將衝突提升到無可避免的局面，我認為朝聖者會採取激烈的報復行動。生物人有個壞習慣，就是喜歡把彼此刺激到抓狂。首先是一艘母艦，接著是兩艘，然後四艘。要不了多久，天上可能就會充滿外星人戰艦，朝向帝國城的公民以及混在裡面的外星人發射死亡光束。這樣絕非明智的做法，但是我所有模擬狀況似乎都會邁向這個無可避免的結局。朝聖者與異議份子將會為了帝國城的命運一決生死，不管最後誰勝誰負，所有人都是輸家。

就算情勢沒有演變成全面開戰，還有異議份子的超級變種誘發物問題必須解決。再過十二個小時左右，他們就會把誘發物倒入供水系統，到時候一切就無法挽回。不論如何，這個外星人的實驗城市都將踏上自我毀滅的道路。

有人必須在一切無法挽回之前阻止他們，在數千人死於外星人戰爭或是不穩定的突變現象或是兩種情況同時發生以前。警方幫不上忙，葛林曼不願意幫忙。

就只剩下我了。

我的軍事單位編程當即啓動，開始將任務解構成幾個子目標。

第一目標：重新檢視口袋內的資料管。如果查格博士眞有那麼聰明，資料裡面或許會有一些有用的訊息。

第二目標：不擇手段進入那間實驗室。可能的話暗中潛入，必要的時候正面衝突。

第三目標：自異議份子手中帶走霍特。一旦將霍特自方程式中移除，異議份子和朝聖者都會失去自相殘殺的理由。最好能夠奪回任務目標，但是不太可能，終結目標應該是最合理的替代方案。

第三目標讓我覺得有點問題。我的邏輯架構當然不認同。第三目標沒有問題，只是一種解決方案。這是一場高風險的遊戲，一切全都繫於一個男孩的生死。奪回霍特未必能夠解決問題。只要他還活著，就可能會有人再度找上門來，利用他百萬分之一的生理特質去製造更多突變誘發物。只要他死了、永遠自方程式中移除，問題就解決了。很簡單的機率問題：一條生命比上數千條生命。面對數字的時候，一切都很合理。

我不確定自己下得了手。更糟糕的是，我不知道自己會不會不願意下手。

儘管經過謹慎評估，放過一名男孩的性命眞的比袖手旁觀數千人死亡更能在道德上站得住腳嗎？我有什麼資格判斷道德問題？我才兩歲大，直到幾天以前，我所遇上最大的道德難題就是要不要多繞一點路來矇騙車資。

我猜這就是那個自由意志異常現象在作祟。對大部分機器人而言，類似這種尷尬處境只要諮詢委派的操作員就可以解決。沒有問題，沒有疑惑。要就殺了霍特，不然就不殺，一切都只是一道美麗單純的指令。

自由意志被人過度吹捧了。

我的第一道子指令是要建立行動基地。露西雅在我光學元件閃過的地址離此不遠，我假設露西雅起碼有安排一點隱私空間，以及可供充電的插座。我很幸運，因爲那個地方就位於核心區邊緣。就和大部分巧合一樣，這根本不是巧合。異議份子想要藏身眾目睽睽之下，並且輕易地融入人群。露西雅一定跟他們抱有同樣的想法。

那個地址位於一棟少數不足一百層樓的建築中。某個胸懷大志的建築師建造了一座不等邊三角形的鋼鐵玻璃建築，並且向旁傾斜二十五度，讓它看起來像是緩緩坍塌的大樓。這肯定是一個高級場所。對街的工廠噴灑綠色的蒸汽，讓附近所有東西都染上一層綠色色調。三角大樓有一隊維修工作機器人盡職地清洗那層綠霧，金色的大樓正面沒有沾染任何霧氣。露西雅實在太誇張了。如果我把全身所有超合金拿去拍賣，把賺來的錢去付房租，或許只能夠在這裡住上一年，可能還不到。

有一台自動機器人在守門，他沒有理會任何進入大樓的人。他唯一的工作似乎就是對所有人輕觸帽沿招呼，並且讓人問路。

「早安，先生。」他說。「能爲你效勞嗎？」

我問他三一〇六辦公室在哪裡，他指引我前往三十一樓。這點我早就猜到了，但是看他那麼想幫忙，我實在不忍心不去問路。

大廳裡有幾名公民在忙他們自己的事情，還有一台工作機器人在幫地板打蠟。此外大廳空無一人。我搭乘快速電梯前往頂樓，然後利用基本推演導航法找路，最後終於在間沒有招牌的辦公室門口揮舞鑰匙盤，步入其中。

辦公室的燈光自動亮起，我掃描這間十五呎乘二十呎、沒有什麼裝潢的房間。這是一間接待室，中央擺有三張椅子以及一張新月形的金屬桌。牆壁空蕩蕩的，唯一的裝飾只有桌上的一盆蕨類盆栽。一台未啟動的自動機器人癱在桌上。

這台自動機器人看起來很像哈姆伯特，不過體形較小也較圓。他有三個輪胎，而不是兩條腿，頭上用膠帶貼著一張便條，上面寫道：「說『打嗝』。」

「打嗝。」我說。

自動機器人隨即啟動，抬起頭。「請選擇偏好的個性樣板。想看完整的偏好清單，請參閱操作手冊。」

我並不想去找本操作手冊來看，於是做出最簡單的選擇。「預設樣板。」

「收到。」

機器人上下掃描我兩遍，將我註冊爲他的新主要操作員。接著他以沙啞的女聲開口說話。

「哎呀，」她說。「你可眞難侍候啊？」這句話聽起來不像恭維也不像羞辱，語氣上相當中立。不是機器的那種中立，而是一種毫不在乎的中立。

「說出妳的名稱。」我說。

「名稱？」她頭部前傾，兩顆天空藍的光學元件瞪視著我。「你眞會講甜言蜜語。這樣吧，大情聖，你何不給我一個……」她暫停片刻，如果有嘴唇的話一定已經露出諷刺的微笑。「……名稱。這樣你比較好記。」

「名稱：夏娃。」

她沒辦法翻轉光學元件，於是她直接翻轉腦袋。「喔，眞是原創呀。你一定花了百萬分之一秒才想出來的吧？」

我早該想到露西雅不會採用正常的「肯定/否定」個性預設樣板。或許重設夏娃，選取比較服從的個性樣板才是明智的做法，但是這樣做或許會引來更多麻煩。再說，只因爲我不喜歡她的態度就叫她重設個性樣板讓我有種僞善的感覺。

「你一定是密卡頓。」她說著從辦公桌後轉動輪胎出來。「讓我帶你參觀你的新辦公室。」

「這不是我的辦公室。」我說。

「不是正式的辦公室。」她說。「暫時還不是。這是露西雅爲你準備的，想要給你一個驚喜。她說好偵探要搭配好辦公室。所以，要參觀嗎？沙發在那裡，接待桌在那裡。這扇門通往你的私人辦公室，請跟我來，先生。」

私人辦公室比接待室大上三倍。裡面有另外一張沙發、辦公桌，以及沿著牆壁擺放的空櫃子。大窗戶帶有一種特殊光澤，將室外的綠光轉化爲金色光芒。空間在帝國城裡十分寶貴，特別是核心區，這裡必定花了露西雅不少錢。

「太昂貴了。」我說。

「是的，的確昂貴。她本來是爲了應付法律要求把這裡當作辦公地址的，儘管她已經不需要辦公了，租約卻還要一年才會到期。反正擺著也是浪費，你就拿去用吧。本來她打算整理好了再帶你來，但是情況迫使這裡必須提前曝光。」

她旋轉一圈，漫不經心地揮舞手臂。「很驚喜吧！我本來應該烤個蛋糕的，不過你不會吃，我也不會烤。我最後一次資料更新是十八小時之前，所以可以建議請你提供最新狀況嗎？」她聳肩。「讓我能夠提供更佳的服務。」

我向她報告所有相關的資訊。

「更新紀錄完成。」她說。「好哇，你把情況搞得一團糟啦？順便一提，幻象裝可以關了。這扇窗戶是單向的。」

我關閉全像投影。

「老天，你眞是一台壯碩實用的野蠻機器人。」她說。我無法解析這算是恭維還是羞辱，但是已經開始懷疑她有沒有恭維他人這項功能了。

「這間辦公室應該可以滿足你的基本需求。」夏娃說。「我們有電話、充電插座，而且辦公室是登記在企業名下，所以不太可能會有人想要來這裡找你。另外，這裡還有一些像你這種愛惹麻煩的機器人可能用得上的設施。」

她比向一個櫃子，啓動遙控開關。櫃子滑向一旁，露出其後的修復艙。「全自動的。」她說。「能夠執行最高層級的維修保養。」

她比向另外一排空櫃子，櫃子滑開之後露出一整架的小裝置和小道具。夏娃指向其中幾樣。「幻象裝備用電池、門鎖超載裝置、指向性麥克風等等。報告完畢，有問題嗎？」

我自外套口袋中取出資料管。「妳不會剛好有台讀取器吧，是嗎？」

「辦公桌有內建資料管讀取器。」她朝向接待桌移動。「需要什麼的話，你知道上哪找我，老闆。」

「妳可以叫我馬克。」我說。

她越過門檻，轉身面對我。「喔，我知道可以，但我寧願不要。」房門隨即關閉。

我將資料管插入讀取終端機。資料管下載資料時，桌面上升起一台螢幕。我瀏覽查格博士提供的部分資料。要看的東西太多了。查格給了我藍圖、交貨時程、進入點、監視以及安全系統資料。儘管我肯定異議份子已經更改出入密碼並且提高警戒層級，這根資料管裡依然包含了許多有用的資料。或許足夠讓我這麼聰明的伯特機器人擬訂出一個計畫。但是我依然只是一台伯特機器人。

我壓下對講機按鈕。「夏娃，我要打個電話。」

「右手邊第三個開關。」

我按下開關，桌面上冒出一台電話。

「電話簿在左邊最下面的抽屜。」她說。「如果電話上的紅燈開始閃爍，表示有人在追蹤電話或是竊聽。」

「謝謝。」

「我的榮幸。」雖然她的發聲器並沒有讓這句話聽起來有任何榮幸的意味。

我不需要電話簿，那個電話號碼已經記錄在我的記憶矩陣裡。我拿起電話，撥打號碼。我以爲會轉接答錄機，但是三聲鈴響過後，一頭神智不清的猩猩接起電話。

19

現在葛雷的蠕蟲對我的影響已經微乎其微。我可以去找警方，將兩天來所記錄的資料傳給他們，將外星人陰謀的鐵證播給全世界的人看。我不知道這項陰謀涉及的層級有多高，朝聖者或異議份子究竟掌握了多少帝國城政府內部運作。我願意相信山切斯，只要他決定出面，就有可能將這些資訊用在正確的地方。但他只是個警察，在缺乏強大火力支援的情況之下，應付此事的能力未必比我好到哪裡去。我不需要更多未知的變數。所以暫時先排除山切斯，於是只剩下兩個可信的人選。

祖恩佔據了半張辦公室沙發，哈姆伯特佔據了三分之一。

「環境不錯，馬克。」祖恩說。「裝潢一下更好。」

「我不會要這間辦公室。」我說。

「你當然會。」夏娃說道。我的祕書機器人一手拿著咖啡壺、另一手拿著超大馬克杯滑了進來。祖恩早上需要很多咖啡才能清醒。她幫他倒了滿滿一杯。

「喝吧，親愛的。」她說。「想要點別的嗎？或許來些點心？」

「不，這樣夠了。」祖恩咕嚕咕嚕喝下一整杯咖啡，夏娃又幫他倒滿。

「我把咖啡壺留在這，親愛的。」

他嘟噥一聲，將杯子放到嘴邊。

「我的榮幸。需要什麼的話，老闆，我就在——」

「妳辦公桌那裡，我知道。」

「到底怎麼回事，馬克？」祖恩問。

我花了四分鐘的時間對他全盤托出，說完之後，他眼睛都沒眨一下。

「火星人，呃？」他說。

「他們不是火星人。」

「還不都一樣。」他放下第八杯咖啡。「聽起來事態嚴重。」

「確實嚴重。」我說。「如果你不打算涉入……」

「看來我已經涉入了，馬克。整座帝國城的人不能置身事外。」

「我根據查格博士的資料進行風險評估。以機率來講，賭賭看會不會產生嚴重突變的可能會比幫助我安全。」

「你知道我的，馬克。我是生物人。」他聳肩。「我們一點也不在乎機率。」

「我也要參加，馬克。」哈姆伯特說。

「謝謝。」

「別謝我，謝謝我老闆，她下達指示要我竭盡所能幫助你。」

「那麼你有計畫了嗎？」祖恩問。

「還沒，但我在想了。哈姆伯特，想要成功就需要強大的火力。露西雅有適當的武器嗎？」

「多強大？」

「會造成很多間接傷害的那種。」我回應。「又大又吵又有效，但是要能隨身攜帶。」

「我剛好就有這種東西，在實驗室裡。她在幫政府修改那種武器，不過修改到威力有點太強了。最後把它交給政府的人或許不是個好主意。」

「聽起來正合適，可以把它帶來嗎？」

「當然可以。就像我說的，竭盡所能。我家小姐的命令。」

我將幻象裝設定爲炭黑色，然後切換我的變種人全像投影。「我晚點回來。」

「你去哪？」祖恩問。

「偵察情況。」

「我跟你去。」

「留下來比較明智。」我說。

「或許。」祖恩自架子上抓起帽子與外套。「不過我要跟你去。」

二十一分鐘過後，祖恩和我站在十二面體街跟畢達哥拉斯街的街角。早上九點十一分，核心區已經開始忙碌的一天。我們只是洶湧人潮中的兩個普通人，不過一隻闊肩大猩猩和一具笨重的伯特機器人在人行道上佔據了相當大的空間。由於沒在走動，我們有點像是擋路的障礙物。

他打量著卡特中心，一棟由鋼鐵與玻璃組成的大樓。「那就是火星侵略者的祕密實驗室？」

「他們不是火星人，」我說。「而且他們也不是在侵略地球。不過沒錯，就是這裡。」

這地方沒有什麼引人注目的特色，只是一棟七十六樓高的建築物。核心區裡任何少於一百五十層樓高的建築物肯定都有古怪。

「前五十層樓都租給不知情的生意人。」我說。「爲了避免旁人起疑，異議份子只使用上面的二十六層，還有祕密地下室。」

我緩緩掃描建築外觀，和祖恩花了二十分鐘環繞大樓一圈。

「計畫擬定好了沒，馬克？」祖恩問。

「這個嘛，好消息是查格博士提供的資料正確無誤。」

「壞消息呢？」

「壞消息是查格博士提供的資料正確無誤。他沒有忽略任何細節，至少沒有忽略大樓外觀上的細節。這表示內部細節也有可能全數正確。」

「那就是沒計畫了？」

「喔，我有計畫。」我回應。

「太好了，你可以都告訴我。先等我買條熱狗。」他穿越馬路，跑到人行道上的一個攤販前。

我掃描大樓。對一名意志堅定的伯特機器人而言，要進去並不困難，但是上一次我差點就被拆了。我在毫無準備的情況下進去，缺乏恰當的武器與必要的資訊。儘管此刻我已經知道對方的實力，並且花了點時間預先準備，差異引擎依然建議我放棄任務。我沒有理由不放棄，我不是生物人。不管朝聖者打算如何收拾這個爛攤子，我都沒有理由跑去讓人拆。太不合理，但我還是來了，準備好要跳入垃圾堆。當我的邏輯架構努力想要了解我下達給任務參數的非理性指令的時候，一台機器人伸手碰了碰我的肩膀。

對方是指節。他頸部關節上的油管已經修補完畢，外殼上的凹痕比我上次記錄時還要多，但是他就和往常一樣強壯。永固三型發出嗶聲。

葛雷站在他身旁。「哈囉，馬克。」

威脅評估器將這個生物人標示為立即威脅，於是我趁他有機會使用電動心靈傳動能力前試圖在大庭廣眾之下打掉他的腦袋。他雙眼閃爍，我的拳頭在他鼻子前方一吋處凝止不前。我並不驚訝，但是我非嘗試不可。他伸出一指搭在我的手上，輕輕將之推回我身側。

「好哇，你眞是個僞裝大師，」葛雷說。「很棒的全像投影。女朋友給你的？」

「你怎麼找到我的？」

他輕拍自己腦側。「內建追蹤器。通常要在數千輛旋翼車裡找出某輛旋翼車或是找到某台電視並沒有這麼容易，但是想要查出像你這麼……你們是怎麼說的……獨特的機器簡直易如反掌。就連全像投影都瞞不過我。」

祖恩站在馬路對面，等待燈號改變。我對他搖了搖頭。他留在原地，葛雷似乎沒注意。

葛雷開始移動。「跟我們來，馬克。」

我不情願地踏出一步，接著成功地覆蓋他對我馬達組件的操控指令，沒有繼續前進。他看起來有點驚訝。

「是呀，你眞是獨特的硬體。」葛雷說。「不過影響不大。」

他眼中光芒大盛，我的雙腳開始自動行走。我還沒有排除他植入我體內的蠕蟲，但是我取得足夠的機械控制將步行的速度放慢到龜速。或許再過十二個小時左右我就可以完全擺脫他的影響，此時此刻只能跟著他走。我的移動速度觸怒了指節，他以高速列車般的力道推我。附近的行人察覺情況不對，不過沒人打算出面干涉，大家都垂下目光，遠離我們。

「要去哪裡？」我問。

「別擔心，馬克。不遠。」

不情不願地走了八十四步後，葛雷與指節控制我轉入一條小巷子。有三名流浪漢住在一個垃圾箱後面。葛雷丟給他們幾塊錢，叫他們滾開。帝國城的小巷子裡發生過許多不愉快的事，我可以合理假設流浪漢已經將收錢滾開的藝術提升到完美的境界。

「你把葛林曼惹毛了。」葛雷說。「從未見過老闆如此……怎麼說的……惱怒。」

我試圖朝向葛雷跨出一步，成功了。但是動作緩慢，步伐沉重，絕不可能逮到機會攻擊他。而且指節的機器手還像把鉗得太緊的老虎鉗般緊扣我的手臂。

「你不知道現在的情況嗎？」我問。

「不很清楚。」葛雷聳肩。「我不是很在乎。我有工作要做，而我打算做好工作。」

「會死很多人。」

「每天都有人死。」他向指節點頭。「請讓我們的客人更舒服點。」

指節狠狠踢中我的右膝關節。正常情況下這一腳無法將我踢倒，但是在葛雷胡攪我的系統的情況下，我當即一膝跪倒。

「你知道我想不透什麼嗎，馬克？」葛雷說。「你是聰明的伯特機器人，誰在乎幾千個蠢蛋背上長出心臟來？好像這是什麼大事一樣？這座城市裡根本沒人在乎其他人。」他指向巷口以及後面擁擠的街道。「你以爲有任何人會願意爲你犯險嗎？即使只要轉頭看看就好？不，這是個殘酷的世界，除了你之外，所有人似乎都已經了解這一點。現在，你該覺悟了。」

他自口袋中取出一塊發光的金屬方塊，放在地上。一道葛林曼的等比例全像投影投射而出，飄在空中，葛林曼跟我目光平視。

「艾伯納，你這個虛僞的渾蛋。」我說。

他面無表情。「原諒我不能聽從故障機器人提供的道德建議。要開始了嗎，葛雷？」

葛雷輕彈手指。指節一拳擊中我的頭，由於關節鎖定的緣故，我馬上倒地。

「我聽說機器人不會像生物人一樣感到痛苦，也聽說你的外殼刀槍不入。」葛林曼說。「不過我希望你能感到羞辱。」

指節開始毆打我。他的手臂像電鑽一般不斷攻擊我的合金，金屬交擊聲震耳欲聾，但葛雷說得對，街上甚至沒有人多看我一眼。三分鐘後，我全身外殼凹陷，趴在地上。他沒有造成眞正的損傷，不過他花了四十五秒的時間攻擊我的左肩，降低了一點運作效能。

葛林曼終於看膩了。「夠了，葛雷。」

我試圖起身。指節好心地扶我起來，將我用力推向牆壁。

「我救了你一命，艾伯納。」我說。

「那是你的錯。」他說。「拆了他。」

葛雷微笑，眼泛綠光，指尖冒出火花。「別擔心，馬克。你不會有感覺的。」

指節夾起我的手臂，將我推回地上。我沒有施力點，也沒有抵抗的行動能力，只能跪倒在地任人宰割。

一條帶有條紋的身影突然竄入小巷。對方體形巨大、行動迅速，瞬間撲到葛雷身上。在他有機會反應以前，祖恩將他高高舉起，甩去撞牆。長埋體內的本能此刻爆發，他捶打胸口，放聲吼叫。葛雷把手伸到外套裡，但沒有機會拔出武器。在所有深藏心中的原始野性驅使下，祖恩跳到葛雷身上，葛雷開始尖叫。我以爲祖恩會朝葛雷的喉嚨一口咬下，結果他卻拿把瓦解棒干擾葛雷的超能力。葛雷軟癱在地。整場打鬥幾乎在開始的時候就已經結束。四秒鐘。如果祖恩決定動手殺他而不是擊昏他的話，過程還會更短。

指節放開我，衝向祖恩。瓦解棒對機器人無效，於是祖恩試圖和自動機器人硬碰硬。指節後退一吋，擊中祖恩。巨大的靈長目動物摔倒在地，指節準備取他性命。

我趁機出拳，他跌向一邊。

瓦解棒會擾亂目標的神經系統。不但能夠癱瘓目標，同時還能削弱對方的靈動能力。

「你沒事吧？」我問祖恩。

「死不了。對了，你欠我一條熱狗。」

指節嗶了一聲，朝我前進。

「等我一下，」我說。「應該不用多久。」

永固三型機器人跟我緩緩接近對方。「最後一次離開的機會。」我說。並不是說他眞的有機會離開，但至少我給了機會。

他試圖揮拳打我，但是我揮手架開，隨即將整條前臂插入他的頭部。緊接著我又在他胸口連戳兩下，進一步使他失去平衡。最後補上一記上鉤拳，他隨即向後倒地。

他扭動掙扎，試圖再度起身。這樣下去會沒完沒了。雖然指節不是我的對手，但是機器人不會疲累，更不會放棄。

爲了不讓他起身繼續攻擊，我一腳踏上他的胸口。這樣做不能讓他永遠躺平。永固三型的外殼很厚，如果剛出廠不久，得要費點工夫才能打穿外殼。指節的外殼布滿壓力裂縫，我的光學元件偵測到脆弱點。我彎下身，一拳擊穿他的腹部，在精密的內部零件之中摸索，最後抓住想找的東西。

他發出嗶聲。

我扯出他的電池，他立刻下線。

「抱歉，老兄。」我說。「我知道你沒得選擇。」我將電池丟入垃圾箱。

我轉向葛林曼的全像投影。「等我一下，艾伯納。我待會兒回來。」

我抓起葛雷軟癱的身體使勁搖晃，直到他雙眼恢復焦點。「有人在家嗎？聽見的話就咯咯叫。」

他呻吟了一聲，就當是好了。

我伸出手掌，祖恩將瓦解棒交給我。我將棒子頂在葛雷脖子上。

「你知道近期研究報告指出被瓦解棒攻擊一下不會有事，一小時內被電兩下也不會有大礙。」

我按下按鈕，他抽搐不已。

「他們說五分鐘內中三下就會導致永久性神經傷害了。」

我再度按下按鈕。他雙眼上翻，口水自嘴角流下。我搖晃他，直到他的眼睛又翻回來，這下我可以確定他有專心在聽我說話了。

「四下或許會要你的命。」我說。「或至少讓你希望自己死了。」

他口齒不清地嘟噥幾句，眼中浮現懼色。

「出院之後，我建議你考慮以下方程式：用你對我系統的微弱控制百分比除以我的耐心指數，將結果乘以〇，你就會得到下次見面我不會動手殺你的機率。了解了嗎？」

葛雷以勉強算是點頭的動作搖晃腦袋。

「很高興我們把話說清楚了。」

我又壓了一下瓦解棒的按鈕，他已經沒有力氣繼續抽搐了。他目光呆滯，不過還有呼吸。

我轉向葛林曼，只見他一臉輕蔑地瞪著我看。

「我會做好你該做的事情，艾伯納。」我說。「建議你不要阻攔我。」

我一腳踩扁投影器，他隨即消失。

祖恩伸爪比向葛雷。「要叫救護車嗎？」

「等一等。你這瓦解棒哪裡來的？」

「買了一陣子了，開計程車有時候是件很危險的工作。」他將瓦解棒放回口袋，一邊抓頭一邊露出吃痛的神情。「但從沒派上用場。你最近遇上的人都很有趣。」

「偵探工作就是如此。」我說。「有機會遇上一些最有趣的公民。」

「聽起來很好玩。」

「很好笑。」

「你又不會笑。」

「我笑在心裡。」

我們朝向馬路前進。

「所以這下你變成偵探了？」他問。

「我想是，總比開計程車好。」

「等我們拯救全城之後，」祖恩問。「你想你會需要個夥伴嗎？」

「這工作很危險。」我說。

「總比開計程車好。」

20

「讓我搞清楚，」祖恩說。「你的計畫基本上就是你直闖異議份子實驗室，讓我和哈姆伯特趁亂偷偷潛入，救出茱莉與愛普羅，然後離開？」

「正是如此。」我說。

祖恩與哈姆伯特懷疑地對看一眼。

「我不知道，馬克。」祖恩說。「聽起來有點樂觀。」

「是呀，」哈姆伯特說。「我得說這個計畫似乎完全沒有考慮可行的機率。沒有不敬的意思。」

「沒有關係。」我回應。

祖恩靠回沙發。「弄錯的話請糾正我，不過你上一次進入實驗室的時候不是差點被拆了嗎？」

「沒錯。」我說。

「而那還是在佔有突襲優勢的情況下，」祖恩說。「如果你從正門闖入，他們很可能會事先防備。」

「我就是想要這樣。」

「你就是想要被拆掉？」

「我就是想要集中他們的火力。」

「而我和哈姆伯特就趁這個機會大搖大擺地進去解救兩名囚犯？」

「只有這個方法了。他們把茱莉、愛普羅跟霍特分開囚禁，兩個任務目標表示我們必須分頭行事。」我指著螢幕上的地圖。「我把簡單的任務派給你們。異議份子不在乎茱莉和愛普羅，囚禁她們的原因只是沒有理由殺害她們。根據這裡的資料，她們被關在六十樓的低警戒拘留室裡。我的進攻將會引開更多人手，剩下的應該難不倒你們。」

「那你會先打個電話過去很有禮貌地請他們不要對我們開槍嗎？」祖恩問。

「你們會有偽裝。我會從記憶矩陣裡下載維修制服與安全證件的樣式交給哈姆伯特，他會弄出能夠複製這種偽裝的幻象裝。」

「我家小姐有一台機器可以處理一切，」哈姆伯特說。「只要輸入我們的尺寸，然後交給它就好了。應該要不了一個小時。」

「有了幻象裝，你們應該可以通過一般安檢。至少能抵達茱莉與愛普羅所在的六十樓拘留室。」

「應該？」

「沒有什麼是百分之百保證的。」

「萬一安檢比較嚴格呢？」祖恩問。

「他們應該忙得沒有心思去管兩個清潔工。」

「你確定嗎？」

「相信我。當我專心製造騷動的時候，絕對很能使人分心。」

「好吧，我說過要參與的，所以算我一份。假設你的計畫可行，可以引開他們的火力，那你打算要怎麼帶那個男孩離開？」

「別擔心，」我說。「那是我的任務。」

祖恩湊向前來。「一旦情況危急，異議份子寧願殺死霍特也不會讓他落入敵人手中，進而製造中和劑。」

「沒錯。」

他繼續向前湊，手指指節頂在咖啡桌上，以免自己摔下沙發。「你或許有刀槍不入的合金守護，但是他沒有。」

「我知道。」

「那麼你打算怎麼救他出來？」

我關閉螢幕。「只要我找到他，一切就不是問題。」

救出霍特在策略上是不智的行爲。不是辦不到，但是成功率極低。這不是一場拯救任務。這是搜尋與摧毀任務，以任何必要的手段自方程式中移除霍特。

祖恩是隻聰明的猩猩。他想到了這點，而他不喜歡這種做法。他鼻孔張開，並露出森白的牙齒。

「你認爲你辦得到嗎，馬克？」

「困難的部分不在闖入。」我說。

「我不是指那個。我知道你闖得進去，我是在說……」

「有必要的話。」

他目光犀利地直視我的光學元件，等待我爲自己的計畫辯護。這個決定無關道德，這是簡單的比率問題：一條命換數千條命。一點也不複雜，只是一個可靠的方程式。

「如果你無法接受這種做法，祖恩。」我說。「現在就告訴我。」

「喔，我無法接受這種做法，」他說。「一定還有其他方法。」

「或許會有。或許我會找出來，但是不會抱太大的期望。再過不到三個小時，一切就太遲了。如果我們不儘快採取行動，城裡就會死很多人，可能還有更多人會生不如死，而且不光只是生物人。一旦帝國城分崩離析，你我這種人就沒有剩下多少選擇，祖恩。在世界上的其他地方，我都只是一件武器，而你只是一隻猴子。此事並非僅僅攸關正常人類、變種人、外星人或是伯特機器人。此事與所有把帝國城當成家鄉，在世界上其他地方都看不到未來的人息息相關。再過不到三個小時，那個未來就會消失。」

祖恩哼了一聲，但他了解我的意思。這只是一場數字遊戲。就如查格博士一樣，我必須做出決定。一條性命對上百萬條性命，這是一道簡單的計算題。

「只要記住，不管發生什麼事，不管你最後做了什麼選擇……」祖恩輕哼。「……你這輩子都必須承擔後果。」

□

我在馬路對面等待祖恩與哈姆伯特，他們僞裝成兩名清潔工，走入卡特中心。他們先進去測試看看。大廳裡設置許多安全掃描器——朝聖者認定還不適合與我們分享的科技。唯一能確認露西雅的僞裝科技能不能瞞過它們的方法就是走進去看看警報會不會響。我站在外面，準備在必要的時候衝進去帶祖恩和哈姆伯特離開。

如果沒用的話，一切就到此爲止了。倒數計時一小時六分鐘，如果這個計畫行不通，我們沒有時間嘗試其他做法。

建築正面都是玻璃，我可以從對街掃描一切細節。他們進去了。一名安全警衛檢查他們的證件，然後揮手讓他們通過。我的夥伴進入電梯，按下按鈕，電梯門關閉。沒有看見任何警鐘、警哨或是安全機器人。

或許是我的偏執指數作祟，但是我懷疑他們是否眞的神不知鬼不覺地混了進去。安全人員或許會聰明地等待他們深入一點再動手，這樣可以輕易讓他們消失。不過就算眞是這樣，十五秒內安全人員就會面對比兩個難以掌控的清潔工更加棘手的問題。

我投了枚銅板到公共電話裡，找山切斯警官。他們要我等候一分鐘。我告訴他們我是誰，那一分鐘立刻縮短為六秒鐘。

「馬克，你在哪裡？」山切斯問。

「卡特中心。」

我掛上電話，拿起身旁厚重的金屬手提箱穿越馬路。

儘管身穿幻象裝，但我不認為有可能騙過掃描器。我依然是個引人注目的機器人。幻象裝無法掩藏我的身型、體重，以及其他十幾種異議份子肯定已經採取預防措施、輸入安全網路裡的特徵。衝突絕對無法避免。我在門檻外停步，等待哈姆伯特他們抵達囚禁茉莉與愛普羅樓層的訊號。

「六十樓。」哈姆伯特的聲音傳入我的收音器中。「行動順利。」

警報在我步入大廳七步後開始響起，地上升起幾台火力強大的衝擊炮，還有一道十乘十的能量力場將我封鎖其中。由於大廳中大多數人都是普通市民，他們全都大吃一驚，不過安全人員迅速引導閒雜人等自大門離開。清場完畢之後，窗戶內放下護窗，封鎖整個大廳。查格博士告訴我的一切通通發生了。

我默默等待，打發時間。清空地球目擊證人之後，四台破壞者自牆壁上的密門步出。他們圍在我的四周，作為進一步的預防措施。他們的頭上浮現一面螢幕。得意洋洋的華納出現在螢幕中。

「馬克，我們根據之前記錄下來的行為模式模擬出你會採取這種行動，」他說。「但我必須承認我有點失望。我這才明白你只是一台擁有失敗科技形態生物腦袋的機器，你一定有計算出這種做法註定會失敗。」

「非試不可。」我說。

「當然，一定得要試試。我假設你已經知會有關當局，此刻他們正在趕往這棟建築的途中。」

「沒錯。」

華納嘆氣。「喔，你這個充滿缺陷的行動結局眞是簡單到讓我有點難爲情呀。等他們抵達時，只會在這裡找到一台我們的安全人員必須拆除的失控伯特機器人。遺憾的是，你的記憶矩陣將會損毀到無法修復，所以我們永遠不會知道你故障的原因。」

「這種事常常發生。」我說。

「手提箱裡放了什麼？」

「喔，只是小小的驚喜，其實是四個驚喜。」

能量力場開始收縮。儘管合金刀槍不入，這道縮小的能量力場卻可以在一百九十秒內將我擠壓成一個兩呎見方的立方體。我還沒有採取行動阻止它。祖恩與哈姆伯特還有四十秒才會抵達能夠充分利用混亂優勢的位置。

「告訴我，馬克，」華納問。「伯特機器人會感受到恐懼嗎？我知道你擁有自我保護指令，那與我們生物人在面對死亡時的感覺相比有什麼不同呢？」

「我還不打算淪落到垃圾場去。」

我把手伸到外套裡，自口袋中拿出某個裝置。我將該立方體抵上能量力場，然後按下一個按鈕。這是一台原型機，但是我隨時願意將我的運作能力託付給露西雅未經測試的作品。

華納瞇起雙眼。「什麼東西？」

立方體發出爆裂聲響。

「那是力場擾亂器。」華納說。「你從哪裡找來的？」

「只是一個朋友閒暇之餘順手拼湊的東西。」

「但是我們刻意不讓地球人取得那項科技。」華納說。「你不可能有那種東西！」

「精靈離開瓶子就不會再回去了。」

我腰帶上的八枚火箭開始運作。

擾亂器砰地一聲冒出黑煙，造成能量力場短路。破壞者衝上來攔截我，衝擊炮發射衝擊波。但是增壓器啓動了，我已經沖天而起，向前飛去，撞穿了大廳天花板，繼續衝破兩層樓，然後才失去動能。

不知情的地球人上班族被突然破地板而出的伯特機器人嚇了一大跳。我還要撞穿四十八層樓才能抵達異議份子所在的五十一樓，但是這條路線比走樓梯好，因爲平民控制的樓層警衛沒有那麼森嚴。

一名祕書躺在我腳邊，癱倒在她翻覆的辦公桌、損毀的打字機，以及散落一地的文件旁。這張辦公桌不幸地剛好位於我的闖入點上方。

「很抱歉，小姐。」我彎下腰去，扶她起身。「妳或許會想站遠一點。」

增壓器再度啓動，我又撞穿三層樓。更多辦公室陷入混亂，但我沒有撞到任何濕濕軟軟的有機物體，所以沒有什麼好抱怨的。我在兩次跳躍之間相隔一秒，以便冷卻增壓器。使用原型機的時候應該格外謹慎，而且我希望安全警衛有時間調動集結，迎接我的到來。

再跳兩次之後，我來到十二樓。我撞進一間辦公室，隨即重重落地，差點壓垮地板。辦公室裡唯一的員工，一個身穿西裝的男人，被我撞倒在地。

大樓擴音系統中傳出一個充滿權威的聲音。「所有人請注意，一台故障機器人正在大樓中遊蕩。不必擔心，安全警衛很快就會解除威脅，而且我們已經通知警方了。請避免與故障機器人產生任何接觸。」

男人聽從指示，連滾帶爬地向後退開，當場摔入我闖入時撞出的大洞。我出手抓他，他尖聲大叫，在開始墜落的同時不停驚叫。我抓住他的腳踝將他拉出洞口，安然無恙地放在地上。他向後跳開，縮在離我最遠的牆角。

三台破壞者機器人在沒有費心敲門的情況下破牆而入。儘管外殼不如我的堅硬，不過他們幾乎和我一樣強壯，而且佔有數量優勢。上次遇上這些邪惡雙胞胎時，我採用了一些會讓自己受損的手段擊敗他們。然而我是一台會學習的機器人，我已經看穿他們的實力了。

領頭的機器人連揮兩拳。我將之格開，隨即戳向他的頭部。他試圖閃避攻擊，一如我所預料。結果我這下看來只是輕輕擦過的攻擊導致他的頭部以足以扯斷頸關節的力道向後折斷。

其他兩台機器人分別自兩側進擊。我在最後十億分之一秒的時候後退，他們當場撞成一團。我踢中一個脆弱的膝關節，其中一台摔倒在地。另外一台揮出一記勾拳，我在無可奈何的情況下承受這一拳。他擊中我的肩膀，發出沉重的金屬撞擊聲。破壞者緊接著迅速揮拳，全部瞄準較爲敏感的關節部位。他的攻擊完美得就像數學方程式，且同樣容易預料。我閃避格擋，挨了幾下不痛不癢的攻擊，直到對手露出破綻，被我的雙拳打到外殼凹陷，動彈不得。

倒地的破壞者緊扣我的右腳，我一腳踩爛他的頭。他堅決不肯放手，導致我難以抵擋最後一台還能運作的對手的攻擊。不過那台破壞者的腦袋卡在某個奇特的角度，導致他無法瞄準。他胡亂揮拳，我自後方出擊，打掉他的腦袋，結束這場紛爭。

縮在角落的男人看著機器人殘骸。「別傷害我。求求你。」

「不要相信聽來的一切，老兄。」我扳開緊抓著我的腳的破壞者，撿起手提箱，啓動增壓器再度穿越三層樓。

我趁跳躍間隔的時間持續朝大樓中央前進，朝向一座自五十六樓直通祕密地下實驗室的升降艙井。那個升降艙井有裝甲守護；儘管我可以花點時間撕爛裝甲，攻擊最弱的艙門還是輕鬆多了。我沒有掩飾目的地，異議份子將會竭盡所能地阻止我抵達那裡，這對祖恩與哈姆伯特而言是好事。

如果可以回報狀況的話我會比較安心，但保持通訊緘默是行動的一部分，於是我繼續前進。沒有人試圖阻止我。剛剛的破壞者是個測試，而我通過了。異議份子知道我在大樓裡，知道我在持續前進，也知道我是認眞的。沒什麼大不了，我就是想讓他們知道。

一分十四秒過後，我抵達五十樓。這段旅途並不艱辛，我沒有害死任何非戰鬥人員。事實上，通過二十樓後，我就再也沒有遇上任何平民，因爲他們都已經被強制撤離了。

當我打穿五十一樓的地板，也就是異議份子所使用的第一層樓，情況將會急轉直下。我的分析器假設安全警衛知道我在哪裡，並且調動所有破壞者就定位。我就希望他們這麼做。異議份子以爲我只是一台機器人，所有行爲都可以預測，並且會不顧一切地完成我的指令。他們所不知道、所不了解的地方在於，沒有必要的話我一點也不打算淪爲廢鐵。還有一件事情他們不知道，也沒有辦法輸入他們的電腦：我的手提箱裡裝有四台騷亂機器人。

我沖天而起，闖入異議份子的實驗室，立刻被一群破壞者機器人包圍。大樓中的破壞者肯定傾巢而出，沒有機器人能夠同時對付這麼多台破壞者。

我按下手提箱上的按鈕。箱蓋開啓，四台球體機器人彈射而出，飄浮在我胸口的高度上。這些騷亂機器人掃描屋內，評估目標。

「準備好就開始，夥計們。」我說。

所有破壞者動作劃一地朝向我踏出一步。露西雅以「騷亂」稱呼這些工作機器人不是沒有原因的，每一台都配備一顆高射速光線槍的微型電池，以及過度積極的瞄準系統。騷亂機器人開始射擊所有移動的物體，要不是我動也不動地站在原地，他們也會射穿我。破壞者都是愚蠢的自動機器人，只會依照指令以數量優勢將我撲倒，完全沒有想到站著別動。

大部分破壞者都被能量光束打成碎片。一波倒下之後，另外一波立刻補上，然後立刻倒下。整場衝突沒過多久就結束了，這算我們運氣好，因爲騷亂機器人在光線槍能量用完、本身電池耗盡之前只有四十五秒鐘的運作時間。油盡燈枯後，他們摔落地板，躺在一堆抽動冒煙的金屬中。

煙消雲散後，房間裡還剩下三台勉強運作的破壞者。其中一台兩條手臂沒了，另外一台在中央陀螺儀上穿了一條大洞的情況下掙扎起身，最後一台雙腳炸毀，不過依然固執地運用雙手朝我爬來。我不等他爬近，啓動增壓器，再度撞穿三層樓。

破壞者是安全武力中最嚴重的威脅。大樓裡肯定還有一、兩台仍在運作，但是我可以獨力應付他們。根據我的任務模組，下一個阻礙是架設在電梯門口的第二道防線。截至目前爲止，異議份子的反應都在我的意料之中，這讓我感到有點諷刺，因爲容易被掌握的人應該是我才對。

我撞穿五十六樓的地板，進入一間空蕩蕩的化學實驗室。實驗室門開啓，五名生物人安全警衛衝出，舉起步槍朝我射出深藍色的光線。我的外殼開始結霜。三秒過後，薄霜變成厚厚的冰塊。警衛集中火力凍結我的四肢。他們成功地將我的右臂完全包覆，導致它失去運作能力。

其中一人瞄準我的頭。我伸手阻擋光束，冰塊自我掌心擴散。我五指緊握，手中多了一顆四磅重的冰塊。我將冰塊丟向領頭警衛的鼻子，他立刻摔倒。我不顧外殼上的冰，朝向其他人前進，一拳一個擊倒他們。

我抖動冰封的手臂三下，冰塊碎裂脫落。我拍開身上其他冰塊。實驗室門開啓，又闖進來兩組人馬。我轉身衝向電梯，根據計算，電梯與我相距三百呎，中間隔了四面牆。

我撞穿第一面牆，然後是第二面。我並沒有迂迴前進，那並非我的專長。我打爛任何蠢到擋路的東西。沿路都有警衛駐守，但一旦我展開行動，冰凍光束就不構成威脅。冰塊在我強力的馬達組件扯動之下持續粉碎。七名警衛愚蠢地上前擋路。其中五名運氣好，只有在被推開的時候弄斷幾根骨頭。剩下的兩個淪落到我腳下，護甲碎裂，脆弱的生物軀體在我無情的踐踏下化爲肉醬。

我通過最後一面牆，來到升降艙門前。此時我已經不把安全警力和他們的冰凍光束視爲威脅。眼前有很多警衛堅守升降艙井前的最後一道防線，另外還有三台破壞者機器人擋在我與目標之間。

我直接衝過警衛人員，以肩膀頂開一台破壞者，一拳揮開另一台。第三台跳到我的正前方，打算阻擋我的衝勢。一旦我開始衝刺，我的正前方就是世界上最危險的地方。我正面撞上破壞者，將之舉在空中，甩出去撞向艙門。他像錫罐般扁成一團，艙門則被完全撞開。

我跌入空蕩蕩的升降艙井，在牆壁間撞來撞去。我揮動雙手，找尋施力點。直接墜落八十層樓是節省時間的做法，但是肯定會損毀零件。砰砰撞了九秒之後，我終於將手指插入牆面。我的肩膀關節啪地一聲，吸收下墜的力道，回報出現細微裂縫。升降艙井中充斥著金屬被我撕裂的尖銳聲響，直到我下墜之勢減緩，最後終於停止。

八秒過後，我記錄到遠方傳來破壞者殘骸撞擊井底的聲響。這下有得爬了。我邊打洞邊爬，下降七十呎後，黑暗中飄上來兩台安全攝影機器人。

華納的聲音自喇叭中傳出。「能夠撐到這裡算你走運，馬克。立刻收手，別等到用光運氣。」

我沒理他，只是繼續往下爬。

「你不是生物人，我們的計畫不會影響到你。爲什麼你甘冒停止運作的危險？這樣不合邏輯。」

這是個好問題，我也有個合乎邏輯的好答案。自我保護是基本指令，但是所有運作中的機器人都不會把這個指令放在優先處理清單上。就和生物人一樣，所有機器人都在尋找存在的目標。自動機器人與工作機器人十分幸運，因爲他們已內建目標。伯特機器人必須找出自己的道路，而我認爲爲了運作而持續運作全然沒有意義。眞正的問題在於找到一條值得爲了它而被人拆掉的指令。用一個伯特機器人的運作換取帝國城的未來，以及所有將帝國城視爲家園的公民性命，是一條非常簡單的算式，比一個家庭不該被冷漠的城市利用完後隨手拋棄還要簡單。我或許無法改變帝國城，甚至無法阻止異議份子，但可以拯救布利克一家人。

我沒有費心向華納解釋，他絕對不可能了解的。

升降艙井的磁性聯軸器開始運作。我抬起光學元件，掃描到升降艙開始下墜。

「一路順風，馬克。」華納說。

我沒有時間反應，只能挺起肩膀準備承受撞擊。升降艙撞在我身上。攝影機器人當場摧毀，但是我平均吸收衝擊，沒有受到內部損傷。升降井在我身邊迅速飛逝。我啓動增壓器減緩下墜的力道，但是用處不大。

我打穿升降艙底盤，迅速爬入艙內。我再度增壓，撞穿艙頂。升降艙直墜而下，於六分之五秒後撞擊井底。一些碎片向上竄起，撞上我的外殼，沒有造成損傷。我筆直下墜，砰地一聲落在殘骸之中。艙門已經在衝擊中向外撞開。我步出升降艙井，準備面對下一波阻礙。

走廊上空無一人。

意想不到。

情況不大對勁。此時異議份子必定已經察覺我的目標。這條走廊上應該布滿整棟大樓中所有安全警力才對，但這裡一個警衛也沒有，沒有破壞者或是安全機器人，什麼都沒有。

我錯估形勢。我精密的電子腦沒有防呆機制。我的邏輯架構必定忽略了什麼，或是查格博士的資料不夠完整。無論如何，唯一能做的就是繼續朝目標邁進，在事態逐漸明朗的過程中調適狀況。

來到半路，轉過一個轉角，我終於遇上了異議份子準備的最後一個阻礙。一台二十呎高的機器人邁開粗壯的雙腳對我大步走來。它手臂末端裝有兩個大鉗子，每一個都大到可以將我箝制其中。它看起來沒有配備武器，但是從體形與可預期的力量判斷，它肯定是個非常棘手的阻礙。而我對它毫無所知。

自動機器人大步向前。走廊隨著它的步伐震動，它的頭不停摩擦天花板。我掃描不出繞過它的方法。

「吃驚嗎，馬克？」華納問，他的聲音自機器人身上的擴音器中傳出。「我猜這玩意不在查格的檔案裡。」

自動機器人再度踏前一步，我站在原地。我的邏輯架構還沒辦法擬定可行的戰鬥計畫，即使是最好的電子腦也會因爲意料之外的狀況而停頓。

「他沒有理由將它輸入檔案裡，」華納說。「拆除者並非戰鬥單位。巨大笨拙，只用在需要蠻力的工作。相信我，它眞的非常強壯。」自動機器人兩手的大鉗子分別夾三下，發出刺耳的撞擊聲。

當拆除者接近到只剩下兩步就可以將我踩扁的距離時，我的戰鬥分析器下達了唯一讓邏輯架構、生活常識模擬器，以及自我保護指令達成共識的命令：撤退。

我選擇推翻它們的建議。

拆除者大腳舉在半空。我啓動增壓器直撲而上，試圖讓它失去平衡。它體形巨大，在沒有足夠活動空間的走廊上，動作肯定笨拙。

我撞上拆除者，但是跟我的計畫不太一樣。自動機器人大腳轉而向前，擊中我的胸口，將我踢倒。在我有機會起身之前，沉重的腳掌已經踩在我身上。它的腳掌跟我的身體一樣長、一樣寬，導致我沒有空間扭動掙扎。它將全身的重量集中在我身上，就算我的手腳都在定位，也未必能夠把它推開。

就這樣了。拆除者只要站在這裡，我就完全束手無策。任務結束了。我只希望哈姆伯特和祖恩已經救出茱莉和愛普羅，至少達成一項任務目標也是好的。

拆除者抬起腳掌，狠狠踩下。在我動彈不得的情況下，就算只給我一秒的行動能力都不合邏輯。甚至，這是個充滿惡意與暴力的舉動，並且愚蠢至極。這不是機器人會做的事，就算是頭腦簡單的自動機器人也知道不該這麼做。我將之歸罪於程式錯誤。

拆除者又踩了一下，然後連踩三下。腳下的力道大得令我陷入地板。我的外殼還撐得住，但是內部零件出現更多裂縫。右肩回報液壓液外洩。五分鐘後，這條手臂就會停止運作。

這台拆除者並非自動機器人，它一定是台有人駕駛的載具。生物人十分善變，難以預料，也很愚蠢。沒有任何正常編程的機器人會爲了進一步傷害已經落敗的對手而放棄明顯的優勢。

「這下是什麼感覺？」華納問。「一切徒勞無功？你所做的一切努力只是讓自己變成廢鐵？你這個愚蠢的——」砰！「故障——」砰！「廢鐵！」

它抬起大腳，這次我準備好了。我翻向一旁。我或許也是一台笨重的伯特機器人，但是我的動作比拆除者敏捷，能夠在它試圖用大鉗子打扁我的同時爬起身來。我挨了這一鉗，更多內部零件損傷。左膝關節破裂，效率降低百分之十三，手臂上的液壓液外洩更加嚴重。我擋開對方的攻擊，撐住沒有倒地。

我逼近拆除者，進入它雙手攻擊不到的死角。走廊的狹窄空間令它難以轉身。我以肩膀撞擊它的右腳，然後啓動增壓器。拆除者身軀搖晃，但是沒有摔倒。我將馬達組件的效能提升到百分之兩百，這樣做消耗了大量能量，並且損毀已經受傷的右臂，導致它幾乎無法運作。拆除者的腳被我推向後方，它向前傾倒，越過我的身體正面著地。

駕駛員試圖控制它爬起，但是設計它的人並沒有考慮到它會在只有兩呎多寬的走廊上摔倒。拆除者擺動四肢，擊毀牆壁。它終究還是會爬起來的，所以我沒有浪費時間恭喜自己。我將拆除者留在原地掙扎，繼續前進。

化學實驗室大門試圖阻止我進入。我扯開大門步入其中。這間實驗室佔地一百立方呎，大多是閒置的空間。牆壁旁有一排燈光閃爍的控制台，四名技術人員操作著實驗室中央的精密儀器。六百加侖的突變誘發物在一座圓柱體的透明大水缸裡流動。誘發物還在處理，需要特別控管，尤其是要持續暴露在低輻射波長以及精確的磁性力場之中。不這樣做的話，它會在數小時後失去穩定，變得和自來水一樣危險。暴露在空氣中會將這個過程加速到數分鐘。

任務的第一個步驟就是摧毀異議份子的突變誘發物。只要異議份子掌握這些誘發物，自他們手中移除霍特就不具有多大意義。這些誘發物還不能滿足他們的需求，但足以造成不小麻煩。

當然，我想要摧毀突變誘發物還有別的理由：爲了惹火他們，讓他們知道惹錯伯特機器人了。

除了忠誠的技術人員之外，我還掃描到查格博士躺在距離保護並且處理大水缸的裝置二十六呎的地方。博士像是被遺棄在陰暗角落的老舊家具，沒有被關在籠子裡，但是異議份子移除了他的手腳。

突變誘發物容器籠罩在一道能量力場中。我從外套裡取出另外一台力場擾亂器。雖然我慘遭毆打，不過這件外套具有裝甲口袋，沒讓裝置受損。露西雅又得一分。

三名技術人員在沒有嘗試任何蠢事的情況下逃離現場。

最接近我的技術人員，長得像鳥的外星人，拔出一把小光線槍，揚起顫抖的手瞄準我。他是個小個子，身高五呎出頭，但是他毫不退縮地擋在我和突變誘發物之間。他抖得厲害，沒有辦法扣下那把玩具槍的扳機，不過我欣賞他的勇氣。

「滾。」我說。

他拋下武器，奪門而出。

我將擾亂器貼上能量力場，然後啓動。

我記錄到遠方不斷傳來拆除者掙扎的聲響，非常大聲。

「我以爲他們已經把你拆了，博士。」我說。

「我的卓越智力讓他們不願意摧毀我，」他回應。「而我的防衛協定讓他們無法重新編程。既然無法迫使我認同他們目前的行動，他們就移除我的行動能力，直到我願意合作爲止。」

擾亂器完成任務，造成防禦力場短路。我伸手穿越輻射浴，一道足以焚燒血肉、熔化大部分金屬的強力屏障。它無法影響我的合金，只能蒸發上面的油漆，導致幻象裝的袖口變黑並且發出爆裂聲響。幻象裝不會燃燒，但是再度開始熔化。我得請露西雅解決這個問題。

我的手指沿著透明水缸滑動，透過觸覺網絡評估它。水缸是由一種具有彈性的薄塑膠製成的。我一拳捶下。水缸在撞擊聲中搖晃片刻，但是沒有破損。我並不驚訝。

「並非堅不可摧，」查格說。「但是十分耐打。我可以建議採用低頻率分子振動器嗎？」

「身上沒帶。」我回應。

我迅速揮出七拳。水缸不斷發出撞擊聲，不停搖晃，但是連道裂縫都沒有。我伸出手掌緊貼它，偵測到表面出現不規則的變形。這玩意已經開始損毀，只是喜歡依照自己的步調慢慢來。

我以左臂擊出一連串如同電鑽般的攻擊，一秒四下。本來可以達到一秒八下，只不過我受損的右臂根本無法造成傷害。水缸的撞擊聲越來越響亮，越來越尖銳，最後超越人類的聽覺範圍以及我的記錄能力。二十秒後，桶面上開始出現裂縫。

「目前狀態下，突變誘發物具有高度腐蝕性。」查格博士說。「儘管你的合金是化學中性，我依然建議謹慎行事，因爲它會分解幾乎所有接觸到的無機物質。」

「謝謝提醒。」

我記錄到拆除者迅速逼近的沉重腳步聲。駕駛員已經操縱它自地上爬起，朝向我們直奔而來。一道化學物質開始滲出裂縫，再加把勁就成了。

音訊分析警告拆除者距離我身後不足二十呎，還在迅速逼近中。我沒有轉身，再度揮出五拳，化學物質越滲越多。只要結結實實地再補一拳就夠了。我拉開拳頭，準備揮拳重擊。

拆除者抓住我的手臂。它將我拋入空中，隨即以另外一支大鉗子夾住我的身軀。我將馬達組件催到極限，一點用處也沒有。我沒有能力掙脫拆除者的束縛。或許在雙手完好如初、系統毫無損傷的情況下，還有一點點成功的機會，但那純粹是個出於假設的可能。

它擠壓我的手肘關節，差點剪斷我的前臂。儘管我的外殼刀槍不入，關節卻有可能受損。世界上能將我肢解的力量不多。診斷程式警告如果不儘快採取行動的話，我會失去這條手臂。但是我束手無策，至少沒有任何符合邏輯的做法。

「我會好好享受把你一塊一塊拆掉的快感，你這個愚蠢又故障的科技形態生物渾蛋。」華納說。他就是駕駛員，一定是他。他不會把拆除我的快感讓給其他人。

我想到了一個計畫，這個計畫並非來自我的邏輯架構或是戰鬥分析器。我不知道它是由哪個程式形成的，也不在乎。那是我唯一的機會，於是我把握機會。

「你可以拆了我，華納。」我說。「但這並不能改變我差點達成目標的事實：一個偵探機器人差點摧毀了你們整個計畫。」

「你什麼都沒有摧毀，什麼都沒有達成。」

我試圖提升發聲器中沾沾自喜的語調等級。「我把你們的安全警力耍得團團轉。我進入這個房間，幾乎打破大水缸。等你老闆聽說這件事情的時候，我會很慶幸我不是你。」

「閉嘴。」他增加大鉗子的壓力。我的觸覺網絡閃出警告。它沒有辦法把我剪成兩段，但是遲早都會開始壓碎內部零件。

「看看那邊的查格博士，」我繼續說道。「可憐的傢伙搞砸的程度遠不及你，現在卻已變成世界上最聰明的紙鎮，眞難想像像你這種討人厭的渾球會落得什麼下場。」

「閉嘴！」鉗子在我軀體上壓出一道淺淺的凹痕。「你爲什麼不閉嘴？」

「你花了這麼多心力，但是被他們利用完了之後，還是要面對去擦地板的結局。好人絕對不會遭受這種下場。」

拆除者轉身將我摔向地板。我反彈而起，撞爛一堆電腦，激起陣陣電光。我沒有浪費時間執行診斷程式，立刻從地上爬起。

華納只要抓牢我就好了，但生物人就是情緒化、非理性的生物，沒有辦法迅速學到教訓。華納十分聰明地移動到我和突變誘發物之間，沒有踏步前進，而是等待我率先採取行動。要是再抓住我的話，他肯定不會再犯如此愚蠢的錯誤。

我直衝而上，他前進一步，打算跟我正面衝突。如我所料，他沒有考慮所有變數，包括比走廊高很多的實驗室天花板。我一直等到與它距離六呎，等到他的大鉗子再度擺好抓我的姿勢。接著我啓動增壓器。我不能假設露西雅的腰帶還能運作，它承受了不少打擊，而且還是原型機，不過我完全沒有懷疑過它。露西雅至今不曾讓我失望過，這一次也沒有。

大鉗子鉗住空蕩蕩的空氣，我則越過拆除者的頭頂，落在另外一邊，將馬達組件提升到極限，加上所有推進的力道爲後盾，一拳打穿大水缸。我在不穩定的化學物質如同噴泉一般噴出增壓容器的同時閃向一旁。我閃得不夠快，左手被化學物質噴濕。衣袖當場分解。外套被濺到的地方吱吱作響，燒出十幾個洞，有些洞的直徑接近兩吋。

拆除者被大部分的化學物質噴中，查格博士所言不虛，突變誘發物如同滾水融化冰塊一樣蒸發它的外殼。拆除者融化成一灘冒煙的爛泥，四秒過後，龐大的身軀淪爲一灘小水窪。

隨著化合物噴出大圓桶，地上的水灘逐漸擴張。我抓起查格博士，將他搬離水池邊緣。

華納躺在化合物的中央，全身沾滿熔化的鋼鐵與突變誘發物。他的皮膚傷痕累累，不斷冒煙；喉嚨咯咯作響，同時放聲呻吟。那個聲音讓人很不舒服。

「對生物實體產生的效果是，最後終將致命。」查格博士說。

「最後」是個關鍵字眼。華納，可憐又可悲的渾球，此刻還沒死。

地板遭受化合物腐蝕，整片向下坍落。華納墜入下方樓層。

哈姆伯特以無線電聯絡。「我們拿到貨了。」

那是暗號。祖恩和哈姆伯特已經帶茱莉與愛普羅離開大樓。

「有麻煩嗎？」我問。

「沒有。你猜得沒錯，你來了之後就沒有人在乎我們或她們了。你那邊進行得如何？」

十七名安全警衛與三台破壞者衝入實驗室。

「我再跟你聯絡。」我回道。

安全人員緩緩朝我前進。

「我們眞的非打不可嗎，各位？」我問。

地板上的洞中傳來一陣吼叫，聲音聽起來十分憤怒。

一隻大手伸出洞緣。華納帶著畸形的身軀爬回實驗室。他的皮膚依然一片血紅，不斷冒泡、滴落液體。儘管他在流失血肉，失去的部分似乎正在迅速補充，而且越補越多。他在長大。他依然大略擁有人類的外形，不過對稱性卻蕩然無存。他是一塊畸形的血肉，而且還長出一條尾巴。

他開口說話，聲音很粗啞。「你對我做了什麼？」

21

安全人員嚇呆了。就連頭腦簡單的破壞者都驚訝地僵在原地。

華納伸出利爪掠過不斷分泌液體的胸口，低頭看向雙手的皮膚。他的臉只是一團布滿傷疤的肉塊，帶有兩顆血淋淋的眼珠，以及一張向左偏約六吋的大嘴。

「你對我做了什麼？」

他向我直撲而來，但他還沒有適應自己的新體重。我輕而易舉地後退一步，狠狠擊中他的眉心。那感覺就像是捶打布丁。他的頭部在這拳的力道中坍陷，濺得我滿面板都是頭髮與黏液。

他抓住我，將我舉在空中。我啓動重力鉗對付他，但是他一點也不在意。儘管他是一團形體不定的濕軟血肉，過度活躍的DNA還是讓他強壯得不像話。

「你對我做了什麼！」他吼道。

我願意道歉，如果道歉能讓他好過一點的話。

沒有生物人膽敢採取行動，但是破壞者將華納視爲威脅。他們撲到他身上。華納一言不發，將我丟到房間另外一邊，專心應付全新的威脅。我聽見金屬撕裂的刺耳聲響。等我爬起轉身時，不過五秒之間，他已經砸爛兩台自動機器人。他將第三台塞入自己臉頰旁的血盆大口中，一口咬斷他的頭部，然後把他抛向一旁。

華納輕哼一聲，吐出咀嚼過的破壞者。他伸出布滿斑點的粉紅舌頭輕舔扭曲的利齒，下頷流下黃色與黑色的口水。他摔倒在地，大口喘氣。他的溶解率超過他的成長率，正在緩緩步向死亡。

「他無法承受生理壓力。」查格語氣冷靜，彷彿在研究顯微鏡下垂死的微生物一樣。「他的細胞架構應該很快就會瓦解。」

華納跪在地上，朝我抬起稀爛的臉，張口呻吟。此刻他肯定意識不清，只能感到痛苦與混亂。

「可惜他不能存活太久。」查格博士說。「研究這種效果的機會極其寶貴。我得要記得蒐集樣品才行。」

我走向華納。

「我不建議你在對方這種情況下接近他。」查格說。

我不理會他。就機器人而言，查格是個不錯的傢伙，但是對科技形態生物來講，華納只是另外一個實驗品，他的痛苦是一種值得記錄並且研究的可見現象。查格博士的語氣沒有任何憐憫，對華納造成的麻煩也沒有任何敵意與怨恨，只有一種臨床上合乎邏輯的客觀超然。

而我，擁有許多神祕運作功能的原型電子腦，認爲華納是個渾蛋。我並不同情他，但是他已經承受夠多痛苦了。太多了。華納對我揚起雙眼，張口哀鳴，或許他無法大聲請求，但是他快要死了，而他只想儘快結束一切。

我一拳打爛他的腦袋，他流汁的屍體癱倒在地。我轉向安全警衛的隊長。他是朝聖者或變種人，因爲他擁有紅藍相間的皮膚以及三顆眼珠。我以布滿黏液的手掌抓住他的喉嚨，酸性的黏液在嘶嘶聲中灼傷他的喉嚨。我假設聞起來也不怎麼樣。

「現在，你們要給我添麻煩嗎？因為我的心情不像之前那麼好了。」

他朝向守衛比個手勢，所有人通通拋下玩具槍。

身後，我的音訊裝置接收到紊亂的喘息聲，一道陰影籠罩在我身上。我轉身掃描到一條持續融化的巨大外星變種身影。牠的雙眼沒有任何智慧的光芒。我殺了華納，打爛他的腦子。但是這傢伙必定又長出了一副新腦子，或許甚至兩、三副。此刻似乎沒有任何腦子處於開心的況態。

這個十二呎高的變種怪物自我手中搶走警衛，將我甩到一旁。除了痛苦的喘息聲外，牠無聲無息地將警衛塞入喉嚨裡。在將警衛完全吞下的三秒之間，牠的喉嚨裡發出許多尖叫以及咀嚼聲。牠必須咬幾下才能吞下比較寬大的部位。四秒過後，牠的皮膚上出現線條，額頭上張開第三隻眼睛。

趁著吞噬第一名警衛的時候，牠又抓起了另外一名警衛，並且立刻將之吞噬。就像身上浮現第一名警衛的特徵一樣，如今牠開始長出鱗片。牠不光只是單純的吃掉他們而已，還透過某種方式吸收他們的ＤＮＡ。

剩下的警衛已經開始逃命。後面的四個還沒跑出七步就已經被變種怪物撲倒。牠以殘暴的速度與效率將他們塞入嘴中，連停下來清清牙縫都沒有就直接塞入下一個。每吃一個人，牠就變得更大，並且隨機吸收更多特徵。

查格說：「真令人驚訝。這頭變種怪物顯然試圖藉由消化更多有機組織來糾正加速的新陳代謝率，以及不穩定的基因變化。」

「會造成問題嗎，博士？」我問。

「可能不大。」查格回應。「儘管這麼做或許可以減緩腐敗的速度，但牠沒辦法穩定——」

「還有多久才會死？」我問。

「七分鐘。」他沒有猜測或是估算，而既然查格理論上是個天才，我想他說的沒錯。

變種怪物吃光最後四名警衛，現在已有十五呎高，我估計至少重達四到五噸。牠的形體沒有之前那般濕黏，自吸收的ＤＮＡ裡取得一定程度的穩定。牠同時變成七個不同外星人的混合體，擁有螃蟹般的爪子、鱗片，肩膀上還有小翅膀。牠似乎無法長時間保有特定的特徵，而是在各式各樣的特徵之中來回轉變。

牠將目光轉移到我身上，低聲怒吼。牠並不是真的在看我。牠的痛苦與憤怒已經被強大的食慾蓋過，而查格和我只是兩團鋼鐵。

牠的呼吸再度紊亂，全身開始皮開肉綻。在一陣刺耳的叫聲中，怪物轉身衝出實驗室，找尋毫無受損的基因來彌補自己的基因崩壞。牠沒有走門，而是直接用身上具有腐蝕性的體液在北牆上燒出一個大洞離開。

如果牠逃出大樓，抵達地面，可以在幾分鐘內吃掉一大堆人。另一方面，變種怪物肯定能夠進一步削弱已經被我大幅削弱的異議份子安全武力。

霍特依然是我的優先任務。整體而言，變種怪物只會造成小小的不便。牠或許會吃掉一些人，但是如果異議份子帶著霍特逃離此地，另外找地方調配突變誘發物的話，一切就得從頭開始。

我在地圖檔案上規畫路徑。從這裡算起，得要向北前進一千六百呎才能抵達自動安全協定在緊急情況下會將霍特轉移過去的避難室。

變種怪物正是往北而去。

絕非巧合。

「博士，假設一下，如果怪物吸收了霍特的ＤＮＡ會怎麼樣？」

「假設中……」一定是非常特異的假設，因為查格整整花了九秒的時間完成模擬狀況。「不太可能有東西可以糾正不穩定的基因。」

「多不可能？」

「變數太多，無法計算精確的機率。」

「用猜的。」

「我從不猜測。」

我抓起他沒有手臂的肩膀，將他舉在空中。「查格，這傢伙去找霍特的機率有多高？」

「未知。」

我嘆氣。跟機器人講話需要技巧，就算是像查格這麼聰明的機器人也一樣。

我說：「假設變種怪物聰明到知道該去找霍特，然後假設吸收他的ＤＮＡ可以穩定牠的崩壞現象，那傢伙會變得有多難殺？」

「在這種前提下，可以假設除非使用原子爆破或是類似武器，不然不太可能殺死變種怪物。」

「謝了，博士。」我放下他。「假設有那麼困難嗎？」

我規畫前往避難室最直接的路徑，移動到實驗室另外一邊拉開助跑距離，然後進入攻城槌模式。我將受損的肩膀挺向前方，藉以吸收撞擊的傷害，接著毫不停步地撞穿牆壁。

我假設自己只是杞人憂天，華納變成的怪物早已不是華納，只是一頭遭受飢餓、憤怒以及痛苦驅使的怪物，一個在沒有智慧或記憶的情況下全然依照本能行事、不會思考的怪物。這只是假設，而在我注意到怪物專心一意地朝和我一模一樣的方向前進之後，這個假設的可能性越來越低。牠前進的速度很快。

來到通往目的地的半路上時，我終於趕上對方。我們身處一間滿是生物人的房間，牠正在把握機會大快朵頤，而且吃人的效率極高。現在胸口已經長出另外一張嘴巴，讓牠可以吃得更快。除了刺耳的喘息聲外，怪物一直沒有發出任何聲音。

牠被我的動作吸引，轉頭朝我看來。牠有足夠的智力判斷吃了我只會導致腹痛，於是將注意力轉回到受困牆角的三名生物人。他們以高溫光束攻擊牠，但似乎只有幫牠搔癢的份。我趁牠分心的機會繼續趕路。

避難室出乎意料地容易接近。它並非設計成牢不可破，而是位於一個防守嚴密的地點。此刻大樓一片混亂。安全人員的紀律就像被水管澆過的蟻丘。我路過幾名警衛，他們有些朝華納的位置前進，其他就像正常人一樣朝反方向逃命。我有點驕傲，異議份子的時程表顯然已大幅延期了。

我踢開避難室的大門。房間很小，只放得下幾台監控儀器以及霍特所躺的桌子。兩台醫療機器人正在照料他。他們都不是設計用來戰鬥的，十分樂意在我接近的時候讓路。天花板上有條封閉的管道，通往異議份子利用他的身體過濾突變誘發物的化學實驗室。

他掃描起來狀況不佳。查格博士在抽取過程一直小心翼翼，儘可能不去傷害他，但是華納接管之後，這孩子的健康狀況就變得無關緊要。他瘦了六到十磅，鱗片光澤暗淡。與管子和線路連接的地方出現明顯的傷疤。

我小心翼翼地將他自桌上抬起。他實在太脆弱了，只要隨手一捏就能把他捏碎。這就是我的任務目標。殺死霍特，鏟除所有利用這個小男孩來危害帝國城的威脅。這樣做其實非常簡單，沒什麼大不了。霍特甚至不會感到痛苦，這場鬧劇就此結束。

那是之前。現在，有一頭怪物正在趕往這裡，找尋霍特，死活不拘，為了吸收這孩子的DNA。不，我必須帶霍特離開。活的比死的好帶。

儘管這樣做可能會讓全城遭受一頭難以抵擋的變種怪物威脅，我心中卻突然生起一股感激。這下我不用做出可以看出自己是什麼樣的伯特機器人的決定了。即使是一名無辜男孩，即使是最符合邏輯的舉動，我能否動手殺死某人？如果辦不到，是否表示我擁有難以解釋的人性特質，還是說只是非常愚蠢而已？如果辦得到，是否表示我徹頭徹尾地就是當初設計出來的那台自動機器人，還是說我做的是必要之惡？全都是好問題，但它們今天不會獲得解答。我希望永遠不會獲得解答。

霍特呻吟一聲，微微張開雙眼。他說話的聲音很輕，幾乎細不可聞。

「馬克，」他說。「你找到我了。愛普羅說你會來找我。她說我不用害怕。」

「是呀，孩子。」我說。「會沒事的。」

他痛苦地笑了笑，然後閉上雙眼，繼續沉睡。說沉睡太客氣了。他陷入昏迷，失去意識。他的呼吸微弱紊亂。我必須帶他離開，找間醫院，並且在接下來五分鐘內不讓他淪落到怪物的肚子裡。

變種怪物在撞上避難室的同時大聲尖叫。如今牠吃得太飽，體形大得無法擠進門口。牠捶打牆壁，試圖伸入一條手臂。我一腳踢中牠的指節，逼牠縮手，但是牆壁已經在牠的酸性接觸下開始溶解，並且在強力攻擊下隆起變形，只能再撐幾秒而已。

我伸手扯開上方通道的封口。「挺住，霍特。」我不知道我為什麼這麼說。他又聽不見。

我啓動增壓器，順著通道直衝實驗室。路途遙遠，腰帶沒有辦法在一躍之間抵達。於是我在半路將手指插入牆壁，垂在半空，以受創但是依然能夠運作的手臂摟住霍特，等待增壓器重新充能。

下方，變種怪物尖叫怒吼，大鬧避難室。要不了多久牠就會察覺霍特不在裡面，然後開始追趕我們。那怪物和霍特之間存在著某種連結。我假設牠不會困惑太久。

增壓器充能的時間比之前久，快要耗盡能源了。我只要它再多撐一會兒就行了。再增壓一次。我只求這樣。

我開啓無線電。「哈姆伯特，你在外面嗎？」

「在，馬克。」他回應。

「我要跟警方交談。」

「好消息。」哈姆伯特說。「外面擠滿了警察。」

「艾爾弗來多‧山切斯警官。」我說。「身材矮小，渾身是毛，看起來像老鼠。找他來。」

「在找了。」

下方，變種怪物突然安靜無聲。就連刺耳的喘息聲都消失了。我不知道牠是在用嗅覺尋找霍特的蹤跡或是利用心靈力量掃描，但是我敢肯定牠要不了多久就會找出我們。

牠抬起腦袋，直視我的光學元件，然後竊笑。我發誓牠是在笑。我重播三次那個聲音，每一次聽起來都只可能是笑聲。一種飢渴、邪惡的笑聲。

牠的體形太大，不太容易擠進管道，但是身體濕軟，或許擠得上來。牠流汁的皮膚溶解牆壁，讓牠越爬越輕鬆。

「拜託，露西雅。不要讓我失望。」

腰帶再度啓動。

我在變種怪物差點抓到我的腳掌之時一舉衝出通道。我沒有足夠的能量，只能剛好衝到洞口而已。我以空出來的手臂攀住洞口，在沒有放開霍特的情況下爬出通道。我沒有時間恭喜自己。身後，變種怪物放聲尖叫。我有十五到二十秒的時間可以先跑，或許更短。

我依然位於地下第十六層樓，我得儘快上樓。記憶檔案指示我前往附近的警急升降艙區。這些升降艙專爲疏散狀況設計，只會朝向一個方向前進：上方，剛好跟我想走的方向一樣。運氣好的話，升降艙還沒有全被開走。

還剩下一台升降艙，門口有五名異議份子試圖進入。他們在我突然出現的時候大吃一驚，立刻舉起武器。

「沒時間了。」我說。

變種怪物大吼一聲，接著就是一陣朝這個方向逼近的聲音。

他們壓低武器，領頭的人，類似齧齒動物的女子，按下安全面板上的幾個按鍵。

「無效的密碼。」面板中一個語氣高傲的聲音回應道。

她以顫抖的手猛按按鍵，面板說：「無效的密碼。」

生物人。壓力一大就別想依賴他們。至少大部分生物人都不可靠。我把手伸進入外套口袋，取出另外一個露西雅的小道具，插入控制面板。道具啓動。

變種怪物出現在走廊末端，身材比例奇特笨重到這種地步的傢伙怎麼可能移動如此迅速？牠朝向我們狂奔而來。

「喔，慘了。」一名嚇壞了的實驗室技術人員喃喃說道。

露西雅的小道具在擊敗安全面板的同時發出愉快的聲響。我率先擠入升降艙，其他人跟著跳了進來。我在一隻大手伸進來抓走一名生物人的同時按下啓動鈕。他的尖叫聲在突如其來的齧咬聲中剎然而止。接著艙門關閉，升降艙疾衝而上。

「那是什麼？」齧齒類科學家問。「那是什麼？」好像這個問題眞會有能讓一切開始好轉的答案一樣。

我檢查霍特。雖然旅途顚簸，又有怪物想要吃他，他依然昏迷不醒。

「馬克，找到你要找的警察了。」哈姆伯特傳訊道。「現在幫你接過去。對我的面板說話就行了，警官。」

「裡面到底發生什麼事了，馬克？」山切斯問。

「沒時間回答問題，」我說。「以下是我要你做的事。我會從大樓南端出來。弄輛速度快的旋翼車等我，隨時準備起飛。我這裡有個孩子需要急救。更重要的是，絕對不能讓在追我們的怪物抓到他。」

「怪物？什麼怪物？」

「危險的大怪物，」我回答。「牠會緊跟著我出來，而且會很餓。撤離附近所有生物人。你有三十秒的時間。」

「辦不到，馬克。這裡是核心區，現在外面簡直像馬戲團一樣。」

「想辦法。」我說。「不然二十七秒過後會死很多人。密卡頓通訊結束。」

我的要求不好達成，如果山切斯浪費時間與我爭辯，那就絕對無法達成。但是他沒有回答，我只能假設他會處理。

升降艙抵達一樓，生物人朝四面八方逃命。我衝出南面出口。山切斯及他的手下還在清場，群眾根本還沒開始移動。到處都是誘人的血肉以及ＤＮＡ。就算變種怪物沒有抓到霍特，也能在僅剩的三分半內造成極大的傷亡。

山切斯在等我。他沒有多加為難，只是帶領我穿越群眾，前往一台等在一旁的旋翼車。我將霍特交給一名警察。旋翼車飛入空中。我轉向卡特中心。

「你必須疏散這些人。」我對山切斯說。

「我們盡力而爲，但是我一定是把我的蟲洞留在另外一件褲子裡了。」他回答。「現在，到底是什麼大怪物在追你？」

變種怪物撞破玻璃門而出。曾經是華納的怪物如今變成一頭皮膚冒煙、肢體畸形、十七呎高的龐然大物，亂七八糟的ＤＮＡ已經無法掌控外形，皮膚上隨時都有毛髮、鱗片，以及嘴巴成形消失。牠的三隻眼睛各自轉動，搜尋群眾。

「該死。」山切斯說。

怪物敲打胸口，放聲吼叫，牠的每個動作都會朝街道濺出溶解的腐蝕性血肉。牠遲疑片刻，對於眼前的美味自助餐感到些許困惑。一名勇敢的警察拔出光線槍，試圖攻擊牠，結果只是引起了牠的注意。牠抓起他，兩口吃光。

其他警察開始攻擊變種怪物。試著阻止牠是他們的工作，不過同時也只是浪費時間。

「要如何阻止那種東西？」山切斯問。

「無法阻止，叫所有人離牠遠點。」我說。「我來纏住牠。」

「你殺得了牠嗎？」山切斯問，但是我已經展開行動。

不用殺牠，只要纏住牠兩百秒左右就行了，只要查格沒有弄錯。希望他有人家說的那麼聰明。

在我衝到牠身前的四秒之間，變種怪物又吃掉了三名警察、兩名不幸的平民。而牠看起來沒有吃飽的跡象。

我撲到牠身上，將牠舉離地面，試圖把牠推回卡特中心，遠離街道。計畫並不順利。牠皮膚脫落的狀況導致我無法一直抓緊牠。我只推出十二呎，牠的雙腳已經再度著地，並且開始往回推。

怪物比我強壯，而且重量佔優勢。我嘗試使用重力鉗，但腰帶已經耗盡能量。變種怪物將我推開，拋向一旁。我滑過人行道，撞上一台停在路邊的嗡嗡蟲。變種怪物轉身背對我，將我視爲不能吃的討厭鬼。

我將完好手臂的手指插入嗡嗡蟲的引擎蓋，執行快速彈道投射計算，然後將嗡嗡蟲拋向怪物。它在空中畫出一道完美的弧線，撞上怪物的後腦勺。變種怪物跌開一步，惱怒地朝我瞪了一眼。

惹惱牠，我就是要惹惱牠。

我丟出一台踏浪者，緊接著又是一輛嗡嗡蟲。兩輛車都擊中變種怪物不停溶解的頭顱，儘管似乎沒有造成任何嚴重的傷害，不過怪物已經越來越憤怒。一頭憤怒的怪物就是分心的怪物。

我正要拋出一輛陀螺號，變種怪物猛然轉身。額頭在不斷突變的過程中冒出了兩根觸角，觸角綻放藍色能量，噴灑出一道聚焦輻射光。陀螺號，包括鋼鐵、玻璃，以及所有部位在內，轉眼之間化爲粉末。我刀槍不入的衣服也解體了。合金還頂得住，但是輻射濾網卻沒有作用。診斷檔案冒出一張簡短的內部元件故障清單，持續暴露三十或四十秒的話可能會燒燬重要電路。

怪物沒有聰明到了解這一點，所以發現我沒有瞬間消失後就停止輻射攻擊。牠四肢著地，疾衝而來。我的反射模組受損，牠在我有機會反應前撲在我身上，對我狠狠揮出大爪。我如同砲彈一般疾飛而出，跌入一小群平民之間，奇蹟似地沒有撞到任何人，但這算不上什麼好運，因爲怪物怒不可抑，已經開始衝向這個方向。

一道衝擊光束趁隙擊中怪物，打下了牠肩膀上一塊肉。變種怪物發出難以理解的吼叫，困惑的程度大於疼痛。牠的眼睛掃視群眾，發現山切斯站在一輛旋翼車上。這小個子眞有種。我佩服他。不過他死期到了。

「來呀！」他叫道。「我在這裡！過來！」他在怪物的胸口打出幾個小洞。

怪物的觸角再度發光。山切斯剩下來的屍骨將會連個茶杯都裝不滿。

祖恩自牠身後發射另一道突如其來的衝擊光束。十幾名警察隨即加入，一道道由衝擊光束組成的火網在變種怪物身上打出一大堆洞。牠抽搐怒吼，但沒有死。頭上的觸角越來越亮，我偵測到空氣之中有種未知輻射正在急遽增加。此刻還不會造成威脅，但是很快就會演變成一場全面災難。

我的反射模組終於開始運作。我壓低身形疾衝而上，使勁撞翻牠的雙腳。變種怪物摔倒在地。我沒有給牠時間起身。我跳到牠身上，抓住牠的觸角，將之狠狠拔下。觸角滋滋作響，但是一道危險的能量已經突破我的輻射濾網，竄上我的手臂。電路短路，液壓鎖定，我的發聲器開始尖叫。我還有一條手臂能動，於是我將它設定爲自動模式，不斷猛力捶落。

我集中攻擊牠笨重的腦袋，試圖令牠頭昏眼花、糊塗困惑並一直躺在地上。這樣做似乎有效。我把牠的臉打扁了。三顆眼珠裡有兩顆爆出頭顱，我的手臂與身體正面沾滿黏液。

二十秒後，變種怪物脫離困惑狀態，側身翻向一旁。由於雙腳鎖定，我只能向後倒下。怪物站起身來，踢我一腳，然後放聲吼叫。

變種怪物突然呻吟一聲，矮身倒地。牠的皮膚化爲冒煙的肉塊滑落地面，牠舉起右手，手臂隨即斷落。牠側向一邊，接著側向另外一邊，然後在一陣水流聲中徹底崩潰。我的精密計時器壞了，但是查格估計的時限必定已經屆滿。

我的液壓裝置再度上線到讓我能夠站起的程度。

變種怪物現已淪爲一堆毫無特徵的肉塊。扭曲的骨頭插在溶解的血肉中，但是就連骨頭也開始溶解成吱吱作響的綠色爛泥。牠持續呼吸了很長一段時間。虛弱、痛苦的呼吸，即使當牠淪爲一灘黏液後，依然持續呼吸了……好吧……這下我說不準多久時間了，但是感覺起來很久、很久。

接著在最後一下咯咯聲中，牠不再呼吸。

山切斯站在我身邊，步槍一直拿在手上。「可惡，馬克，牠死了嗎？」

我唯一的回應就是一陣穩定的雜音，似乎是發聲器此刻唯一發得出來的聲音。

診斷程式回報一個失效的系統——就是我的診斷程式，這表示我無從得知其他系統有沒有壞。我不知道受損的狀況有多嚴重，但是光學元件中的世界已經變成灰茫茫的平面影像。我摔倒在地，直到山切斯的身影變成垂直角度後才發現自己摔倒在地。

他說了一句話。我聽見他的話，認得他的聲音，但是無法將聲音解析爲文字。

「吱……」我回應。

接著我關機。

22

我於二十三天過後重新啓動，這項資訊證實了我的精密計時器運作正常，希望這表示所有零件通通正常。

一個接著一個，系統與程式確認正常。我的顯像器上線，掃描到一名年輕的金髮女子站在我面前。

她微笑。「嘿，帥哥，你感覺如何？」

「狀態回報：可運作。」

「眞會甜言蜜語呀。」

我站在地上，全身閃閃發光，身穿一套新西裝。我環顧四周，確認自己身處陌生的實驗室。

「我在哪裡？」

「我的私人實驗室。」她回答。「在我公寓下方的那間。不記得了，呃？」

「否定。」我說。音訊裝置中依然接收到一點雜音。

「記得我嗎？」她問。

「我記得妳，但不記得妳的名字。」

「不意外。你的內部零件受損嚴重。我可以修復硬體問題，而穆賈希醫生那裡有你的基礎協調程式備份。你的記憶矩陣受損十分嚴重，但她還是救回了大部分資料檔，不過有些地方會有些遺漏就是了。」

「什麼樣的遺漏？」

「喔，沒什麼大不了的。你得重新學習某些事物，不過應該花不了多少時間。對了，你可以叫我露西雅，或是納皮爾小姐，如果你喜歡的話。」

「我想我比較喜歡露西雅。」我說。

她點頭。「我也是。」

「妳離開監獄了。」

「沒有理由繼續拘留我，告訴通通撤銷了。整起亂七八糟的事件都被遮掩下來，好像從來不曾發生。」露西雅推了張摺梯到我面前，爬上去調整我的領結。「幫我個忙，舉起右手，馬克。」

我照做。

「那是左手。」

「哎呀。」我反轉方向定義，再度嘗試。這一次舉對了。

「後退一步。」她說。

我移動腳步，把她從摺梯上撞了下來。她早有準備，安全跳向一旁。「不，那是前進。」

我又更正了這一點。

「或許他還沒準備好，老闆？」一個會說話的金屬郵筒說道。我的識別軟體辨識爲管家自動機器人。姓名識別再度失敗。

「胡說八道，哈姆伯特。」（我將這個名字歸檔）「他遲早得要出門的。總之，醫生向我保證執行日常生活運作之後會讓他在一、兩個禮拜內恢復巔峰狀態。」

「退後。」我執行一系列測試動作，檢查線路轉接，以及馬達組件回應狀況。基本機械運作順暢無礙，如果有程式異常的話得要等到發生的時候再來解決。「我沒問題。」

露西雅交代哈姆伯特通知賓客我們很快就會出去。我好奇有誰等在外面、自己記不記得他們。

「布利克一家人呢？」我問。「茱莉？愛普羅？霍特？」

「你就記得他們。」她揚起一邊眉毛。「這樣會讓女人嫉妒的，你知道。」

「露西雅……」

「喔，他們很好。霍特有點營養不良，除此之外沒有受傷。」

「朝聖者呢？」我問，隨即發現我遺漏的東西裡包括了葛雷不讓我提起某些特定話題的小蠕蟲。

艾爾弗來多．山切斯走下樓梯。「我們試著不去談論他們，馬克。噓。」他身穿黑色便褲、雕花皮鞋，以及一件繪有棕櫚樹的夏威夷襯衫。這是第一次我看到他不是穿西裝的樣子，至少是我受損的記憶陣列所能記得的第一次。

「他怎麼樣？」他問露西雅。

「很快就會跟新的一樣。我讓你們男生們聊聊，談完了就上來。」她又把摺梯推過來，爬到足夠的高度，在我的面板上親了一下。「但別讓我們等太久。對了，警官，實驗室裡禁止吸菸。」

她大搖大擺地走上樓梯，回過頭來，眨了眨眼，然後離開。

「相貌、個性、智慧、財富。」山切斯一邊吹口哨，一邊將香菸塞回菸盒。「你怎麼會跟這種女人在一起？」

我差點要說她不是我女朋友，但是話說回來，她或許眞的是。如果是的話，我就是台幸運的伯特機器人。或是至少，我假設我很幸運。

「你原先知道嗎，山切斯，朝聖者的事情？」

「不很清楚。我有懷疑過，知道事情不對勁，帝國城裡除了大智囊團和博學議會之外還有其他幕後黑手。做我這個工作很難不注意到這種事情，但是我依然不清楚細節。沒必要的人不用知情，你知道那是怎麼回事。」

「好了，馬克，」他說。「我們有些事情要談。我會盡量簡短。你下線的時候，核心區的事件改變了幾件事情。朝聖者被迫浮出水面。一般社會大眾依然不知道他們的存在，但是現在他們願意與博學議會公開協商。一切都會好轉的。希望這樣可以避免外星激進份子日後再惹麻煩。」

我思考著這種改變。朝聖者，曾經滿足於躲在陰影中操控帝國城，如今開始步入陽光下。他們依然沒有公開身分，但是或許我不能責怪他們。帝國城或許已經準備好接受外星人的存在，但是萬一沒準備好，公開身分將會是一場災難。我想最好還是打安全牌。

「好消息是朝聖者已經同意讓我們製造突變誘發物的中和劑，算是表達善意的舉動。製作的步調緩慢，不會對霍特造成傷害，但是要不了多久大智囊團就會取得足夠處理任何威脅的中和劑，如果有必要的話。」

「卡特中心、異議份子實驗室，還有差點吃掉半個核心區的巨型布丁變種怪物呢？」

「只是一場工業意外。」山切斯說。「每天都會發生。」

我懷疑人們到底想不想得知眞相，在不在乎眞相。大概不在乎。

「有兩樣東西要給你。」他在口袋中摸索，拿出一張紙和一根資料管。「博學議會不能正式表揚你對本城的貢獻，但是爲了表達感激之意，他們希望你收下這個。」他攤開那張紙。「你的公民證。歡迎加入。」

「謝謝。」我掃描它。不過就是一張紙，但我想那是我應得的。或許我該把它裱起來。

他舉起資料管。「這是朝聖者準備的，他們說只有你能看，上面記載了你的身世。搞了半天密卡利斯博士並不是眞的那麼聰明，只是一個看起來像人類的朝聖者科學技師。他從幾個地方偷了幾樣設計與零件，試圖用來達成自己的目的。」他將資料管放在桌上。「我就只知道這些，更多細節都在裡面。」

山切斯拿出一根菸，塞入嘴裡，不過沒有點燃。「好吧，我想我說得都差不多了。有問題嗎？」

「有。我爲什麼還能運作？我記錄了那麼多事情，應該會有人將我視爲安全威脅。」

「別問我，馬克。就像我說的，沒必要的人不用知情。沒有人告訴我這一點，或許是因爲你做了好事，世界並非總是讓好人沒好報。」

「並非總是，」我說。「但是通常如此。」

「看得出來你的憤世嫉俗指數沒被洗掉。準備好參加宴會了嗎？」

我花點時間將資料管放入外套口袋。「好，我準備好了。」

宴會的規模很小，只有八名生物人以及哈姆伯特與會。我不記得所有名字，而記得的名字又跟錯誤的面孔連結在一起，但是這些問題很快就解決了。會場有爲生物人準備的蛋糕及飲料，所有人都急著想要和我招呼。人們紛紛閒聊、擁抱、握手。大部分的時候我都保持沉默，讓大家告訴我他們有多想我。

不清楚怎麼回事，但是我交了一些朋友。並非有意結交的，只是剛好就結交了。我猜交朋友就是這麼回事。

就連穆賈希醫生也來了，她和祖恩一見如故。他們坐在露西雅的沙發上有說有笑。我從來不曾聽過醫生笑，不過祖恩是頭很有魅力的猩猩。

山切斯介紹他太太和我認識。我連他結婚了都不知道。她是一名正常人，而且身材高挑，穿高跟鞋足足有六呎高。山切斯只到她的腰際而已。

「艾爾菲對你讚譽有加。」她說。

「有這種事？」

「喔，是的。」她回應。「他說你是個正直的人，肯定能當好警察。」

「事實上，我說的是他是個正直的人，但很會惹麻煩。如果他不是這麼大根排氣孔的話，肯定能夠當個好警察。」山切斯哼了一聲。「來吧，羅莎。我們找點酒喝。」

她搖頭。「喔，他太容易難爲情了。原諒我們先行告退，馬克。」

「沒問題。晚點再跟你聊，艾爾菲。」

山切斯咕噥一聲，拖著老婆離開。

有人扯了扯我的褲子。我轉身掃描到愛普羅。「嘿，孩子。近來可好？」

她試圖微笑，不過伸手擦掉一滴眼淚。

我蹲下。「怎麼了？」

她擁抱我。「我害死我爹地。」她嗚咽不已，輕聲說道。

「不是妳的錯。」

「但是我知道他們會殺他，他們抓走我們的時候我就知道了。但我還是任由他們抓走我們，因爲我知道非這麼做不可，非這麼做不可。」

她抽泣一聲。她沒有眞的在哭，不過也差不多了。她緊緊擁抱我。

「我知道所有人都會死，我知道你必須阻止一切。而唯一讓你阻止一切的方法就是任由他們抓走我們，任由他們殺死爹地。」

「好了，好了，孩子。」我輕輕撫摸她的背。「妳非這麼做不可。」

我知道這話沒什麼意義，特別是對一個有能力看見未來的孩子而言。我現在懂了。這就是她沒有要求我幫忙的原因，她交給我一張明知我不會立刻掃描的字條的原因。她看過未來，帝國城摧毀於自身對科技的瘋狂執著中的未來，而她知道不會有人相信她。她媽不會，警察不會，我也不會。她盡其所能地安排一切，好讓我身陷一場外星人的陰謀之中。而她是在心知這樣做會導致父親死亡的情況下這麼做的。

對一個小女孩而言，這是很困難的決定，但她還是做出了這個決定。現在她必須努力承擔後果，而這比做那個決定還要困難。

「發生在加文……妳父親身上的事，本來不該發生。但那不是妳的錯。傷害他的不是妳，是很壞的人幹的。」

「但是我爹地……」她推開我，揚起衣袖擦拭嘴唇上的鼻涕。「我知道——」

「噓。過來。」我抱起她，走到陽台。「看見這座城市嗎？看見那些燈光嗎？每一道燈光都是一個人，一個妳幫助過的人。妳數得清楚有多少嗎？」

她搖頭。

「很多人，對不對？」

她點頭。

「很多家庭。很多父親，我敢說。」

「嗯。」

「還有妳弟。他又如何？妳也幫了他，是吧？」

「是。」

「還有妳媽，還有我，妳也幫了我。」

「我有嗎？」她懷疑地瞇起雙眼。「怎麼幫的？」

「妳讓我知道我也可以幫助他人。」

她微笑，輕輕一笑。

「妳做得對，孩子。做對的事情常常並不容易。事實上，相當不容易，大多數大人在必要的時候都做不到。妳父親看到妳這麼成熟，一定會感到非常驕傲的。」

我掃描到露西雅出現在陽台門口。她也在微笑，而且眼眶濕潤。

我很想擦拭愛普羅臉頰上的淚水，但是對於自己的精密運動控制功能還沒有自信。

「你眞的認爲爹地會爲我感到驕傲？」

「是呀，孩子，我知道他會的。因爲妳媽、妳弟，還有我，我們全都爲妳驕傲。露西雅也是。」

「沒錯，親愛的。」露西雅走近，自我懷中接走愛普羅。她緊緊擁抱愛普羅。我也希望能夠那樣抱她，但我怕會把她壓扁。接著露西雅放下她，然後又抱了抱她。「現在妳何不去吃塊蛋糕呢？」

愛普羅伸出小小的手掌握住我的拇指。「馬克，我愛你。」

「我也愛妳，孩子。」

她看向露西雅。「妳就是馬克的女朋友?妳好漂亮。」

「也很聰明。」我說。

露西雅湊向前去，在愛普羅屁股上拍了一下。「快去，小鬼。」

愛普羅跑去公寓裡找她母親與弟弟，雀躍的步伐或是眼中的神采還未恢復。但是她還年輕，恢復能力很強。她將霍特一把抱住，他回應她的擁抱。

茱莉看向公寓這一邊，她也有點在哭。看來今晚不少人在哭。她無聲說道：「謝謝。」我對她點頭。

「你對小孩有一套，馬克。」露西雅說。

「是呀，我會是個很棒的保姆自動機器人。」

露西雅倚著陽台欄杆，我站在她身旁。我們欣賞了室外的景色二十五秒。

「那妳是我女朋友嗎?」我問。

「不知道。我是嗎?」

她笑了笑，但是沒有回答。

我從口袋中取出資料管，內含所有答案的那根資料管。那些都不是我在意的答案，從來不曾眞的在意。我一把捏碎資料管，任由電路與塑膠碎片隨風飄落。

「那是什麼?」她問。

「不重要的東西。」

「那麼……馬克，你拯救全城，成為市民。」她將嬌小的手掌放在我的超大掌心之中。「接下來有什麼打算？」

「我考慮開家偵探社，已經有個合作夥伴在等了。」我看向還在跟我的心理醫生深談的祖恩，希望他不是在跟她講什麼故事。

「我有間舊辦公室可以供你使用。」她說。

「太棒了，妳得找時間帶我去看看。」

她又笑了，我想我剛剛無意間說了什麼笑話。

「說眞的，露西雅。我不知道這是不是我該記得的事情，妳到底是不是我女朋友？」

她沒有回答，於是我認定這個問題並不重要。我遲早都會弄清楚的。

露西雅湊到我身邊，伸手環抱著我。我們站在一起，欣賞灰濛濛的城市中閃爍不定的燈火。

全書完

Fever

我的閱讀・狂熱自有主張

FR001	影子瀑布	賽門・葛林	380元
FR002	善惡方程式（上+下）	珍・簡森	599元
FR004	熾熱之夢	喬治・馬汀	360元
FR005	審判日	珍・簡森	420元
FR006	魔法咬人（魔法傭兵1）	伊洛娜・安德魯斯	280元
FR007	光之逝	喬治・馬汀	320元
FR008	殺人恩典	克莉絲汀・卡修	299元
FR009	魔法烈焰（魔法傭兵2）	伊洛娜・安德魯斯	299元
FR010	魔法衝擊（魔法傭兵3）	伊洛娜・安德魯斯	299元
FR011	守護者之心（秘史1）	賽門・葛林	350元
FR012	惡魔恆長久（秘史2）	賽門・葛林	350元
FR013	火兒	克莉絲汀・卡修	299元
FR014	作祟情報員（秘史3）	賽門・葛林	299元
FR015	魔印人	彼得・布雷特	399元
FR016	錯亂永生者（秘史4）	賽門・葛林	299元
FR017	獵魔士：最後的願望	安傑・薩普科夫斯基	320元
FR018	魔法傳承（魔法傭兵4）	伊洛娜・安德魯斯	350元
FR019	魔印人：沙漠之矛（上）	彼得・布雷特	320元
FR020	魔印人：沙漠之矛（下）	彼得・布雷特	320元
FR021	獵魔士：命運之劍	安傑・薩普科夫斯基	350元
FR022	藍月東升	賽門・葛林	399元
FR023	魔法獵殺（魔法傭兵5）	伊洛娜・安德魯斯	340元
FR024	破戰者（上）	布蘭登・山德森	320元
FR025	破戰者（下）	布蘭登・山德森	320元
FR026	神來我家	A. Lee 馬丁尼茲	280元
FR027	機器人偵探	A. Lee 馬丁尼茲	280元

國家圖書館出版品預行編目資料

機器人偵探 / A. Lee 馬丁尼茲（A. Lee Martinez）著；
戚建邦譯.——初版.——台北市：
蓋亞文化，2012.12-
面；　公分.——（Fever；FR027）
譯自：The Automatic Detective
ISBN 978-986-319-015-8（平裝）

874.57　　101016908

Fever 027

機器人偵探 The Automatic Detective

作者／A. Lee 馬丁尼茲（A. Lee Martinez）
譯者／戚建邦
封面設計／克里斯
封面插畫／Blaze
出版／蓋亞文化有限公司
地址◎台北市103赤峰街41巷7號1樓
電話◎（02）25585438　傳眞◎（02）25585439
網址◎www.gaeabooks.com.tw
電子信箱◎gaea@gaeabooks.com.tw
投稿信箱◎editor@gaeabooks.com.tw
郵撥帳號◎19769541　戶名：蓋亞文化有限公司
總經銷／聯合發行股份有限公司
地址◎新北市新店區寶橋路235巷6弄6號2樓
電話◎（02）29178022　傳眞◎（02）29156275
港澳地區／一代匯集
電話◎（852）27838102　傳眞◎（852）23960050
地址◎九龍旺角塘尾道64號龍駒企業大廈10樓B&D室
初版一刷／2012年12月
定價／新台幣280元
Printed in Taiwan

ISBN／978-986-319-015-8

GAEA

Gaea